ジャック・ケッチャム/著
金子　浩/訳

オフシーズン

OFF SEASON:
The Unexpurgated Edition

扶桑社ミステリー
1531

これを復活させるために尽力してくれた、ダグとふたりのデイヴ（ヒンチバーガーとバーネット）、そしてニールに感謝を捧げる。

わたしが作家をあきらめて製材業に専念してしまわないように、ふたりの作家が長年にわたって骨を折ってくれた――『Hide And Seek』を捧げた、いまは亡き敬愛するロバート・ブロックと、スティーヴン・キングである。本書を、心からの感謝をこめてスティーヴに捧げる。スティーヴは、はるか昔にオリジナル版を読んでくれていたのだそうだ。

「ちくしょう！　ちくしょう！
こんなふうに死ななきゃならないのか？」
——ジャック・スレイド

「ソドムとゴモラ、
やつらはロードハウスをいとなんでる」
——ジョン・クーガー

《序文》

ダグラス・E・ウィンター

「どんな動物だって獲物になるけど、人の肉とは比べものにならない」

ジャック・ケッチャムの、忘れがたい強烈な長編第一作、『オフシーズン』にようこそ。もともと一九八一年に発表された『オフシーズン』は、ホラー・ファンとホラー作家に、今日にまでおよぶ衝撃を与えて、現代ホラー小説の里程標となり、たちどころに代表的作品となった。

わたしは、十五年以上まえ――歳月はどこへ消えてしまったんだ？――わたしが愛してやまない、暗く、危険な小説の突然の商業的成功を記録にとどめておこう、と思いさだめた。わたしは――傑作も、駄作も、凡作も――読みに読んで、七〇年代末から八〇年代初頭にかけての真紅の収穫を満喫しながら、その意味と、そう、重要性に多少なりとも理屈をつけようと試みた。なぜホラーなのか？　なぜ……いまなのか？

やがて、その疑問を考察し、成果を文章にまとめるほうが、実際にホラーを読むより容易なことがあきらかになった。怖い小説に対する飢えを満たそうと必死になった出版社が独創性に欠ける凡作を量産するようになり、好きだからというよりも、流行しているからという理由でホラーに手を染めた作家たちが、出版社の求めに応じて書店の棚を埋めるための商品を粗製濫造するようになってからは、年を追うごとに、薄っぺらで、見えすいていて、ありきたりで、退屈な作品が増えたからだ。ジャンル——というよりも販売のためのレッテル——は拡大したが、身の毛のよだつ危険な衝動が根底にあるはずの小説はすっかり骨抜きにされていた。ホラーならぬ、現実逃避ファンタジーになり果てていたのだ。

だが、『オフシーズン』を読みはじめたとたん、この作家は違うとわかった。この作家は、独創的想像力と呼ぶべき、あの物騒で生なましい能力を駆使して創作しているのであって、出版社の期待や希望にあわせて書き飛ばしているのではないとぴんときたのだ。ベストセラーやスティーヴン・キングもどきのあいだにまぎれるようにして、『オフシーズン』はバランタイン社——恐怖小説に真剣な熱意を見せたためしのない出版社——からペーパーバック・オリジナルとして刊行された。表紙はミニマリズムの成功例だった。黒地に浮き出し加工が施された黒の題名からは、真っ赤な血がしたたっている。作家名——筆名——は白のブロック体の大文字で記されており、表紙の上端には「究極のホラー小説」という謳《うた》い文句がある。

誇大広告ではなかった。『オフシーズン』は本物だった。その恐怖は執拗で、生なましく、心を揺さぶった。『オフシーズン』を読んでいれば納得できるはずだ。もしもあなたがまだ読んでいないなら、ここでこの序文を読むのを中断して、すぐさま……読みはじめるべきだ。これから述べるわたしの意見に飛びついたり、影響されたり——あるいはどんな危険があるのかを知ったり——しないでほしい。このあとわたしは、あなたが自分で発見すべき事柄に触れるつもりでいる。『オフシーズン』を発見する喜びを、わたしが十数年まえに発見したときと同じように——この作品の犠牲者たちのごとく、孤立無援で、無警戒のままで——味わう（いうなれば）喜びをぶち壊しにしたくはない。どうか作品を読んでほしい。そのあとでもどってきて、わたしの意見に耳を傾けてほしい。

いまや伝説となっている暴力描写にもかかわらず、『オフシーズン』は驚くほど優雅な小説だ。描写は簡潔明瞭だし、登場人物の運命は不安を誘う必然性でからみあっている。読者は、もっとも根元的なレベルで、好奇心とどうしようもない恐怖がいりまじったじりじりするような感情を抱きつつ、交通事故を目撃することになる。しかし、『オフシーズン』はたんに扇情的なだけではない——疑う余地のない芸術性が、陰惨ではあっても明白な美的センスが、残虐行為の描写に浸透しているのだ。そしてジャック・ケッチャムは、そうした描写を通じて、現代人の暴力に対する興味深い恋愛感情を分析しようとしているのである。当時は、その後まもなく〝スプラッタ〟と呼ばれるようになった凄惨な描写を追求するホラー小説がほとんどなかったことを考えると——顕著な例外はジェームズ・ハーバートの諸作——その大胆さがいっそう際立つ。

『オフシーズン』の力強さの根幹をなしているのは、アメリカのホラーにおける古典的テーマの援用だ。背景と冒頭の場面は、シャーリイ・ジャクスンの「くじ」と「The Summer Place」――それにジェームズ・ディッキーの『わが心の川』(ジョン・ブアマン監督・ジェームズ・ディッキー脚本で映画化された。邦題名『脱出』)――を思わせる、理性と自然、都会と田舎の典型的な対比になっている。いっぽう中盤は、ジョージ・A・ロメロの『ナイト・オブ・ザ・リビングデッド』に多くを負っている。しかし、大団円――そしてその本質、その情熱、その苦痛――はジャック・ケッチャムならではのものだ。

選択ではなくなりゆきが、主人公の男性を厭世的な州警察官、ジョージ・ピーターズに巡りあわせる。そしてピーターズの二十三年間の勤務経験は混乱に屈してしまう。ピーターズは、ビールを飲みながら、いみじくもデッドリヴァーと呼ばれているメイン州の町での暮らしについて、こんなふうに思いをめぐらしている。

「シーズン中は道化者がいる。避暑客という道化者がな。だがオフシーズンになると、町にはおれたちしかいなくなる。ときどき、自分たちまで道化者になったような気分になるんだ。漁獲高が毎年減りつづけているちっぽけな町で、つぎの夏が来るのを待ってるおれたちまで。要するに、眠れないんだよ、サム。不安なんだ。もうすぐ五十五だってのに不安なんだ。まったくお笑いぐさだよ。こんなふうにのどかになると、いつもお笑いぐさだと思うのさ。たしかに仕事は忙しいが、どうでもいい仕事ばっかりだからな。そしておれは空想するんだ。今年はなにかが起こるだろうと」

しかしその年、実際になにかが起こる。そのなにかは、その荒涼とした土地で生まれ育ち、希望のはかない名残りを永遠の眠りにつかせる時が来るのをじっと待っていたのだ。メイン州の荒野には、ジョゼフ・コンラッドのコンゴと同じくらい奥深い闇が隠されている——人を殺し、人肉を食らうことに無上の喜びを覚えている、野性に還った一族が潜んでいるのである。彼らはゾンビでもそのほかの超自然的な空想でもなく、ただの人だ——よるべのない、食うや食わずの一族だが、彼らがふるう暴力には限界がないらしい。

ケッチャムの意図は、物語の冒頭で暗示されている。海の近くで発見された被害者が、体を二次的な捕食生物に食われていたことについての、ピーターズの物思いがそれだ。「蟹は腐肉食らい以外のなにものでもなく、死体や——今度のように——瀕死の動物の肉を餌にしている禿鷹の同類なのだ。蟹のはさみが被害者の女性の肉をつまむさまが思い浮かんで、ピーターズは身震いしそうになった。だが、彼は身震いをするような男ではなかった。肩をすくめて、それが人生さとつぶやき、考えてみれば、ほかのあらゆる生物と同じで、蟹もいじましくて邪悪な生き方を見つけただけなんだがな、と納得する男だった」

ケッチャムは、アメリカのゴシック小説の精髄を極限まで追求し、社会契約というキマイラを粉砕する。自然の混沌に——さらにはわたしたちの内なる獣に——かぶせられた秩序というファサードを粉砕するのだ。『オフシーズン』の最初の犠牲者は、ほとんどが都会人からなる侵入者たちだ。彼らは愚かにも自分たちは文明人で、教養があって、洗練されていると思いこんでおり——他人が、蟹のごとく、いじましくて邪悪な生き方を見つけるかもしれないという可能性を信じようとしない（あるいは見て見ぬ振りをする）。ピーターズだけが無傷で切りぬける――すくなくとも、肉体的には。しかし彼は、仕事を失い、幻想を最後のひとかけらまで打ち砕かれる。物語の終盤で、ピーターズは辛辣な意見を述べる。「文明は人をだめにするってのはほんとだなあ」それに対する彼の片腕の警官、シアリングの返事は、ケッチャムの考え方のすぐれた要約になっている。「さあ、どうなんでしょうか……なんともいえませんね」善が――絶対的なもの、実在の状態、人間性の永続的な特性としては――この世界に占めるべき場所はない。読者はクライマックスの、シアリングがピーターズにほほえむ場面でそれをさとる。「それは興奮したほほえみ、有能な人間が、自分がなにゆえ有能かを示そうとしているときに浮かべるほほえみだった」二ページ後、シアリングは殺される。喉を耳から耳まで切り裂かれて。

だれひとり安全ではないのだ。巧みなミスディレクションによって、ケッチャムは、ニューヨークから、そして破綻した人間関係から逃げだしてきた編集者、カーラが物語のヒロインだと思わせる。カーラは、森のなかの避難所を片づけ、家事にはげんで、恋愛問題を解決し、自分の人生も、夏別荘と同じように整頓しようとする。ところがカーラは、真っ先に殺されてしまう――そしてその殺され方が、凄惨ではあっても、ピューリタン的な懲罰になっていることに注目していただきたい。侵入者たちがカーラを襲うのは、彼女が――愛しているわけでも、将来を誓ったわけでもない男性に抱かれて――オーガズムに達した瞬間だ。男は即死するが、カーラはあっさりとは殺されない。木から吊るされ、しとめられた鹿のようにさばかれ、料理され、食われ、最後は黒焦げの死体となって打ち捨てられる。ケッチャム描くところの残酷な荒野の、おぞましい象徴だ。

しかし、小説を最後のページまで読んだ読者は、最初は明白に思えた、善と悪、狩る者と狩られる者の区別が曖昧になっていることに気づく。人肉を嗜食する人殺し一族の、うわべの混沌の陰には、独自の道徳と慣習——それに起源——を備えた社会構造が存在するし、警察は法も秩序も回復できない。期待された救出と再会は失敗に終わる。秩序は回復されない。それどころか、人食い一族の隠れ家に乗りこんだ警官隊は、ヴェトナム戦争中のミライ事件さながらの虐殺をくりひろげる。途方もなく皮肉なことに、とらわれていた少年が、警官たちのショットガンで肉の細切れにされてしまうのだ。

『オフシーズン』の世界には——現実世界と同じで、とケッチャムは読者に想起させる——絶対的なものも、単純な役割も存在しない。実際、結局のところ、はっきりした役割が与えられている登場人物はひとりもいない。犠牲者という役割をべつにすれば。マージー——姉カーラに代わって『オフシーズン』のヒロインになる女性——は、ローラのずたずたにされた体が生きのびようとあがくのを見て驚く。「もう死んでしまったほうがましなのが、ローラにはわからないのかしら？　どんな恐ろしいいかさまがローラを生かしてるの？　ローラの生きようとする本能は、男に負けず劣らず残酷だった。マージーには願うことしかできなかった。どうかわたしのときは……なにを願えばいいのだろう？」そのとき、マージーは理解する。答えなどないことを——不可避の死から逃れるすべなどないことを。「ローラに選択の余地はなかったのよ、とマージーは気づいた。わたしのときだって、きっと同じだわ」

昔ながらの、善と悪、黒と白、混沌と秩序の闘争を描くのがホラーだとみなされ、灰色という概念はそぐわないと考えられ、わたしたちが生きているのは平和と秩序の世界であり、そこから混沌を駆逐することは可能だしそうするべきだという幻想がこのジャンルにとって最重要だとされていた時代に書かれた小説のなかで、この理解はユニークな結論の呼び水になる。その幻想を打破したおかげで、マージーは生きのびる。「マージーの心のなかで、ふたつの感情が混じりあい、やがてひとつの思いつきにまとまりはじめた。ひとつは、男に対する、根深く、血がたぎるような憎悪。もうひとつは、自分自身の邪悪さという、新たに発見した強烈な感覚。マージーはその恐ろしい場所へ、この連中に連れてこられたのだった。そこには愛もやさしさもない。あるのはただ、陰惨な死と、けっして満足することのない欲望だけ。その欲望は、みずからを食らい、出くわした者を、同じ暗い自滅の領域へひきずりこむ。マージーは思い描いた。死体だらけの夜を。見知らぬ死んだ子どもたちと、友人たちと、大好きだった姉の墓地となった家を。人生の旅路の果てとなるこの不潔な巣穴を。これからどうするか、これからどうなるかなんて、もうどうでもよかった。ニックは助けに来てくれないだろう。だれも助けに来てくれない。いま、なにをやらなければならないのかは、はじめから、姉の死体を見たときからはっきりしていた。実際、単純きわまりないことだった」

マージーは闇を見た――些細だろうと重大だろうと、人を残虐行為へと駆りたてる、他人のなかに巣くう闇のみならず、自分自身のなかの闇を。その闇を受けいれ、自分にも悪をなしうる能力が備わっているのだと理解することによって、マージーは絶対性という幻想――そしてそれが彼女に吹きこんだ不安——から解放され、生まれてはじめて、複雑性という力、選択という力を理解するのだ。

その血まみれの光輝にもかかわらず、『オフシーズン』はジャック・ケッチャムにとって最初の長編小説である。『オフシーズン』がはじめて刊行されて以来、ケッチャムは忘れがたい作品を数多く上梓してきた。いずれも読者や作家から高い評価を得ているが、わたしがいちばん好きなのは、いまだに『オフシーズン』だ。

『オフシーズン』の刊行から数年後、わたしは人目に立つのを嫌うジャック・ケッチャム——繊細で、ハンサムで、掛け値なしの紳士で、パートタイムの俳優（そしていまではフルタイムの友人）のダグラス・マイヤー——と会う機会を得た。このときのエピソードには、何度もくりかえすだけの価値がある。なぜなら、暗鬱な『オフシーズン』からは想像もつかない、あのほほえみ、あの瞳のきらめきを読者に伝える助けになるからだ。ケッチャムはわたしを、マンハッタンのアッパー・ウェスト・サイドの某所にあるバーに案内して、飲みものをおごってくれた。そしてこのバーをどう思うかとたずね、気に入っているバーの一軒なのだといった——そして、帰り際になってやっと、まるでジョークのオチをいうように、ここは『ミスター・グッドバーを探して』に描かれた殺人事件の出発点でもあるんだ、と告げたのである。

いいきっかけなので、このあたりで締めくくることにしよう。というのも、読者を『オフシーズン』の出発点に導くのがわたしの務めだからだ。ちなみに、本書に収録されている『オフシーズン』は、わたしが一九八一年に読んだものと同じではない。バランタイン・ブックスの承認を得るために強烈な内容に大幅な修正がほどこされた——そしてうしなわれてしまった——オリジナル原稿の精神をとりもどすべくダグラス・マイヤーが手を入れた、特別版『オフシーズン』なのだ。この『オフシーズン』は、バランタインがいっそうの削除を要求した、最初の改訂版まで復元されている。その結果、一九八一年版より過激になっているばかりか、いっそう陰惨になっている。そしてクライマックスには、オリジナル版を読んだ読者にも暗い驚きが待っているのだ。

ダグラス・E・ウィンター
ヴァージニア州オークトン
一九九八年十一月

オフシーズン

登場人物

カーラ――――――――――――編集者

マージョリー（マージー）――――カーラの妹

ジェームズ（ジム）・ハーニー――――カーラのボーイフレンド。俳優

ニック――――――――――――カーラの元ボーイフレンド

ダン―――――――――――――マージーのボーイフレンド。塗装業者

ローラ――――――――――――ニックのガールフレンド

ピーターズ――――――――――警察署長

サム・シアリング―――――――警察官。ピーターズの部下

ウィリス―――――――――――警察官

マイヤーズ――――――――――警察官

第一部　一九八一年九月十二日

午前零時二十六分

彼らはその女が草原を横切り、低い石壁をまたぎ越してその先の森へ駆けこむさまをじっと見つめていた。ぎこちない身ごなしだ。簡単につかまえられるだろう。

彼らはあせらなかった。白樺の枝を折りとって、樹皮を剝《む》く。女が下生えを分けて進む音が聞こえる。彼らは顔を見あわせてほほえんだが、なにもいわなかった。枝の皮を剝きおえると、女のあとを追いはじめた。

女は月明かりに感謝した。あやうく古い穴蔵に落ちるところだった。穴は深かった。女は注意深く穴のふちにそって進むと、丈の高い草や蒲《がま》を掻きわけ、白松や黒松や樺やポプラのあいだを走りつづけた。地面は苔《こけ》や地衣類で覆われていた。腐敗と常緑樹の匂いがする。森のなかの空き地を走る女の背後から、彼らが飛び跳ねるようにしながら追ってくるのがわかった。彼らの声は明るくて音楽的だった。暗闇で遊んでいる子どもたちの声だ。女の脳裏に、彼らに触られたときのことがよみがえった。長く鋭く汚い爪の生えた、がさがさで力強くて小さな手が、女をがっちりつかまえようとして、肌を引っ掻いたのだ。女は身震いした。すぐうしろで笑い声が響いた。目のまえは鬱蒼とした森だった。

ゆっくりとしか進めなくなった。見通しがほとんどきかない。長い枝が、髪にからまり目を無慈悲に突いた。女は、顔を守ろうとしてむきだしの腕をまえで組んだ。木々に引っ掻かれて、腕から血が流れた。背後では、子どもたちが足をとめて聞き耳を立てていた。女は泣きはじめた。

馬鹿よと女は思った。こんなときに泣きはじめるなんて。子どもたちがまた動きはじめた音がすぐそばから聞こえた。見えるのかしら？　女は雑木林のなかを突き進んだ。もろく古い枝が、一糸もまとっていないかのように薄い綿《めん》のドレスを貫いて、手足と腹に新たな血の線を刻んだ。痛かったが、女は止まらなかった。かえって足を速めた。顔を守るのをあきらめ、両腕で枝を払いのけながら、雑木林を突っきって開けた場所へ出た。

深く息を吸ったとたん、海の香りがした。遠くない。女は全速力で走った。家があるかも。漁師小屋が。きっとだれかいる。広びろとした草原だった。まもなく前方から潮騒が聞こえたので、女は靴を蹴り飛ばすようにして脱ぎ、裸足でそっちをめざした。そのときには、十一の模糊《もこ》とした小さな人影が藪の縁から飛びだしてきて、月明かりに照らされている女を見つめていた。

女は見まわしたが、前方にはなにもなかった。家も、明かりも。あたり一面、丈高い草が茂っているばかりだ。もしも前には海しかなかったら？　逃げ場を失い、追いつめられてしまう。

だが、女は考えないようにした。急いで。女は自分に発破《はっぱ》をかけた。もっと速く。肺に冷感と痛みを覚えた。音は大きくなっていた。海はすぐそこ、草原のすぐ向こうだった。

子どもたちがうしろを走っているのが、そして接近しているのがわかった。女は自分でもびっくりするほどのスタミナで走りつづけた。子どもたちの笑い声が聞こえた。身の毛のよだつ笑い声だった。冷酷で邪悪な声だった。何人かが並んで走っていた。楽々と疾走しながら、女を見てにやっと笑った。月の光を浴びて、剝《む》きだした歯と目が光った。

子どもたちは女が無防備なのを知っていた。もてあそんでいるのだ。女は、走りつづけて、子どもたちがゲームに飽きるほうへ万にひとつの望みをかけるしかなかった。あたりには一軒の家もなさそうだった。わたしはひとりで死ぬんだわ。背後でひとりの子どもが犬のように吠えた直後、両脚のうしろをなにかでぴしゃりと叩かれた。痛みは強く、激しく、女は倒れそうになった。逃げ切れそうもなかった。すっかり囲まれていた。もうだめだわ。内臓が沈みこむような感覚を覚えながら、女は自分が恐慌をきたしかけているのをさとった。

これで千度め、善人気どりで車を停めたことを悔やんだ。だが、暗く寂しい道を、幼い少女がただひとり、おぼつかない足どりで歩いているのを見て、驚いてしまったのだ。カーブを曲がったとたん、少女が見えたのだった。ほとんど腰まで破れた服を着た少女は、ヘッドライトに浮かびあがったとき、両手を顔にあてて泣いているように見えた。六歳より上には見えなかった。

だから女は車を停め、少女のほうへ歩いていった。事故かレイプだわ、と思いながら。女を見あげた少女の、あのぎらぎらと輝く黒い目に、涙はまったく浮かんでいなかった。そして少女はにやりと笑った。気配を察した女が振りかえると、子どもたちが車のまえに立ちふさがっていた。突然、女は怖くなった。無駄だと知りながら、「車から離れなさい」とどなった。「どきなさいっていってるでしょう」無力感と当惑を覚えながら女がそうわめくと、子どもたちはそのときはじめて笑い声をあげ、女に歩みよりはじめた。子どもたちの殺意に気づいたのは、子どもたちの手が肌に触れた瞬間だった。

いま、女のわきを走っている子どもたちが近づきはじめた。思いきってその子どもたちを見た。不潔だった。ぞっとした。四人いた。左に三人、右にひとり。左の三人は全員が男の子で、右のひとりは幼い少女だ。女は少女のほうへ進路をずらして、体当たりをくわせた。少女は弾き飛ばされ、苦痛の悲鳴をあげた。ほかの子どもたちがげらげら笑った。女は背中と両肩に焼けるような激痛を覚え、さらに二度、たてつづけに尻を鞭打たれた。脚から力が抜けた。力が尽きかけているのがわかった。それでも、倒れることへの恐怖は、苦痛よりも激しかった。ずっと激しかった。もしも倒れたら、殴り殺されてしまうだろう。大腿と肩に濡れたような感触があったので、出血しているのがわかった。だがもう、潮の味がし、波しぶきを肌に感じるほど海が近くなっていた。女は走りつづけた。

左側を走っているグループにひとりの少年が加わった。足の速い大柄な少年だった。あの子、なにを着てるの？　皮だわ。なにかの動物の。この子たち、いったいなんなの？　いままでは、右側にもうふたり、子どもが増えていた。少年なのか少女なのか判然としなかった。どの子も丈高い草のなかをやすやすと走っていた。からかうのはやめて、と女は思った。お願いだからやめて。大柄な少年が女を追い越し、女の正面にさっと進路を変えた。囲まれてしまった。少年は肩ごしにちらりと振りかえった。月光が照らすその顔は、かさぶたとにきびでびっしりと覆われていた。

女は冷たくうつろな恐怖を感じた。子どもたちがふるう小枝は、女の脚の裏側に深く食いこんだ。走りつづけるしかなかった。走りつづけること、そして海のことしか女の頭になかった。女は少年の背中に目を凝らしながら、集中しようと、強さと勇気を保とうとした。そのときいきなり、少年がくるりと振りむいた。少年の持つ小枝がぼやけ、女の顔面でだしぬけに痛みが爆発した。鼻血が出、頬から頬までがずきずき痛んだ。口のなかに血の味を感じる。息をするのが難しい。もうすぐ止まるほかなくなるとわかっていた。早くも体のなかでなにかが死んでしまったような気がした。前を走る少年が急に止まったので、その背中に突っこんでしまいそうになった。女は、逃げ道を求めてすばやく左右を見た。少年を見たくなかった。そうせざるをえなくなるまでは。

少年の背後で、なにかがきらりと月光を反射した。あそこなんだわ、海は。女はひどい疲れを覚えた。絶体絶命だ。家は一軒もない。あるのは、どれだけ深いのかわからない海へまっすぐ落ちこんでいる、花崗岩の断崖だけ。落ちただけで死んでしまいそうだ。望みはない。まったくない。女は足をとめると、ゆっくりと振りむいて、まわりに集まってきた追跡者たちと向かいあった。

つかのま、ふたたびただの子どもたちに思えた。女は当惑しながらぼろぼろの服や粗布《あらぬの》の服を見た。信じられないほど汚い顔を見た。追跡で輝いている目、小さく締まった体を見た。そして、こんなことはありえないし、こんな子どもたちがいるわけがない、と考えた。きっと血と苦痛の悪夢にうなされているのだと。そのとき、子どもたちがかがみこんで、体に力をこめた。またぞろ白樺の枝を振りかざし、目を細め、くちびるをぎゅっと結んだ。女は子どもたちのほうを向いたまま、まぶたを閉じた。

つぎの瞬間、子どもたちは女に襲いかかった。汚い爪で服を引き裂いた。枝を女の頭に、肩に叩きつけた。女は悲鳴をあげたが、子どもたちをいっそう激しく笑わせただけだった。子どもたちがよだれを垂らしながら口を肌に押しつけたのがわかった。血と唾液の感触にぞっとした。女はふたたび悲鳴をあげた。かつて感じたことのない恐怖がこみあげ、子どもたちを死に物狂いで突き飛ばそうとした。突然、自分は子どもたちに比べて体が大きく力が強いのを実感した。手負いの巨大な怪物のような気分になった。女は目を開いて、やみくもに手を振りまわした。小さなこぶしで子どもたちの額や口元を殴りつけ、不潔きわまりない体をしゃにむに押しやった。もう少しで子どもたちを振り払って大柄な少年のほうへ進めそうになった。そのとき、子どもたちがふたたびつかみかかってきたが、女は彼らを押しのけながら、二度、地面で転がって振りほどいた。そして女は自由になった。道が開けた。大柄な少年は、女の意図に気づいて、すばやく飛びのいた。

考えるまでもなかった。迷ったり、おびえたりしている余裕はなかった。選択の余地はなかった。女は少年のわきを走りすぎ、夜気のなかへ身を躍らせた。思いきり跳躍したので、絶壁から離れたところを、逆巻く荒波へ、冷えびえとした広漠たる闇へ、息を弾ませながら落ちていった。そして冷たい海水が血を洗い流した。

午前一時十五分

小ぶりの青いスーツケースに、子どもたちの興味を惹くものはあまりなかった。少し汚れたコットンのブラウスが三枚。グリーンのプルオーバーのセーター。それ以外には、ブラジャー、パンティー、ストッキング、そしてツイードのスカートだけだった。助手席にはまえあきボタンの白いカシミアセーターが置いてあった。それをぼろぼろのアーミーシャツの上に着、がさがさの手でやわらかな素材をなでて袖を汚していた少女が、ふと注意を惹かれて目を向けると、ふたりの十歳児が、グラヴ・コンパートメントをペンナイフでこじあけていた。車内には、女の香水とたばこの匂いが漂っていた。

何枚かの紙——地図、免許証、登録証——を別にすれば、グラヴ・コンパートメントは空っぽだった。肌の荒れた少年が、バッグの中身を助手席にあけ、長く骨張った指で掻きまわした。プラスチックの櫛《くし》とブラシ、ヘアピン、シルクの赤いスカーフ、口紅、頬紅、アイブローペンシル、瓶入りのアイライナー、古ぼけて曇ったポケットミラー、アドレス帳、サングラス、パスポート、電卓、ペーパーバックのスリラー、爪やすり、もう一本の口紅、財布。財布のなかには、十ドル札と五ドル札と一ドル札で合計八十五ドルの現金と、ブルーミングデールズのカードとマスターカードとアメリカン・エキスプレスのクレジットカードがはいっていた。少年はラミネート加工した写真をぱらぱらめくった――カメラに向かってほほえんでいる水着姿の男女、奇妙な見かけの小型犬、磁器のシンクで鶏のはらわたを抜いている、髪にカーラーをつけた老女。少年がほしいものはひとつもなかった。

少年は思春期の体をもてあましながら車の外へ出ると、うしろで待っていた幼い少年と少女に身ぶりをした。ふたりは座席に這いのぼった。男の子は、二種類の口紅のうち、色の濃いほうを選んでバックミラーに円を描きはじめた。女の子は、鼠にちょっと似た犬の写真とポケットミラーが気にいって、首にかけている汚らしい皮袋に入れた。そのあいだに、大柄な少年はシートの下に押しこめてある除氷剤の缶を見つけた。振ってみた。ほとんど空だった。

バールを持っていなかったので、トランクはあけられなかった。イグニッションから下がったままのトランクの鍵は、少年にとってなんの意味もなかった。少年は鍵というものを知らなかった。わかっているのは、トランクのなかになにかいいものがはいっているかもしれないということだけだった。

森のなかを帰る途中、子どもたちは梟《フクロウ》を見つけ、その梟が獲物をしとめるのをじっと待った。獲物は、水面から顔をのぞかせているのがかろうじてわかる大きな牛蛙《ウシガエル》だった。もとの木にもどってきた梟が、とってきた蛙《カエル》を引き裂きはじめた。すると肌の荒れた少年が、梟を狙って石を投げた。石は見事に梟の胸に命中し、鳥はブラックベリーの茂みに落ちた。年下の子どもたちは歓声をあげた。だが、少年は殺した梟をとりにいこうとしなかった。棘《とげ》だらけでどうにもならなかったからだ。棘をいとわない動物が死体を持っていくことだろう。夜には、あらゆる動物が狩りをしているのだから。

午前十一時三十分

キッチンは満足のゆく状態になりはじめていた。掃除が終われば、すばらしいキッチンになるはずだ。両端が折りたためる長いテーブル。余裕たっぷりの調理台。裏庭同然の、枯れかけた背高泡立草《セイタカアワダチソウ》が生い茂っている下り斜面に臨む、シンクの上の東向きの窓。ふたつの小さな窓は、それぞれ西と南を向いている。いちばんすてきなのは、キッチンのほぼ真ん中に鎮座している、大きな古いだるまストーブだった。この大きさなら、ふたつある寝室のどちらも暖まるだろう。

この家でいちばん広いキッチンが、ここでの暮らしの中心として想定されているのはあきらかだ。ふたつの入り口のドアはどちらもキッチンに直接通じている。裏口からだとシンクのすぐ左、玄関からだとテーブルのすぐ向こう、大きな革のソファのとなりからキッチンにはいることになる。居心地のいい場所になるのは間違いない。カーラはシンクから下がってつかのま立ちどまり、ぐるりと見まわした。だいぶよくなっていた。カーラはタオルとストーブの灰を詰めた茶色の紙袋を拾いあげ、外へ出てポーチのごみ箱にそれを捨てた。

いい天気ね、とカーラは思った。陽射しは明るいけど、ストーブを焚く口実になる程度のぴりっとした肌寒さもある。遠くから波が岸に打ち寄せる音が聞こえた。海が見えないのが残念だった。七、八百メートルほど離れた上空でアホウドリが風にのっているのが見えるだけだ。薪《まき》小屋のドアをあけると、オークとポプラの薪がうずたかく積んであった。床には焚きつけがはいっている箱もある。だれかが、カーラのためにきちんと準備をととのえておいてくれたのだ。たしかに家は汚かった。だが、それは覚悟していたし、少しくらい掃除がたいへんでも愚痴をこぼすつもりはなかった。けれども、薪はありがたかった——薪割りはカーラが身に着けている家事のうちに含まれていなかったからだ。それに、ちょっとした心づかいもありがたかった。たとえば、万が一医者や——考えるだけで気が滅入るが——警察に連絡しなければならないときのための緊急電話番号が電話の上に貼ってあったり、キッチンのテーブルの上にタイプライターのための延長コードが置いてあったり、気がきくことに冷蔵庫のプラグが差しこんであったりしたのだ。箒《ほうき》でざっと掃いた形跡まであった。この家は一年以上借り手がつかなかった、という不動産屋の説明を考えれば、それほどひどい状態ではなかった。去年は最悪の年だったんです、と不動産屋の女性はいっていた。クラゲが海岸に大発生したのだそうだ。きっと散らかり放題になっているだろう、とカーラは想像していた。だが、実際に来てみると、それほどではなかったのだ。総じて、この家の状態は上々だった。焚きつけが足りなくなったら、薪小屋の鋭い斧を使えばいい。とはいえ、この薪小屋を見るかぎり、この秋、よっぽど冷えこまないかぎり、薪割りはしなくてすみそうだ。

ストーブとのあいだを何度か往復して、かなりの薪を家のなかに入れた。さしあたっては充分な量だった。そのあと、カーラはコーヒーをいれてからテーブルにすわり、やり残していることはなんだろうと考えた。バスルームの掃除は終わった。寝室の掃除は終わった。そしていま、キッチンの掃除も終わった。残っているのは、居間と、ほんとうにやる気があるなら屋根裏だけだ。明日、ジムとマージーたちが来るのでなければ、居間に手をつけるのは何日か先のばしにしていただろう。でも、六人も泊まるとなると、居間もきれいにしておかなければならない。

こんなにすぐ、まだ落ちついていないうちにみんなを呼ぶなんて、考えが浅かったわ、とカーラは後悔した。だが、そのときの勢いで招待してしまったのだし、いまさら取り消すわけにはいかなかった。ジムは撮影を終えたばかりだし、今度いつ、ばかげたテレビCMかなにかのためにロサンゼルスへ行かなければならなくなるのか、まったくわからない。だから、少なくとも、ジムにとっては絶好のタイミングなのだ。どうして、よりによって俳優なんかを恋人にしたのかしら？　概していえば、俳優というのはカーラの好きな人種ではなかった。たいていの俳優は、単細胞で、ひどく自己中心的だからだ。しかし、カーラには、自分がなぜジムとつきあうようになったのか、よくわかっていた。理由は単純だった——生まれてこのかた、ジムほどのハンサムを見たことがなかったからだ。それを認めてしまうと、口元がほころんだ。ニックと別れたあと、物事はずっと単純になったように思えた。魅力的で、セックスのパートナーになってくれ、遊びに連れていってくれ、でもそれ以上は踏みこんでこない男とつきあうことにしたからだ。ニックは複雑すぎた。ニックとの交際には多大な精力を捧げていた。だがいまのカーラにとっての興味の対象は、男ではなく仕事だった。以前のカーラは、人間関係にエネルギーを使いすぎていた。それなのに、うまくいったためしがなかったのだ。いまでは、仕事中心の生活に単純化していた。仕事の成功を噛みしめると、自分は自立した女性だと実感でき、心から満足できた。ジムについていえば、とてもハンサムで、肌の感触が心地よかった。それで充分だった。

調理台の陽射しがあたっている箇所に視線を据えながら、カーラはぼんやりとコーヒーをすすった。ニックとの関係まで、まえより単純になったわ、とカーラは考えた。ふたりは友人だった。いま、カーラはニックと会うのを楽しみにしていた。カーラは、自分がはじめてほかの男とつきあいはじめたとき、ニックがどれほど激しく嫉妬したかを思いだした。あれが昔話になっていてよかった、とあらためて安堵した。あのときニックと、夜を徹してじっくり話しあっておいて、ほんとによかったわ。さもなければ、同じ家にジムとニックを招待するなんて、もってのほかだったでしょうね。近頃のカーラが男に求めているのは、友情とセックスだけだ。いまはニックが一方を、ジムがもう一方を与えてくれている――悪い生活ではなかった。

カーラはだれにどこで寝てもらうかを思案した。ニックとローラにはひとつめの寝室で寝てもらおう。マージーとダンにはもうひとつの寝室で。わたしとジムは、居間の窓のまえに置いてある、ベッドにもなる古いカウチを使えばいい。だとすると、さっさと掃除をはじめなくちゃ。カーラはコーヒーを、まるでウイスキーのようにいっきにあおると、仕事にとりかかった。

奇妙な間取りの家だといえなくもなかった。居間を、あとからの思いつきで付け加えたみたいなのだ。大きいほうの寝室のとなりにある居間は、もうひとつの寝室のように感じられた。要するに、家の半分をキッチンが占めていて、もう半分に似たような大きさの部屋が三つとバスルームが並んでいるのだ。居間には小さな暖炉があるので、そこにも薪を用意しておいたほうがよさそうだ、とカーラは判断した。キッチンのだるまストーブの位置からすると、居間はさして暖まりそうにないからだ。居間のなかには、家のほかの場所にはない、かすかな黴《かび》臭さが漂っていた。快適とはいいがたかった。家具は古かったし、そもそも高級品ではなかった。

カーラは椅子を一脚ずつ表に出して虫干しをし、クッションの埃《ほこり》を叩きだした。

居間のいいところは、天井に渡された、手づくりの梁《はり》だった。不動産屋によると、この家は建ってから百年以上たつのだが、梁を見るとそれがはっきりわかるのだそうだ。どっしりした梁は、とても美しい黒っぽい木材でできていた。見惚れてしまうほどだ。思わず、イニシャルを刻みつけたくなる。あと百年たってもイニシャルはそのままだろうから。だが、そんなふうに美しさをそこなったら、自己嫌悪に苦しむはめになるだろう。火明かりのなか、若い俳優の下から梁を見あげたら、さぞかしきれいでしょうね、とカーラは想像した。つかのま、その光景が目に浮かび、その感触を感じられるような気がした。空想番号六二〇Aってところね。分類名は「開拓者精神」かしら。

あなたったらなんていやらしいの、カーラ。いずれにしろ、暖炉はちゃんと使えるようにしておきたかった。さもないと、ジムがいようがいまいが、凍えてしまう。もちろん、屋根裏へ通じるドアをあけはなしておくという手もある。そうすれば、昼間のうちにこもった熱気が、いくらかなりとも室温を上げてくれるはずだ。けれども、カーラは気が進まなかった。古い屋根裏はどことなく不気味だったから、そのドアは閉めておきたかった。掃除がすんだらすぐ、暖炉に火を入れてみよう。

二時には居間の掃除を終え、ほとんどの家具を部屋にもどした。へとへとだった。一日がかりの大仕事だった。今日じゅうに掃除をすませるために、早めにモーテルを発《た》ってよかった、とカーラは思った。さもなければ、みんなが到着したときも、まだ掃除の真っ最中だっただろう。

もうみんなが帰ったあとだったらいいのに、という気持ちもどこかにあった。この家のすべてが自分だけのものだ、という気分になりはじめていた——なんといっても、埃と汚れに覆われたこの家をよみがえらせたのはカーラなのだ。編集作業は順調に進むに違いない、とカーラは確信していた。キッチンのテーブルは申し分のないデスクだ。それどころか、両端の垂れ板をのばせば、いままで使ったなかでいちばん大きなデスクになる。ニューヨークのアパートメントで使っている、厚さ二センチの合板製のせせこましいデスクとは大違いだ。それに、オフィスの、山のような手紙やら契約書やらで埋まっているデスクとも。ここでなら、なんでも広げられる。それに、こういう場所でひと月働けば、ニューヨークでふた月働いたくらいの成果があがるはずだ。静かだし、考える時間がたっぷりあるのだから。夜、仕事への集中を妨げるバーはないし、朝、二日酔いに悩まされる気づかいもない。そしてジムが帰ってしまえば、生活を複雑にする男もいない。

けれど、ときどき、セックスが恋しくなるかもしれなかった。このあたりにはどんな男がいるのかしら。きっと農夫や漁師ね。それもおもしろいかも。町に行けばバーがあるのかしら。もしあるんだったら、レンタカーのピントで行ってみなくちゃ。ただし、一度だけよ、とカーラは自分に言いきかせた。それから、男はつくらないこと。色恋沙汰はぜったいにだめ。こんなところまで来たのは、編集を担当してる、五〇年代のロックンロールについての、すごくいい本を完成させるためなんだから。この仕事はわたしを売れっ子にしてくれるはず。少なくとも、フルタイムの編集者に。割りのいい報酬と余裕のある締め切り。文句のつけようがない仕事だわ。

五日たてば、みんなが帰って、仕事をはじめられる。ひとりきりで海辺をのんびり散歩したり、一日に八時間、タイプライターに向かいあえる。まるで天国ね。読みごたえがあっておもしろい、正真正銘のプロの手になる本。まさしく編集者の夢。カーラのボスは、ニューヨークにもどってきたときには編集作業を終えているという条件で、休暇を二週間のばしてくれた。条件はクリアできるはずだ。ただし、ボスは知るよしもなかったが、無理のないペースで働いて、あときっかり一週間で終わる予定だ。そのあとは、だれにもわずらわされずにしばらくゆっくりできる。いんちきなのは承知しているが、ずっとがんばって働いたのだ。骨休めをする資格はあるはずだし、時間の余裕が必要だった。気が向いたら、自分の文章を書いてみてもいい。気分転換のために、なにもしないで息抜きをしてもいい。おまけに、この休暇は有給なのだ。肝心なのは、すばらしい本を納品すること。自信はある。それ以外は役得だ。上出来よ、カーラ、と彼女は自分をほめた。

さて、あとは屋根裏ね。

さっきあがってみたのだが、ひどい散らかりようだった。きれい好きなカーラは、せめてざっと掃除をしておきたかった。やるべきだと思った。だが、先に片づけなければならないことがある。暖炉が使えるかどうかをたしかめるほうが先だ。カーラは外へ出て、小屋から焚きつけと薪をいくらかとってきた。〈タイムズ〉紙の日曜版のスポーツ欄から何枚か抜いて、しっかりと細長く巻き、それらの上に焚きつけを交差させて置いた。最後に薪を三本、火床に置いて、煙道が開いていることを確認した。マッチで新聞紙に火をつけた。煙が立ちのぼり、まもなく熱い炎が勢いよくあがりはじめた。

かたわらの道具立てに、火かき棒と火ばしとシャベルがあった。カーラは火かき棒を使って薪の位置を直し、その上にさらに二本、薪を追加してから、しばらく椅子に深く腰をおろして、火の暖かさを楽しんだ。ぬくぬくと暖かかった。この分なら、居間はひと晩じゅう暖かいだろう。カーラは最後に残っていた、詰め物をした古い肘掛け椅子を運び入れると、これ以上先延ばしにできないと覚悟を決めた。屋根裏の掃除は、いまやらなければやらないままになってしまうだろう。

カーラはドアをあけ、階段をのぼりはじめた。

もちろん、階段はきしんだが、危険はなさそうだった。階段のいちばん上に、またドアがあった。そのドアをあけ、踊り場にあがると、手を上にのばして明かりをつけた。ここで鼠の大群が栄華をきわめていたとしてもたいして意味はなさそうだった。すさまじいありさまだ。蝙蝠《コウモリ》はいるのかしらと考えた。床を見てわかった。糞《ふん》だらけだ。そしてカーラは、蝙蝠もいるはずだった。田舎での生活に関するカーラの知識によれば、屋根裏に鼠がいれば、蝙蝠もいるはずだった。日が暮れたら、蝙蝠が棲みついていないかどうか、たしかめに来よう。それとも、やめておこうか。いずれにしろ、カーラは屋根裏の掃除をあきらめた。

屋根の勾配が急なので、腰痛になるのを覚悟しなければ掃除はできなかったからだ。それに、どのみち屋根裏にはたいしたものがなかった。ハンガーがいくつか、床に転がっている。水がこぼれた跡のある古ぼけたマットレス。引き出しがほとんどなくなっている、どっしりした古いドレッサー。錆びた鎌。

そんなところだった。ひとつきりの窓は、埃と汚れですっかり曇っている。煙突の横に、古雑誌、一九六七年の年鑑、何冊かのコミックブック——〈ディテクティヴ・コミックス〉と〈プラスチック・マン〉——が積み重ねてあった。コミックブックはおもしろそうだった。カーラはそれらをとりあげて、匂いを嗅いだ。黴臭い紙の匂いがこころよかった。カーラが大好きな匂いだ。一九六四年ごろのニューヨーク州北部の雑貨屋にまつわる少女時代の記憶が掻きたてられた。夏の刈りたての干し草。麦芽ミルク。楽しい思い出ばかりだ。

コミックブックを踊り場のわきに置いて、わずかに腰をかがめながら、窓に歩みよった。

空気の入れ換えくらいはしておかなくちゃ。掛け金を見つけてはずし、手前に引き開けたが、その分だけうしろへ下がった拍子に、なにかを蹴飛ばした。屋根裏の隅だったので、はっきり見えなかったが、とにかく……なにかをまき散らしたのがわかった。そのなにかが床を転がる音が聞こえた。窓をあけたので、いくらか明るくなったが、それでもひざまずかなければなんだかわからなかった。カーラは床に目を凝らした。あれはなんだったのかしら？

積み重ねた骨だ。骨が小山をなすようにきちんと積み重ねてあったのだ。さだかではなかったが、カーラにはある種の――それともいくつかの種類の――鳥の骨のように思えた。というのも、かなり長い羽と、もっと短い白い羽根が骨の山に混じっていたからだ。見分けのつく骨もあった――小さな上腕骨に、脊椎《せきつい》の一部がいくつか。白骨になっているようだった。たぶん昆虫がきれいにしたのだろう。かなり古そうだ。ほんとうの問題は、どうして骨がここにあるのかだった。カーラが蹴飛ばしたのは、積み重ねられた骨のごく一部だった。残りは、直径三十センチほどの小さなピラミッド形に積まれたままだ。窓のまえに掃き寄せられ、そのまま放置されたかのようだった。だれかが床を掃いたのだが、ごみを片づけるのを忘れてしまったかのようだった。きっとそんなところね、とカーラは推測した。

でも、どうして骨と羽だけなの？　床は糞だらけだった。それなのに、どういうわけか、小山にはそれらがまったく含まれていなかった。こんなことをする習性を持つ動物がいるのかもしれない。梟《フクロウ》かなにかかしら？　カーラは大学で履修した生物学を思いだそうとした。鳥か、それとも――そうじゃありませんように――鼠が、獲物の骨をこんなふうに積みあげるさまを思い描くのは難しかった。それでも、可能性は充分あるように思えた。とはいえ、人間のしわざだと考えるほうが違和感がなかった。子どもかもしれない。カーラは煙突のわきのコミックブックを思いだした。知能に障害があって友だちのいない気の毒な子どもが、階下で両親が言い争う声を聞きながら、この屋根裏でチキンの骨を積み重ねているさまを想像しながら、わたしのまえにこの家を借りたのはどういう人だったのかしら、と考えた。

カーラは踊り場へもどり、コミックスを拾いあげた。そして、ぼうや、あなたの秘密の宝物を盗んだんじゃないといいんだけど、と胸のうちでつぶやいた。階下へおりて、ちりとりと箒をとってきた。あの骨の山はカーラの神経にさわった。とにかく、あれだけは片づけておきたかった。

午後四時三十五分

壁にかかった古ぼけたパブスト・ビールの時計を見あげながら、ピーターズは二杯めのバドを注文した。彼のほかには、客はカウンターの端にすわっているピンカス兄弟しかいなかった。〈カリブー〉は、暗くて静かで居心地がいい、ピーターズにとって理想のバーだった。

ハンクがピーターズのジョッキにビールをついで、食べかけのターキークラブサンドイッチの横に置いた。遅い昼めしにも取り柄はあるな、とピーターズは思った。毎日こんなに遅く食いたいとは思わないが。ひとつには、食欲が増す――もっとも、食欲がなかったためしはないのだが。それでもピーターズには、つかのまなりともリラックスする必要があった。ランチタイムのこのバーは、リラックスするには混雑しすぎている。それが州警察官にとっての問題だった。つねに公人でいなければならないことが。州警察官は、人がいるところへ行くと、決まって噂や不平やただの無駄話を聞かされるか、こっちがこぼれ話のひとつやふたつ披露することを期待される。

心が安まる暇がない。小さな町では、だれもがだれがなにをしているかを知っており、警官は全体のお目付け役だ。それがピーターズの仕事なのだ。少なくとも、町民はそうみなしている。だがピーターズの見解は違っていた。彼の仕事は平和の維持のはずだった――とりわけ大切なのは自分自身の平和の維持だ。だから、質問や意見はなるべく聞かないようにしていた。だが、彼の努力はむなしかった。田舎町には公人が数えるほどしかいない。したがって、町民はありあわせの公人で我慢するほかないのだ。

きょうは交通事故があった。大騒動だった。それはもっぱら、事故の当事者がボストンの住民だったからだが、デッドリヴァーでは事故が少ないからでもあった。六月にランダーズ家がやってきたとき、すでにピーターズは、あの一家の夫人は遅かれ早かれトラブルを起こすに違いないと予想していた。ミセス・ランダーズはどうにか持ちこたえていたが、出発の日に事故を起こした。ぎりぎりになったが予想は的中したってわけだ、とピーターズは考えた。

ミセス・ランダーズは困った女性だった。いるだけで雰囲気が気まずくなってしまうタイプだ。ピーターズはランダーズ一家と何度も会っていた。都会には、女性にとって便利なものがなんでもそろっている。暇を持てあますようなことはないし、トラブルの面倒を見てくれる人間がたくさんいる。ところが田舎では、もしも――六月のランダーズ家のように――配管が壊れても、一日か二日は待たなければならない。みんなやることがある。すべてがのんびりなのだ。ミセス・ランダーズが住んでいる都会では、大きくて古い高層ビルの地下に常駐している営繕係に電話をかければ、一時間で修理に来てくれ、二時間で湯が出るようになる。都会の女性はそれに慣れている。だが、ここは都会ではない。

そこでミセス・ランダーズがとった行動は？　警察に電話をかけたのだ。頼んでから一日半たつのに、まだ配管工が来ないといってピーターズに苦情を申し立てたのだ。どうしろっていうんですか、奥さん、とピーターズはたずねた。ジョン・フレイザーに銃を突きつけて、ひっぱっていけっていうんですか？　ええ、その必要があるなら、とミセス・ランダーズはいってのけた。避暑客をよく知っているピーターズも、自分の耳を疑った。そしてピーターズは、きょう、事故がミセス・ランダーズの責任でよかったと心ひそかに喜んでいた。メイン通りとメイプル通りの交差点で、ミセス・ランダーズの車がウィリアムズ家の息子の車のリアフェンダーに衝突したのであって、その逆でなくてよかったと。ウィリアムズ家の息子は好青年だし、たいていの避暑客と同様に、ミセス・ランダーズは最初から最後まで頭痛の種だったからだ。かならずしも最後までってわけじゃなかったな、とピーターズは思った。ミセス・ランダーズのおかげで、こんなにすばらしい遅い昼めしを食べられるんだから。

ピーターズはサンドイッチを——例のごとく——大口をあけてがぶりとかじって——これまた例のごとく——嚙むのに苦労した。歯もだめ、背中もだめ——体がぼろぼろだ、とピーターズは内心で嘆いた。太りすぎだし、もう年だ。シアリングに仕事を譲ろう、とピーターズは考えた。いままでに数えきれないほど何度もそう考えていた。そして今回も、自分が本気ではないのがわかっていた。退職金のことを考えなければならなかったし、正直なところ、たとえ懇願されても引退する気はなかったからだ。あまりにも長いあいだつづけているせいかもしれなかった。法律が気に入っているのかもしれなかった。それとも、この町の住人が気に入っていて、彼らを守る地位についていることが、ときどき彼らに手を貸してやることが気に入っているのかもしれなかった。そんなふうに考えているときは、自分が今際《いまわ》の際《きわ》まで命令を下しているのではないかと疑った。まんざら悪くない死に方だった。

ピーターズが喉を鳴らしてバドを飲んでいると、カウンターの端にすわっているピンカス兄弟が彼のほうを向いて大声をあげはじめた。振りかえると、リディア・デイヴィスが滑るようにはいってくるところだった。リディアのうしろでドアを押さえているのはシアリングだ。シアリングの細長い顔は締まりなくにやけていた。きっと抑えきれないんだろう、とピーターズは思った。リディア・デイヴィスはなかなかのべっぴんだ。

「こんにちは」とリディアはいった。「だれがおごってくれるの?」おなじみの挨拶だ。リディアはピーターズを、一顧だにしないで通りすぎた。ピーターズは家族持ちの警察官なので、ビールをおごってもらえる見込みがまったくなかったからだ。それでも、そばを通るときに、ホルターネックの青い服に覆われた若わかしく美しい乳房を間近から拝ませてくれた。そしてピーターズは、リディアを見かけるたびに思うように、二十歳若くて、妻とうまくいっていなければよかったのに、と思った。やがて、バーの薄暗い明かりのもとで、ピンカス兄弟がリディアを受け入れたらしかった。シアリングがピーターズのとなりのスツールに腰をおろした。

「いい女ですね」シアリングがピーターズに、水に濡れた雑種犬のように首を振りながらそういった。

「毎年のことさ」とピーターズ。「避暑に来た女の子たちが家へ帰ると、リディアがしゃなり

しゃなりと歩きまわりはじめる。それで、カレンダーのページを破くときがきたってわかるんだ。もっとも、いつだって目の保養にはなるがね」

「まったくです」

「ショートパンツが似合ってるな」

「同感です」

「デッドリヴァーの女王さまだな」とピーターズはほほえんだ。もっぱらシアリングのためだった。ピーターズは、軍隊にいたころに訪れた観光で食っている町には、リディアのような女の子がかならずいたことを思いだしていた。競争相手が少ないときなら充分に美人で通用し、ひとりぼっちで年をとることを恐れて結局ろくでなしと結婚してしまう、たいていは内気だったり不幸な境遇だったりする女の子たちだ。デッドリヴァーから出たことのないシアリングにそれが理解できるだろうか、とピーターズはいぶかった。たぶん無理だろう。しばらく故郷を離れ、たくさんの町で何度も何度も、代わりばえのしない、ばかげたバーの世間話を聞き、代わりばえのしない気どった歩き方や挑発を見て、それがどんなに哀しいかをさとるべきなのだ。だが、シアリングを含めて、ほとんどの若者は、ポートランドより遠くへは一度も行ったことがないときてる。

つかのま、ピーターズとシアリングは、バーの殺伐とした人工的な明かりのもとで、リディアと弟のジム・ピンカスがジュークボックスへ歩いていき、二十五セント硬貨を入れて、押し慣れたボタンを押すさまを見つめた。〈カリブー〉では、ジュークボックスの曲はめったに変わらない――変わるのは、夜、酔っぱらったハンクが曲のどれかにうんざりして、地下室からぼろぼろのレコードケースをひっぱりだし、代わりの曲を見つけたときだけだ。二週間まえ、ハンクがマーティ・ロビンスの曲に飽きあきしてたので、いまではA41はプレスリーの『今夜はひとりかい』になっている。そのレコードはいくらかそっているが、ピーターズはハンク以外のだれかが『今夜はひとりかい』をかけるのを聞いたことがなかった。

あのころのきみへの気持ちを
思いだそうとしてるんだ……

ウェイロン・ジェニングスの曲だ。ということは、曲を選んだのはピンカスだろう。リディアだったら、ジェリー・リー・ルイスのようなもっとけたたましい曲を選んでいたはずだからだ。そしてピーターズは、いろいろな意味で、女より男のほうがずっとロマンチックな動物だという奇妙な事実に、あらためて思いをめぐらせた。ジム・ピンカスのような粋がっている若いちんぴらでさえそうなのだ。さまざまな点で、ずっとロマンチックなのだ。

「あいつら、どれくらい酔っぱらってるんですか？」とシアリングがたずねた。ピーターズの心を読みとったような質問だったが、目新しい出来事ではなかった。六年も一緒に働いていると、そういうことがときどき起こるようになる。

「中程度ってところだな」

「リディアは面倒な連中を標的にしたってわけですね」

「ほかにだれもいないじゃないか」

「わたしたちがいますよ」

「おれたちは警官だぞ、サム。女にもてたいなら、簡易トイレの修理屋にでもなったほうがまだ望みがあるってもんだ」

ピーターズは冗談のつもりでいったのだが、シアリングはまじめに受けとめた。「勘弁してくださいよ……」長年一緒に働いているあいだにピーターズが聞きわけられるようになった、愚痴っぽい口調だった。「本気でいったわけじゃ……」

ピーターズはおおげさにウインクをしてみせた。シアリングが相手だと、なにごともおおげさにしてやらなければならない。

「心配するな、サム」ピーターズはいった。「ヘレンは、おまえが夜、どんな遊びをしてるのか承知してるさ。ピンボールやシャッフルボードやビリヤード、それにビールだとな。たいした遊び人だ。たいした女たらしだよ」

シアリングはほほえんだ。シアリングはヘレンにぞっこんだった。妻のためならなんだってするだろう。最終的にどうなるかはともかく、いまのところ、シアリングはうまくやっている。もしもしくじったら、とピーターズは考えた。その日はサム・シアリングの検死報告書を書きはじめる日になるかもしれない。なぜなら、こういう町では、妻と子どもをうしなうことは全てを失うことを意味するからだ。

「ランダーズ一家は無事に出発したのか?」ピーターズはたずねた。

シアリングは身ぶりでハンクにビールを注文した。「ええ。ほっとしましたよ」

「まったくだ。正直いって、厄介ごとを持ちこんでくるばか女には邪険な扱いをしたくなるんだ」とピーターズは払いのけるような手ぶりをした。「ときどき、ほんとにそうしてるけどな」

ふたりはビールを飲んだ。だれもジュークボックスをかけなかったので、バーは静かだった。ハンクはふたりから一メートルほど離れたところで、彼のような大男に似つかわしくない、独特の夢見るような哀しい目で窓から通りをながめていた。リディアはジムとジョーイのピンカス兄弟にはさまれてカウンターにもたれていた。ジョーイはリディアの肩に腕をかけている。黙ってれば、まるで恋人同士だな、とピーターズは思った。不安と愚かな虚勢のせいでやがて破局を迎えてしまう恋人同士みたいだ。二杯めのビールのせいで頭がふらふらしはじめているのを感じて、ピーターズはグラスを押しのけた。持病になっている背中の痛みを覚えた。医者は太りすぎのせいだといい、ビールはその痛みをやわらげる役には立たないといっていた。実際、役に立っていなかった。

「町はずいぶん静かになったな」ピーターズはシアリングにいった。「みんな帰っちまったからな」

シアリングはうなずいた。

「感傷的になってるんだ」とピーターズ。「情けないことにな」

「どう感傷的になってるんですか？」

「たぶん年のせいだろう。単調な毎日にうんざりしてるだけかもしれん」

シアリングはふたたびうなずいた。いうべき言葉はなかった。

「シーズン中は道化者がいる。避暑客という道化者がな。だがオフシーズンになると、町にはおれたちしかいなくなる。ときどき、自分たちまで道化者になったような気分になるんだ。漁獲高が毎年減りつづけているちっぽけな町で、つぎの夏が来るのを待ってるおれたちまで。要するに、眠れないんだよ、サム。不安なんだ。もうすぐ五十五だってのに不安なんだ。まったくお笑いぐさだよ。こんなふうにのどかになると、いつもお笑いぐさだと思うのさ。たしかに仕事は忙しいが、どうでもいい仕事ばっかりだからな。そしておれは空想するんだ。今年はなにかが起こるだろうと。いまから六月一日までのあいだに、なにかがおれに起こるだろうと。宝くじに当たるとか、聞いたこともなかった大金持ちのおばが死ぬとか、そんなことが。そして大金を手に入れたおれは、若い娘を連れてパリへ遊びに行くのさ。戦争中、おれはパリに配属されてたんだ。それは話したことがあったよな？　だが、二十三年間仕事をしてて、二十年間結婚してて、なんにも起こらなかったんだ。まったくお笑いぐさだよ」

ピーターズは両手でカウンターを押して体を起こした。「くそっ、ビール二杯でもうふさぎこみはじめるんだからな。酒まで昔みたいに飲めなくなってるのさ。いつになったらおれの代わりにこの仕事を引き受けてくれるんだ、サム？」

「地獄が氷で覆われたときでしょうね」とシアリング。「署長がわたしに譲る気になったときですよ」

ピーターズはほほえんだ。「だとすると、もうちょっとかかりそうだな」

バーのドアが開いて、ウィリスがはいってきた。ウィリスは、一瞬、バーの薄闇に目を凝らして、黙ってすわっているピーターズとシアリングを認めた。そしてぎこちない大股で歩いてきた。あわててるな、とピーターズは思った。どうやら、ランチは切りあげなければならないらしい。

ウィリスもシアリングも二十代後半だが、シアリングが思慮深く寡黙なのに対して、ウィリスは立派な角をもつ牡鹿をはじめてしとめたばかりの若者のように元気いっぱいで落ちつきがない。こいつはいつだってあわててる、とピーターズは思った。だが、おれたちを探しまわることなんてめったにない。そして、ウィリスがリディアにまったく注意を払っていないことからすると、仕事が関係しているのはあきらかだった。独身で女に飢えているウィリスは、いつだって木の上の洗い熊に吠える猟犬のごとくリディアに言い寄っていた。

「なんだ?」ピーターズはたずねた。

「いますぐ署にもどってください」とウィリス。「署長もサムも」

「なにがあったんだ? ミセス・ランダーズの車がパンクでもしたのか?」

ウィリスは顔をほころばせて、「今度は本物ですよ」と答えた。頬が紅潮していた。「大事件なんです。ちょっとまえに、女性が海からひきあげられました」

「息はあるのか?」

ませんよ」

「息はありますが、大怪我をしてます。あんなにひどい怪我、きっと署長だって見たことあり
「賭けるか？」ピーターズはいった。

　ウィリスはにやっと笑った。「賭けましょう」

「よし」ピーターズはスツールから腰をあげた。「おまえが勝ったら、シアリングから十ドルもらえ。おれが勝ったら、今年いっぱい、あそこにいるリディアをくどくのを我慢しろ」

「わかりました」

　ピーターズはドアをあけ、バーテンのハンクに会釈した。三人は一列になって出ていった。ウィリスは入り口でちょっとのあいだ足をとめた。通りのまばゆい明かりが、バーの淡い黄色の暗がりに差しこんだ。ウィリスは振りかえって手を振りながら、「じゃあな、リディア」と声をかけた。

　ピンカス兄弟は顔をしかめた。リディアはちらりと振りむいて、長く美しい指で手を振りかえし、「じゃあね」と応じた。ウィリスが出ていくまえに、リディアはビールを口へ運んでいた。ハンクがビールのお代わりをつぎ、リディアの両脇にすわっている兄弟はふたたび上機嫌になった。

午後五時十七分

自己満足の無駄づかい以外のなにものでもないわね、とカーラは考えた。冷えこんでいるわけではなかった。それでも、カーラはストーブの火をつけたままにしておきたかった。そうすればのんびりとリラックスできたし、なんとなくセクシーな気分になれた。それに匂いがここちよかった。居間の暖炉は消えるままにした。暖炉を燃やしっぱなしにしておいても、居間の湿気はたいしてとれなかった。黴臭《かび》さはいまも漂っている。みんなが帰ったら、あの部屋はあまり使わないかもしれなかった。キッチンのほうがずっと快適だ。カーラは〈プレス・ヘラルド〉紙をたたんで、ボウルに盛ったフルーツを冷蔵庫へもどした。

日が暮れかけていた。ストーブをひと晩じゅう焚いたままにしておくつもりなら、もう少し薪をとってきたほうがよさそうね、とカーラは考えた。カーラは、暗くなってから外へ出て薪をとってくるのをためらってしまうような都会人だった。疲れてはいるが、いまのうちにとってきたほうがよさそうだ。おなかもぺこぺこだった。フルーツでは腹の足しにならなかった。薪をとってきたら、シャワーを浴びて、早めに夕食の支度をするつもりだった。冷蔵庫には鶏肉と新鮮な野菜があった。デッドリヴァーではいい野菜を買えるのだ。朝食をとったあと、食事はしていなかった。ダイエットにはいいが、気分爽快というわけにはいかない。家に関していえば、とりあえず、充分きれいになっていた。

カーラは裏口をあけてポーチへ出た。風が強くなっていた。舞いあげられた庭の落ち葉が、カーラの足元、褪せた灰色の床板の上を、渦を巻きながら横切っていく。カーラは薪小屋のドアをあけて、薪をわきに抱えた。薪は乾燥しており、軽かった。ひと抱え薪を運びこんでから、もう一度とりにいった。二度めのほうが重く感じられたので、自分が疲れきっているのがわかった。シャワーはさぞかし気持ちいいだろう。焚きつけをとりに、さらにもう一度薪小屋へ行った。そして薪小屋のドアを閉めたとき、男に気づいたのだ。

というよりも、シャツに気づいたのだった。鮮やかな赤の、ハンターが別のハンターに誤射されないために着るシャツのようだった。カーラは、まず赤い色が草原を横切るのを見、一瞬遅れて、それが赤い鳥や赤い木の葉ではなく、丘の裾を流れる小川にそって移動している男性だとさとったのだった。わたしったら、よっぽど疲れてるんだわ！　男が赤い服を着ていなかったら、気がつかなかっただろう。だが、男のほうが目がいいようだった。男は少しのあいだ足をとめて、カーラのほうを向いた。かなり距離があったので、容貌は見分けられなかったが、身ごなしからすると、若くてたくましい男性とおぼしかった。男が手を振った。おまけに社交的な性格らしいわ、とカーラは考えた。カーラはほほえんで、手を振りかえした。さすがにほほえみまでは見えないでしょうけど。

男性はしばらくカーラのほうを向いていたが、やがて上流をめざしてふたたび進みはじめた。なにかを探しているのか、腰をかがめていた。ザリガニかしら？　不動産屋によれば、あの川にはザリガニがたくさんいるらしかった。それとも、蛙《カエル》かも。蛙の脚が好物のお隣りさんがいるのかもしれないわ。蓼《たで》食う虫も好きずきっていうし。いずれにしろ、木の陰に隠れて、男はまもなく見えなくなった。

焚きつけを箱ごとひきずって家のなかへ入れておけば面倒がない、とカーラは思いついた。そうすれば、何度も行ったり来たりしなくてすむ。カーラはごみ箱で押さえて裏口のドアが閉まらないようにしてから、仕事にとりかかった。あの男の人はどこに住んでるのかしら、とカーラはいぶかった。不動産屋の話では、たしか、いちばん近い隣人の家は、砂利を敷いた旧道から三キロ以上離れたところにあるはずだ。この家は、プライバシーを重視して選んだのだ——もちろん、賃貸料と家の魅力も考慮したが。あらゆる点で、この家は満点だった。

焚きつけをキッチンのストーブのそばまでひきずっていったときには、くたくたに疲れていた。体じゅうが痛かった。いま横になったら、もう起きられないだろう。そして目が覚めると明日の朝なのだ。きっと夜明けごろだわ、とカーラは想像した。だって、寝室には東向きの窓があるんだもの。ちょっとした事柄を思い浮かべるだけで心が浮きたった。東向きの窓。火をうまくおこせたこと。クッションから埃を叩きだしたこと。

ここ何年か、カーラはたまにしか田舎を訪れていなかった。友人がニューハンプシャー州とヴァーモント州北部におり、二年か三年に一度、車で遊びにいっていた。覚えようと意識したことはなかったが、カーラは鋭い観察力の持ち主だし、物覚えがよかった。カーラとマージーは、いつもニューハンプシャーとヴァーモントでの滞在を楽しんでいた――じつのところ、田舎で休暇を過ごそうと思いたったきっかけは、そうした旅行だったのだ。けれども、メイン州の自然は目新しかった。姉妹は小さいときから田舎が大好きだった。どんな田舎でも。カーラは少しのあいだキッチンテーブルの椅子に腰をおろした。

そして妹のことを考えた。マージーも鋭い観察力の持ち主だ――鋭すぎるのかもしれない。ときどき、マージーは観察しかしてこなかったのではないかと思うことがある。マージーはカーラが知っているどんなイラストレーターにも負けないイラストを描けるし、すばらしい油絵だって描ける。それなのにマージーは、まったく才能を生かそうとせず、つまらないパートの仕事を転々としてきた。タイピスト、受付係、売り子。とりわけばかばかしかったのはクリスマス・シーズンにブルーミングデールズでやったおもちゃ売場での仕事だった。カーラはよくおぼえていた――マージーはイーストサイドのくそガキに野球のバットやTVゲームを売っていたのだ。頭文字を組みあわせた商標がついたブランドもののバッグを持った母親たちは、プレゼントを買い与えている子どもたちを憎んでいるとしか見えなかったという。あれが最悪だった。

恋愛を別にすればの話だが。マージーの恋愛はまともではなかった。ひと晩かぎりの関係にするべき男に、ちょっとしたきっかけで恋してしまい、少女じみた、交際ともいえない交際を何カ月もつづけたり、さもなければ傷口をなめながら雪解けを待つ獣のごとく、何週間もアパートにひきこもってだれとも会おうとしなかったりした。

少なくともそれに関してだけは変化の兆しがあった。マージーがいま付きあっているダンという男性は、マージーを愛しており、なんの迷いもなく愛していると口にしている。マージーのほうに迷いがないわけではなさそうだが、いつもと違って、地に足のついた、実りある交際にしようと努力している。なにはともあれ、ひきこもってはいない。

それでもカーラは、妹にはもっと強く、したたかになってほしかった。そう願うのは、カーラ自身が、ここ数年で強さをたっぷり手に入れたからかもしれなかった。それどころか、ちょっとたくましくなりすぎたのではないか、感情を犠牲にして世渡りのうまさを身につけすぎたのではないかと案じていたし、ときどき、いまでも恋ができるのだろうかと——考える時間があるときは——考えることがあった。

それでも、妹よりうまくやっているのはあきらかだった。マージーは、いまだに、か弱く傷つきやすい花だ。カーラは妹のなかに、埋もれたたくましさをいつも感じていたが、いまにいたるまで、そのたくましさが表に出てくるのを見たことがなかった。

カーラは火床の扉をあけて薪を二本足した。そろそろシャワーを浴びよう、とカーラは考えた。シャワーを浴びて、コーヒーを飲んで、ごはんを食べよう——きっと生きかえるわ。いまもまだ、寝るまえに本を読むつもりでいた。

寝室で服を脱ぎ、裸になってバスルームへ歩いていった。水が湯になるまでにしばらくかかるのがわかっていたから、シャワーを出して、湯気があがりはじめるのを待った。そのあいだに、鏡に映る自分の姿をながめた。思わず笑ってしまった。ふたりの別人みたいに見えたからだ。両手は汚れきっている。顔には汚れの筋ができているし、髪は埃まみれだ。両手と頭はゴムでできたハロウィーン用の仮装をつけているようだが、それ以外の部分は清潔だ――そのうえプロポーションは抜群。三十二歳になっても、カーラは二十歳のころに引けをとらないスタイルを保っていた。ヒップはちょっぴり垂れてしまった。でも、肌はずっときれいになっている。これも二律背反ね。カーラは横を向いた。小振りな乳房が震えた。うん、きれいなラインだわ。

期待どおり、シャワーは気持ちよかった。リラックスでき、心身ともに爽快になった。おまけにいくらかセクシーな気分になっていた。カーラが心からセックスしたいと思うのは、体が清潔なときだけだった。朝起きてすぐに愛しあう人たちの気が知れなかった。どう考えたって、朝は一日でいちばん不潔なときだ。なにせ、ずっとベッドカバーにくるまっていたのだし、たぶんひと晩じゅう汗をかいていたのだから。口は下水みたいに臭うし、髪はくたっとしていてぼさぼさだ。考えただけでぞっとする。

だけど、シャワーを浴びたあとは違う。全身がちくちくする。ジムがいなくて残念だった。とうぶんジムとセックスできないと考えたときは、それほど執着があるとは思っていなかった。それがいまでは遠い昔のことのようだ。あしたの夜には会えるんだわ、とカーラは思った。あと一日、我慢すればいいのよ。

カーラは体を拭き、長い黒髪をタオルでくるんだ。夕食は簡単な料理――鶏肉を焼いて、野菜をちょっぴり炒めるだけ——ですませることにした。コレステロールなんかくそくらえ。マッシュルームと玉葱《たまねぎ》に唐辛子を加えれば上等よ。にんにくと醤油を少々加えてもいいかも。シャワーを浴びたので、気分がずっとよくなっていた。必要があるなら、もう一回掃除をはじめられるくらいだった。必要がなくてさいわいだった。カーラはコーヒーをすすった。

唐辛子を洗っているとき、鼠が裸足の甲の上を横切った。

カーラは飛びあがった。なんてずうずうしいネズ公なの！　鼠は一メートルほど離れたところで、少しのあいだ震えながらとまっていた。カーラは笑った。温かい足は、鼠がカーラを驚かせたのと同じくらい、鼠を驚かせたに違いなかった。鼠はコーナーカップボードのなかへ消えた。当然のことながら、パンと小麦粉と砂糖はそこに入れてあった。どうやら戦争になりそうだった。残念なことだ。鼠はそれなりにかわいい動物といえる。だが、糞《ふん》を忘れるわけにはいかない。カーラは屋根裏の惨状を思いだした。今晩、さっきシンクの下にしまってあるのを見かけた鼠取りをいくつか、引き出しやカップボードのなかに仕掛けておくつもりだった。猫がいればいいのに、と思わずにいられなかった。鼠取りは嫌いだった。だけど、必要なときに必要なものがあったためしはないのよね、とカーラは内心でつぶやいた。それが人生だった。それに、小麦粉と砂糖は守らなければならない。ちょっぴり運がよければ、朝までに鼠退治がすんでいるはずだ。

午後九時三十分

男はキッチンの窓からのぞきつづけていた。女は窓に背を向けてテーブルにすわり、本をひろげていた。ほとんど動かなかったが、それでも男は楽しんでいた。男が暗闇のなかに潜んでいるとは、夢にも思っていないはずだった。男は辛抱強かった。女がすわったまま姿勢を変えるのを見るのは楽しかった。男は女の尻が動くさまに目を凝らした。いまでは、女がいつページを繰るのかわかるようになっていた。女が頭からタオルをはずし、まだ湿っている長い髪をふるったときはぞくぞくした。美しい女だった。音をたてて女を脅かしたかった。女がぎくりとするさまをながめたかった。だが、我慢しなければ。

男の大きな手が、いったん斧の柄を滑りおり、また元の位置にもどった。

カーラは、家のなかでぱちんというかすかな音がしたのに気づいた。鼠取りだわ！　本を置いて戸棚に歩みよると、扉をあけてなかをのぞいた。だが鼠取りは跳ねかえっていなかった。戸棚を閉じ、引き出しをあけた。そこの鼠取りもそのままだった。そのとなりの引き出しをあけた。

鼠が捕まっていた。ありがたいことに即死していた。小さな灰色の鼠の背骨は肩のあたりで折れている。鼠は目を見開いており、ゴーダチーズを口いっぱいに頬張ったままだ。一方の前足は前方にのびているが、もう一方は体の下になっていてほとんど見えない。腰の下あたりで、小便が小さな黒っぽい広がりになっている。カーラはしばらく窓のまえで立ちつくしていた。魅惑されていたが、不安にも駆られていた。死体に触れれば、きっとまだ温かいだろう。

カーラは触れなかった。鼠取りをつまみあげて裏口へ向かった。ドアをあけ、外の月のない闇夜を見つめた。都会を離れると、闇ってこんなに深いのね、とカーラは感じいった。ポーチの端も、薪小屋のドアも見えなかった。薪を運んでおいてほんとによかったわ。

少しのあいだ、カーラはそのまま、夜を楽しんだ。遠くの蛙《カエル》の、近くの蟋蟀《コオロギ》の声、ひんやりと湿った空気。今晩は曇ってるわね、とカーラは思った。そして鼠取りを背高泡立草《セイタカアワダチソウ》の草原へ、力いっぱい放り投げて、どんな動物があれを見つけるのかしらと考えた。たぶん洗い熊ね。いつだって一頭か二頭、洗い熊が家の様子をうかがってるんだから。カーラは家のなかにもどり、ドアを閉めた。

男は草原にしゃがみこんで、女が寝支度をはじめるのを待った。長く待たなくてもよさそうだった。女は読書をやめ、男がのぞいていた窓のすぐまえで皿を洗いはじめた。男は薄笑いを浮かべた。男は女から三メートルも離れていなかったが、それでも女は気がつかなかった。夜陰は赤いシャツを黒に変えていた。女は滑稽なほど無力で愚かだった。あんなふうに鼠取りを投げるなんて。笑いがこみあげてきた。だが、完璧な自制心を持つ男は吹きだしたりせず、女を注視しながら薄ら笑いを浮かべただけだった。

カーラは皿洗いを終えると、寝室へ歩いていき、ナイトテーブルに置いてあったヘアブラシをとった。そして腰をかがめながら、髪をさっとまえへおろし、ブラシをかけはじめた。百回もブラシをかけるなんて、とカーラは内心でひとりごちた。ばかげてるわ。だが、そう思いながら、カーラは実行するのだった。タオル地のバスローブの襟がちょっとじゃまだったので、いったん腰をのばしてローブを脱いでから、ふたたび前かがみになって、あらためてブラシをかけはじめた。ストーブが家を充分に暖めてくれていたから、裸になっても快適だった。このまま全裸で寝るつもりだった。

カーラはまぶたを閉じ、強めにブラシをかけて、清潔な頭皮をブラシの毛がこする感触を楽しんだ。外ではさらに風が強くなっていた。なにかが家に当たる音がした。

満足がいくまで髪をくしけずると、カーラは体を起こしてうしろと左右へ少しだけブラシをかけ、それで終わりにした。キッチンへ行き、コップに水をついでひと口飲んだ。明かりを消した。寝室へもどって、水を飲み、コップをナイトテーブルに置いて、ベッドにはいった。疲れきっていて、もう本を読む気にならなかった。ベッドサイド・ランプを消した。

シーツが裸の肌に当たる感触が冷たかった。またしても外で風が吹く音が聞こえた。そしてカーラは、あの風は雨の前触れだったのかしら、と考えた。それからほどなく眠りについた。

午後十一時二十分

マンハッタンでは雨が降っていた。マージョリーが二階にあるアパートメントの窓の外を見ると、半ブロック離れたところに立つ街灯の光に横殴りの雨が浮かびあがっていた。下に停っているチェッカーキャブの屋根に雨粒が叩きつける音が聞こえた。実際に打たれなくても、どんな雨かわかった。薄い上着を着た男が、向かいのビルの玄関で雨宿りをしていた。このときばかりは、通りは明るく、清潔に見えた。田舎へ行くことになっていて嬉しかった。

マージーは、母親から教えこまれた、荷造りに関する規則——足からはじめて帽子で終える——をいまだに遵守《じゅんしゅ》していた。マージーは帽子をかぶらなかったが、それでも役に立つ規則だった。マージーはしかるべき順番にしたがって、忘れ物がないかどうかを確認した。靴——おしゃれな靴を一足とはき心地のいい靴を一足。それとスニーカー。靴下とストッキング。パンティーを五枚。タンポン（今週末には生理になってしまう——まったく！）。スリップを一枚、スカートを一枚、ジーンズを二本。シンプルなコットンのドレス。ブラウス、Tシャツ。セーターを一枚、ジャケットを一枚。ネグリジェ。腋《わき》の処理のためのかみそり。マージーは肌が弱く、この年になっても、いまだにときどき、にきびができる。そこで、荷物にはアイヴォリー石鹼と皮膚科の医師からもらった薬を入れてあった。朝、歯ブラシとシャワーキャップを入れれば、忘れ物はないはずだ。

マージーはスーツケースを閉めて、ベッドの足のほうに置いた。そしてデスクへ歩いていって、朝、植木に水をやること、というメモを書いておいた。ちらりと外を見た。タクシーも、向かいのビルの玄関にいた男も消えていた。雨は小降りになり、霧雨になっていた。ニュースによれば、嵐は朝方にはおさまるそうだから、運がよければ格好の旅行日和になるかもしれない。マージーはバスルームで服を脱ぎ、顔と手を洗ってから、予備の古い——肩に穴があいている——ネグリジェを頭からかぶった。じつのところ、マージーはその穴が気に入っていた。肩には自信があるからだ。

忘れていることはないかしら？　マージーはゆっくりと部屋のなかを歩きまわったが、なにも思いつかなかった。でも、もう一枚、メモを書いておこう。マージーはデスクに歩いていって、「プラグをぜんぶ抜くこと」と書いた。プラグを抜くのはいちばん最後にするつもりだった。キッチンに歩いていき、コップに水をついだ。いっきに飲みほして、もう一杯ついだ。そしてコップを持ったままキッチンを出、廊下と居間の明かりを消しながら寝室にもどると、ベッドにはいった。かたわらには、まだ読んでいない〈ポスト〉紙の夕刊と、カーラが貸してくれたメイン州についての本が置いてあった。

まず新聞を開いた。そして水をひと口飲んで顔をしかめた。これで千回めになるだろうか、どうしてわざわざこんな気の滅入る新聞を買うのだろうといぶかった。〈タイムズ〉に載らない記事を読むためかもしれないわね、とマージーは推測した。スキャンダル記事。殺人事件の記事。

しかし、殺人事件はいつもマージーをちょっぴり動揺させた。読んでしまうのだが、読まないほうがいいとわかっていた。脳に毒なのだ。大見出しは、「ライカーズ拘置所で流血の暴動。五名死亡」だった。マージーは、「ライカーズ」と「暴動《ライオット》」が頭韻になっているのに気づいた。きょうは国際ニュースがたくさんあったのだが、それが〈ポスト〉紙の一面記事だった。マージーは本文をほとんど読まなかった。たいていは、見出しだけで充分だった。新聞をぱらぱらめくると、肉太の活字が本日の死亡記録を吐きだした。難民を虐殺……地下鉄で乗客を殺害……イランでさらに七名死亡……十七歳の若者を強姦殺人で逮捕……。

マージーが本文まで読んだ記事は二本だけだった。あまりにも奇妙なので、さすがに興味を惹かれたのだ。ニュージャージー州パラマスの四十五歳の労働者が、酔っぱらって喧嘩したあげく、ガレージへ行ってコップにガソリンを満たし、妻を焼き殺そうとした、というのが最初の記事だった。警察によれば、男は妻にガソリンを浴びせたのだが、泥酔していたので、マッチにうまく火をつけられなかったのだという。二本めの記事の男は、いうことを聞かなかったからという理由で、飼っていたビーグル犬の子犬を木に吊るして縛り首にしたのだそうだ。

マージーは二本の記事を、グロテスクな魅力に惹かれて読んだ。捨て鉢になり、正気をうしなう人びとがどうしていっこうに減らないのか、マージーは不思議でならなかった。これら二本の記事は、奇妙すぎて滑稽なほどだった。だが、単なる物語ではなく、見知らぬ他人の人生に起こった現実の出来事なのだと思うと、暗然とし、ちっとも愉快でなくなった。〝唐突な他人の人生〟――この言葉はどこで知ったのだろう？　少しのあいだ、マージーは、ひどく暗く、悲しい気分に襲われた。もがき苦しむ子犬を残して歩み去る男の姿が脳裏に浮かんだ。マージーは新聞を床に放り投げた。

メインに行けば〈ポスト〉紙は読めない。そのほうがよかった。

カーラが貸してくれた本を開いた。カーラがどこかのフリーマーケットで見つけた、手垢で汚れ、背が壊れている、『メインの森林略史』という本だった。鱒《ます》と大鹿についてのアメリカ先住民の伝説と、姉が借りたデッドリヴァーの家からほど近い、リーベックから橋を渡っていけるカンポベロ島にフランクリン・ルーズヴェルト大統領が避暑用の別荘を建てたときのエピソードを読んだ。姉は、特に興味を惹かれた地元に関する記述に赤鉛筆でしるしをつけていた。マージーは水を飲んで、眠気《ねむけ》がきざすのを待った。本の文体は堅苦しく、ちょっぴり読みにくかった。すぐに眠くなりそうだった。マージーは読み進めた。

「烈風が吹きつけ、荒波が打ち寄せるキャットバード島の、入り江越しにデッドリヴァーに臨む荒涼とした険しい岩場に立つバーネット灯台は、大西洋沿岸でもっとも人里離れた灯台のひとつである……」

〝デッドリヴァー〟という単語の下に赤い線が引いてあった。姉が読み通した本を読んでいるという感覚が心地よかった。一瞬、ふたり並んで読んでいるような錯覚を覚えた。マージーは先を読んだ。

「……現在、キャットバード島は連邦自然保護区となっているが、観光客も地元住民も、危険な海のために、ほとんど足を踏み入れない。一八九二年にウェスト・クオディ岬灯台が代わりとして開設されて以来、灯台は無人になっている。しかしながら、この島の黎明期の歴史はきわめて興味深く、紙幅を費やすに値する。

一八二七年に島の最南端に建設された灯台は、もともと、好天時にのみ居住可能な石造りの家屋の端に立つ木製の塔だった。その固定式光源は、最高潮位より二十五メートル上に設置されていた。ところが一八五五年、灯台委員会は、二十三キロ先まで届くはずのバーネット灯台の光が、それよりはるか手前までしか到達していないという報告を受けたため（一日の三〇パーセント以上は灯台が霧に包まれるという悪条件のために、光はいっそう見えにくくなっていた）、二十九メートルの高さの塔を新たに建設した。灯台守《もり》の住居も、同時に改築された。

同年、ダニエル・クックが灯台守に任命され、家族全員――妻キャサリン、十二歳の息子バージェス、それぞれ十三歳と十歳の娘、リビーとアグネス――を連れて、この荒涼とした地の石造りの家屋に入居した。そして三年間、一家はなにごともなくそこで暮らした。

一八五八年一月十九日、ニューイングランド沿岸地方を襲った暴風雨のため、島の防潮堤が完全に破れ、折からの上げ潮とあいまって、灯台守の家はすっかり水没し、灯台の塔が島で唯一居住可能な場所になってしまった。さいわいにも、灯台自体は暴風雨を耐え抜き、ダニエル・クックとその家族は無事だった。飼っていた雌鶏《めんどり》は、駆り集めるのがまにあったので、一羽を除いて救うことができた。だが、そのあと五週間、荒天のため、島に船を着けられなかった。

これ以降、顛末はいささか曖昧になる。必需品、つまり食料と水を手に入れるために本土へ渡れる程度まで嵐はおさまったと判断したクックと息子のバージェスは、一月二十九日または三十日の午前中のある時点で、灯台から船を出したらしい。そのころには、雌鶏はもう一羽も残っていなかった。船は小さな帆船で、帆は手作りだった。その後の親子の消息は杳《よう》としてわからない。一方、ミセス・クックとふたりの娘は、一日の食事を卵一個とカップ一杯分のトウモロコシに切りつめた。それでも、蓄えは雌鶏と同じ運命をたどった。

二月二十三日、ブースベイのウォーレン船長が、とうとう岩場へ船を着けることに成功した。船長が発見した生き残りはただ一名、娘のリビーのみだった。そのリビーも、飢えのために錯乱し、半死半生になっていた。一家の苦難は三十三日間も続いたのだ。痛ましいことに、ミセス・クックはその前日に亡くなっていた。リビーは母親の亡骸《なきがら》を、灯台から数メートル北へ離れたところに浅い穴を掘って葬った。リビーはそれをひとりでやった。というのも、妹のアグネスはその数日前に姿を消していたからだ。リビーは妹を探したが、溺れたものやら道に迷ったものやら、その行方はまったく知れなかった。その後、船長も捜索したが、やはりアグネスは発見されなかった。

ミセス・クックの遺体は数日後に掘り起こされ、ルーベックのクライスト教会に埋葬された。リビー・クックは、やはりルーベック在住の大おば、ミセス・ホワイトにひきとられ、一八六四年にミセス・ホワイトが亡くなってからは生涯ひとりで暮らしたが、最後まで惨事による心の傷は癒えなかったようだ。妹は今も島のどこかで生きている、とリビーは主張し続けた。だが、アグネス・クックの痕跡すら発見されなかった。

惨事から一カ月後、デッドリヴァーのジェームズ・リチャーズという男性が新しい灯台守に任命され、翌一八五九年初頭まで務めを果たした。その次の灯台守のローウェル・S・ダウは、先々代のダニエル・クックと同様に、家族全員――妻と乳飲み子の息子と娘――を連れて着任した。島はまたしても悲劇に見舞われた。一八六五年、当時七歳だったダウの息子が行方不明になった。波打ち際で遊んでいて、波にさらわれたのだろうと推測された。徹底的な捜索が行なわれたが、またしてもなんの成果もなかった。この第二の悲劇を別にすれば、物寂しい任地は何事もなく守られつづけたが、それから二十七年後、バーネット灯台は廃止された。

地元住民がドラマを練り上げる過程は常に興味深い。前述したとおり、メイン人は生来の話し上手である。この場合、地元のインテリたちは以下のような物語を作った――リビー・クックが妹のアグネスについて語ったことは真実であり、アグネスは島で死んだのではなく空腹のあまり気がふれて野蛮人のようになったのであって、バーネットの北にある断崖の上部に数多くうがたれている花崗岩の洞窟のいずれかで、悲運の母親と姉から隠れていたのだ。さらに、ダウ家の息子の行方不明もアグネスの仕業《しわざ》とされた――アグネスが身を嚙むような孤独をやわらげるために行なった単純な誘拐だというのである。今日にいたるまで、このふたりの子供の幽霊は、廃屋となった灯台の内部や、アジサシやケワタガモが集まる場所で跳梁して、他の子供たちを探しているとされている。そして寛容と思いやりに欠ける母親たちは、子供たちを脅すのにアグネス・クックの幽霊を利用しているのだ……」

読書をやめて眠るのに、幽霊話を読み終えたときよりふさわしいきっかけがあるかしら、とマージーは考えて、ベッドのわきの明かりを消した。そしてまもなく、眠りについた。口の片端があがっていて、かすかにほほえんでいるように見えた。外では雨がやみ、川面から霧が立ちのぼりはじめていた。時計はゆっくりと朝に近づいていた。

第二部　一九八一年九月十三日

午後二時十五分

ニックは運転席で身じろぎをして、ステアリングを握った。ニックの黒い六九年型ダッジは、ハイウェイを疾走する車がわきを通り過ぎるたびに震えた。陽射しが燦々《さんさん》と降りそそいでいる日で、制限速度などだれも気にとめていなかった。ニックはポケットに手をのばし、眼鏡をとりだした。ジムの側のドアがばたんと閉まる音が聞こえた。

「眼鏡をかけてるのかい？」とジムはたずねた。

「犬を買うよりは安かったんでね」とニック。

ニックはイグニッションキーをまわして、車を路肩から出した。そしてステアリングをやさしく叩いた。古いけどいい車だ、とニックは思った。ぜんぜん故障しないんだからな。なにもかもがそんなふうに順調だったらいいんだけど。

助手席のローラは〈マスター・ディテクティヴ〉誌の最新号を読みふけっていた。この連中が持ちこんだ読み物ときたら、とニックは胸のうちであきれた。うしろでは、古い〈ザップ・コミックス〉がまわされていた。ローラが読んでいる雑誌の表紙をちらりと見ると、〝隣の家の好青年は愛欲殺人者だった〟という記事が掲載されているようだった。特集は、〝同性愛殺人鬼に誘惑されて殺された男〟らしかった。だが、最高なのは、表紙のいちばん下に小さめな活字で見出しが記されている、〝ケンタッキー州警刑事に問う——看護婦の手足はどこに？〟という記事だ。まったく、どこへ行っちまったんだ？　見出しには、床に敷きつめられた安っぽいカーペットに横たわって、大きなのこぎりを構えた男を寄せつけまいとしているポーズをとったブルネットの女性の写真が添えられている。

まったく！　ローラときたら、あんなものが好きなんだからな。だがニックも、ローラのことはいえなかった。なぜなら、ローラが読み終わった雑誌をぱらぱら見ることがあるからだ。

ニックはローラにほほえみかけた。

「おもしろいかい？」ニックはたずねた。

「おぞましいわ」

「なんていう記事を読んでるの？」

「〝ブロンドの肉切り包丁殺人鬼をおびえさせたのはだれだ？〟よ」

「表紙に載ってないね」

「意外な掘りだしものよ」ローラはニックのほうを向いてバズーカ風船ガムを膨らませ、ぱちんと割って、顔をしかめた。

ニックはふたたびほほえんだ。ほんの少し悔やんでいるような笑みだった。ときどき、うんざりしてしまうのはこの手の事柄だった。二十歳前後の娘の相手をしているような気分になるのだ。ローラがそんな印象を与えることを気にしていないのは、とっくにわかっていた。だが、当年とって三十三歳のニックは、子どもじみたふるまいにつきあうには年を食いすぎていた。ローラは魅力的な女性だし、ニックは彼女が好きだった。とはいえ、四六時中ふざけあうというのは気をそそられる考えではなかった。ベッドでのローラは好きだった。しかし、ニックが欲しているのはそれだけではなかった。それならなにを欲しているのだろうと自問したが、すぐには答えが出てこなかった。かつて、彼はカーラを欲していた。ローラとはどんなふうに別れるのだろう、とニックは想像した。そして、きれいな別れにはなりそうもないな、と考えた。

ニックはたばこに火をつけた。黒の古いダッジは重たげに道路を進みつづけた。

ダッジは九五号線を北上しつづけ、マサチューセッツ州道へはおりなかった。そう主張したのはマージョリーだった。みんなを説得してよかった、と彼女は思った。こちらのルートのほうが、あきらかに快適だった。まずコネチカット州の海岸ぞいを進み、ニューロンドンで北へ向かってプロヴィデンスとボストンを迂回し、メイン州ブランズウィックの郊外でふたたび海岸線にもどる。そのあと、ハイウェイ一号線にのってバーハーバーを過ぎれば、目的地のデッドリヴァーまであと少しだ。きちんとしたハイウェイを走りつづけられるし、トラックともまず出くわさない。マージーは、シートにもたれながら、鮮やかな赤や黄色に染まっている紅葉をながめ、カーラのところに着くのが遅くなりすぎなかったら、あとでスケッチをしよう、と考えた。

マージーは所要時間をとんでもなく少なく見積もっていた。地図上では九時間に思えたのに、十二時間以上かかりそうだった。出発してから八時間たつのに、デッドリヴァーにたどり着くまでにはまだえんえんと海岸線を北上しなければならない。どうやら、到着は日が暮れる直前になりそうだった。それでも別にかまわないんだけど、とマージーは思った。どうせ、あしたから一週間近く泊まれるんだから。

マージーはいらいらしはじめていた。狭いところや、長いあいだ他人のすぐそばにいるのは苦手だった。

映画館では通路に面した席、バスでは窓側の席、テーブルならいちばん端にすわりたがるタイプなのだ。カーラには変わり者だといわれるが、マージーは自分になにが必要かを心得ていた。

だが、これまでのところは順調だった。気分はさほど落ちこんでいないし、カーラは妹が遊びにきたことを喜んでくれるはずだ。カーラはいつも、マージーとは長距離のドライブをしたくないといっている。カーラはときどきスピードを出すのが好きだが、マージーはそれが大嫌いだというのが最大の理由だ。マージーが車に求めるのは、目的地まで快適に、とにかく安全に行き着くことなのだ。少なくともそういう点では、わたしのほうがお姉さんよりずっと神経質なんでしょうね。けれども、きょうのマージーは我慢していた。ボストンの郊外でみんながマリファナたばこを吹かしはじめたときですら、無謀きわまりない行為だと思ったにもかかわらず、文句をつけなかった。マージーは秋の胎動を感じていた。ここまでいい天気だと、青筋をたてて文句をつける気にならない。

だが、青筋はともかく、おだやかに注意せずにはいられなかった。正直なところ、すばらしい道連れとはいえなかった。いつものように、ニックは問題なかった——人当たりがよくて、物静かで、信頼できる。ダンが差しだしたマリファナたばこを断ったほどだ。でも、ニックのガールフレンドのローラは気にさわった。おつむが弱くないとしてもそう見せかけているし、そう見せかけていないのだとしたら無神経だ。むっとしてしまうような口のきき方を何度もされた。どうしてニック——かつて姉の恋人だった（それも別れてからさほど時間がたっていない）男性——が、LAの安っぽくていらだたしいレコード会社の宣伝係なんかとつきあっているのか、マージーにはわからなかった。極端なショートカットの髪、風船ガム、Tシャツ、くたびれた革ジャンは、ローラを実際より十歳は若く見せていた。それがむかついた。ほんとうに男はわからなかった。

だが、ローラは我慢できた。我慢せざるをえなかった。さもなければ、長い一週間になってしまう。服装と同じで、若づくりは保護色に過ぎないのだろう、たぶん。まだ会ったばっかりじゃないの、とマージーは自分をたしなめた。しばらく様子を見ましょうよ。

いずれにしろ、いちばんの頭痛の種はジムだった。マージーはどうしてもジムが好きになれなかった。ジムとは、もっぱらセックスでつながっているのだとカーラはいっていたし、マージーにもそれは理解できた——ジムはとびきりのハンサムだからだ。だけど、あの自己陶酔ときたら！　いつだって、ぼく、ぼく、ぼく。ぼくはこれこれのオーディションを受けたんだ。

はまり役だっていわれたよ。

マージーがこれまで出会ってきた俳優は、みな底抜けのぼんくらだった。そしてジェームズ・ハーニーも例外ではなかった。たしかに演技についてなら語ることができる。でも、そんな話題にだれが興味をもつ？ ここにいる俳優は、ぜひともミュージカル・コメディに出演したいらしい――どうやらどんなミュージカル・コメディでもかまわないようだ。もちろん、どんなCMだって大歓迎。どんなメロドラマだって。マージーには、途方もない時間の無駄としか思えなかった。これが美形に生まれることの代償なのかしら？ 自己中心的で薄っぺらい性格が？ マージーは、それなりの魅力がある程度の、容貌でよかったとつくづく思った。

そんなふうに考えるなんて嫌味ったらしいとわかっていたが、自分ではどうしようもなかった。なにしろジムは姉の恋人だった。マージーは姉を守りたいと思っているし、カーラも妹を守りたいと思っているはずだ。立場が逆だったら、カーラもまったく同じように感じるだろう。だったら悩むことないじゃない？

ジムが一日じゅう、どうにかしてわたしの気を惹こうと、なにかにつけて触れてきたり、ほほえみかけてきたり、じゃれついてきたりしていることを教えたら、カーラのためになるかしら、とマージーは思案した。たぶん、いわないほうがいいのだろう。いずれにしろ、マージーは不快だった。鬱陶しくてたまらなかった。ローラには耐えられる。でも、ジム・ハーニーを好きになろうと努力する気にはなれない。

カーラがきちんとした、たとえばニックのような男性と交際をしているときのほうが、心安らかでいられるのは認めないわけにいかなかった。カーラがニックと別れたときは悲しかった――それでも、ふたりがいまだに親しい友人同士なのはすばらしいことなのだろうとマージーは思っていた。どうして友人同士でいられるのか、マージーには不思議でならなかった。ふたりの関係についてはさまざまな疑問があったが、マージーはなにも訊かなかった。最近のカーラの自立ぶりには、マージーに不安を覚えさせ、姉妹のあいだに隔たりを生じさせるなにかがあった。個人的な問題や個人的な質問にかかずらっている暇はないと思いさだめているみたいだった。それでも、昔のようにじっくり話しあう機会がありさえすれば、ダンとの交際でどうしても消極的になってしまうという悩みを相談でき、カーラの助言を生かすことができたはずだ。

マージーはとなりにすわっているダンをちらりと見た。眉が低く濃く、秀でた額と整った顔だちが、ときどきアウトドアを楽しむタイプであることがわかる。幅が広く、たくましい肩。ダンはハンサムだしいい人だ。ダンにすべてを委ねたい、ダンが求めているような真剣な交際をしたい、と心の底から願ったこともあった。だが、マージーにとってそれは簡単ではなかった。相談相手が必要だった。カーラがいまみたいにひきこもりがちで、ストイックでなければいいのに、とマージーは願った。そのほうがカーラ自身のためにもいいのにと。

自立心が強すぎるのがカーラの問題だとしたら、わたしの問題は自立心がなさすぎることね、とマージーは胸のうちでつぶやいた。自信がないからほんとうにきびしい仕事にとりくめないのだし、自分は情緒不安定だと思っているから、男性の、ただひとりの男性の胸に飛びこんでいけないのだ。だがいま、マージーは幼いころからの殻を破ろうとしていた。いまなら、楽な仕事につき、男性と深く付きあおうとしないのは逃避にすぎないとわかる。殻を破るのはいい気分だったが、簡単ではなかった。ダンと一緒に一歩まえへ進むたびに、二歩さがっているような気がした。ダンはそのすべてに、そのひとつひとつに耐えなければならなかった。

そしてマージーは自分をいさめた。そんなわたしにこの人たちのだれかを非難する資格があるの？

マージーはダンのとなりで座席にもたれながら、うしろへ流れてゆくアスファルト舗装をながめた。

「みんな、腹は減ってないか？」やがてダンがたずねた。

「減った」とジム。「もう二時をまわってるってのに、朝めしを食ってから停まってないんだからな。なあ、どこかでめしを食おうぜ！」

「バッグのなかにフルーツがあるわ」とマージー。

「フルーツならそこいらじゅうにいるもんね」とローラがページをめくりながらいった。

「〝同性愛殺人鬼《フルーツ》に誘惑されて殺された男〟ってわけ？」ニックはたずねた。

「正解」とローラ。

ダンはたばこの吸いさしを窓の外へはじき飛ばして、「きちんとした食事をしたいな。遅くなりすぎないうちにどこかで停まろうよ」

「賛成」とニックは答えた。なんだったらおごってもいい、とニックは思った。なんてったって、ここはうまいロブスターが格安で食べられるメイン州なんだから。だれも、ちょっとでも早く着くように、ファーストフードですまそうなんていいださなきゃいいんだが。のんびりランチを楽しんでも罰《ばち》はあたらないくらい走りつづけてきたんだからな。どのみち、カーラにはぼくたちが何時に到着するかわかってないんだ。

「シーフードレストランはどうだい？」とニックは提案した。

「いいね」とダン。

つぎの出口とそのつぎの出口を通り過ぎてから、ニックはハイウェイのわきに小さなナイフとフォークの看板を見つけた。そしてファミリーレストランでないことを祈りながら、ケネバンクでハイウェイをおりた。そうではなかった。道の両脇にシーフードレストランが並んでいた。ニックはブレーキをかけてスピードをゆるめた。

「選んでくれ」とニックはいった。

「〈キャプテンズ・テーブル〉って店、よさそうじゃない？」

「〈ゴールデン・アンカー〉は？」

「くそっ、どこだってかまわないさ」とダン。

ニックは右のほうを指さして、「あそこは？」といった。「〈ノースマン〉だってさ」

「〈ノルウェー人《ノースマン》〉っていうくらいだから、きっとウェイターは革を着て頭に角をつけてるのよ」とローラ。「で、お酒はひょうたん形の杯とか兜《かぶと》で飲むの」

マージーは笑いながら、「このあたりにそんな店はないわよ」といった。

「そうだな」とダン。「ニューヨークになら、そういう最低の店もあるだろうけど」

「忘れてた」とローラ。「ここは田舎だったわね。このあたりのほうが洗練されてるってわけか」

ニックは車を寄せて、エンジンを切った。

午後二時五十五分

「被害者の様子は?」とピーターズはたずねた。

叫ぶような大声を出さなければならなかった。例のごとく、署内は犬舎さながらにやかましかった。ピーターズは黒い回転椅子にすわったまま重心を移した。サム・シアリングを見あげて、渋面をつくった。「ドアを閉めてくれ」

「医者の話では、まだ鎮静剤がさめてないそうです」シアリングはそう答えながら、署長室にはいってきて、ハンカチで鼻をかんだ。

「風邪か、サム?」とピーターズ。

「ええ、ちょっと」シアリングは肩をすくめた。

「ほかにはどんなことをいってた?」

「命に別状はないそうです。傷はほとんど外傷だと思いますね。もちろん、蟹の群れがかなりのことをしてますけど」

ピーターズは顔をしかめた。蟹に嫌悪を覚えたのだった。ロブスター漁の船が被害者の女性を発見するまで、蟹は彼女の両脚をむさぼり食っていたらしい。まったくたいした女だ。朦朧《もうろう》としているうち、ほとんど意識をうしない、半死半生になりながら、しぶとく岩場にしがみついていたんだからな。

「顔と背中の傷についてはなにかいってたか？」

「被害者は森のなかを走ったようですね」とシアリング。「傷のなかから木の皮のかけらが見つかったそうです。白樺でした」

ピーターズはうめき声を漏らした。「死にもの狂いで走ってたってわけか。深さが一センチ以上の傷もあったんじゃないのか？」

「医者によれば、もっと深いそうです。二・五センチ近い傷もあるらしいですよ」

「平仄《ひょうそく》があわないな。それだけの怪我をしながら、長いあいだ走りつづけたりしないだろう。熊にでも追いかけられてたんでないかぎりな」

「そうだったのかもしれませんよ」

「まあな。だとすると被害者は、その熊と向かいあってたってわけだ。うしろ向きに走ってそのくそったれな熊から逃げてたってわけだ。だから背中にも傷ができたっていうんだろう？」

「ありえませんね、署長」

「ああ、ありえない。何者かが、すぐうしろから追いかけながら被害者を打ったんだろう。あの傷は、おれには鞭《むち》の痕のように思えるな」

シアリングは鼻をすすった。「被害者が目を覚ましてなにか話してくれないことには、できることはたいしてありませんね」

「いや、車を探せるさ。空っぽの車がどこかそのへんにあるはずだ。身分を確認するものだって見つかるかもしれん。被害者の女性が地元の住民じゃないのはたしかだからな。マイヤーズとウィリスを無線で呼びだして、探すようにいってくれ。被害者とはあとどれくらいで話せるようになるんだ？」

「あと何時間かは意識をとりもどさないだろうと医者はいってました」

「わかった。被害者がまぶたを開きしだい連絡するように医者にいっておいてくれ。ああ、それからな、シアリング」

「はい？」

「昼めしを食っておけ、いいな？　それくらいの給料はもらってるはずだ。きのうはビールを一杯飲んだだけだっただろう。それじゃ足りないぞ。風邪を治さなきゃならんのだからな。杉の丸太みたいに痩せてるじゃないか。この椅子にすわりたいなら、隙間ができないように肉をつけろ」

「わたしがその椅子にすわりたがってるなんて、だれがいったんですか、署長？」

「それなら、ニクソンはいかさま師じゃないっていうのか？　さあ、仕事にかかれ」

ピーターズはふたたび重心を移動すると、デスクの上の散らばっているものをいくらかわきへ押しやった。メモ帳から紙を一枚ひきはがして、身元不明の被害者の背中についていた傷の絵を描きはじめた。ピーターズは記憶力がよかったし、絵が得意だった。間違いなく、鞭で打たれた痕だった。傷は腰のうしろに集中していた。ピーターズは立ちあがって、壁の地図に歩みよった。

被害者が発見されたのは、デッドリヴァーのすぐ北だった。オフシーズンには、ほとんど人《ひと》気《け》がなくなるあたりだ。一・五キロ沖にはキャットバード島がある。一昨年の夏、そこへ釣りにきたグループ――四人だったな、とピーターズは思いだした――が行方不明になっている。あれはおかしな事件だった。たしか、ニューヨーク州のクーパーズタウンからやってきて、ルーベックの別荘に一緒に泊まってたんだ。四人はデッドリヴァーのショートという男から小さなボートを借り、それっきり行方知れずになってしまった。

ボートは、島の北の埠頭のすぐそばに停泊していた。犯罪や事件の形跡はまったくなかった。そこで警察が、十人がかりで島を捜索したが、みつかったのは、意外にも、何者かがときどき島で過ごしていたことを示す形跡だけだった――キャットバードは、廃墟になった古い灯台があって、ツノメドリの群れがいるだけの島だ。当時は、たぶん若者がガールフレンドとのデート場所にしているのだろうということになった。それでも、万が一のため、警察はその形跡を調査した。成果はなかった。そのため、一行は、ショートの警告を無視してボートを離れ、潮の流れを考えにいれないで泳いでいるうちに溺れてしまったのだろうと推測された。

似たような事件がもう一件あったはずだが、すぐには思いだせなかった。たしか、数年まえの事件だった。シアリングなら覚えているかもしれない。だが、それを別にすれば、その地域ではなんのトラブルも発生していない、ただの一件も。

ピーターズはため息をついた。あの女性にひどいことをした犯人は、とっくの昔にカナダへ逃げこんでしまっているかもしれない。一刻も早く女性に証言してほしかった。さもなければ、証言をとる意味はない。時間がたてば、犯人を逮捕できる見込みは皆無になってしまうからだ。

ピーターズはまたぞろ蟹のことを考えた。蟹はもっとも古い生物の一種だ。鮫やゴキブリとともに、えんえんと生きのびているのだ。その長い歳月のあいだ、変化する世界について、蟹はなにも学ぶ必要がなかった。蟹の脳裏をよぎるのは、つぎの餌のことだけだった。単純で、明快で、残忍な生きものなのだ。どうして蟹なんかを食べる気になるのか、ピーターズにはさっぱりわからなかった。観光客は、もちろん、生きのいい蟹をごちそうとみなしている。だが、観光客はなんにもわかっちゃいないのだ。ピーターズは違う。なんてったって地元育ちなのだ。

蟹は腐肉食らい以外のなにものでもなく、死体や――今度のように――瀕死の動物の肉を餌にしている。ハゲタカの同類なのだ。蟹のはさみが被害者の女性の肉をつまむさまが思い浮かんで、ピーターズは身震いしそうになった。だが、彼は身震いをするような男ではなかった。肩をすくめて、それが人生さとつぶやき、考えてみれば、ほかのあらゆる生物と同じで、蟹もいじましくて邪悪な生き方を見つけただけなんだがな、と納得する男だった。

午後五時二十分

やっとワシントン郡にはいった（アメリカでいちばん景気の悪い郡よ、とカーラはいっていた。アパラチア地方よりひどいのだそうだ――マージーはなるほどと納得した）。ダッジはハイウェイ一号線から八九号線に乗りかえた。湖畔を走り、点滅信号機のある交差点で左折してパレルモロードへ折れ、二台のトレーラーを追い越し、荒れはてた大きな納屋を通り過ぎて、デッドリヴァーに通じる砂利道にたどり着いた。このままこの砂利道を進んで、最初の脇道を右へ曲がり、最初に見えてくる家が、カーラが借りている家のはずだった。いくらか陽射しが残っているうちに到着できそうだったので、マージーは安堵した。数キロ以内に道をきく相手がひとりもいないのに、闇のなか、未舗装の道路のどこで曲がるかを探さなければならなかったらと思うとぞっとした。この分なら、ニックとジムがビールを買うのに手間どらなければ、夕方になるまえに着けるはずだ。

入り口のドアの上には、〈ハーモン雑貨店〉と記された看板がかかっていた。その小さな商店の白いペンキはすっかり色変わりし、剝がれかけていた。マージーがドアごしに店内をのぞくと、ニックは虫除けと蚊除けのラックのまえのカウンターのところに立って、その内側にいる色あせたコットンプリントのドレスを着た赤ら顔の太った女性と話していた。ジムは店の奥でビールを選んでいるのだろう。

この一時間かそこらで、田園風景にかなりの変化が生じていた。どういうわけか、なにもかもが——家も、納屋も、ガソリンスタンドも——小さくなっていた。不景気な地域には似つかわしいように思えた。住民が少なすぎるのが原因のひとつなのはあきらかだった。何キロものあいだ、人影がまったくなかった。それをいうなら、どんな種類の家や建物も見かけなかった。夏場には、きっともっとにぎやかなのだろう。しかし、丘にかこまれていなかったら、中西部のどこかにいるような気がしていたはずだ。それほど人気《ひとけ》がなかったのだ。ハイウェイをおりるとすぐ、舗装されていないでこぼこ道と小川と沼だらけになった。家ばかりでなく、木々も小さくなっていた。海から吹きつける貿易風のせいでいじけてしまったのか、それとも土にほとんど栄養分が含まれていないのだろう。

だが、それなりの魅力がないわけではなかった。ニックが運転を楽しんだ、ローラーコースターさながらの長い坂。ときどき頭上を飛ぶタカ。大きくて幅広の羊歯《しだ》。杉や丈の低い松。道路ぞいに植林されてまもない、長ながとつづく美しい白樺の林。ここまで北へ来るとほとんどの木は紅葉していたし、空気の感触から、冬の到来は遠い先のことではなく、この滞在のあいだに季節が変わっても不思議ではないのがはっきりわかった。冬は間近に迫っていた。早くもローラは、革ジャンよりも暖かい服を持ってこなかったと愚痴をこぼしていた。

ビールを買っていこうといいだしたのはダンだった。一行のなかでほんとうにビールが好きなのはダンとニックだけだったが、マージーも、長いドライブのあとでビールを飲んだら疲れがとれるだろうと考えた。ランチのあと、ふっくらした蒸し貝で胃袋がはちきれそうだとうめくのを別にすれば、ダンはほとんど口をきいていなかった。実際、全員が食べすぎていた。

マージーにとっては最高の食事だった。ロブスターは大きくて甘かったし、ソフトシェルクラムは非の打ちどころのない味つけだった。数秒後には、みんな夢中になって食べていた。マージーは、食べ終わったあと、頑丈とはいいかねる、背もたれが籐になっている椅子にもたれかかりながら、もう食べられないわ、と考えた。ぎりぎりで快適の側にとどまっているのがわかった。テーブルには、砕いた爪、殻を割って身をきれいに吸いつくした足、胴体と尾の殻、ソフトシェルクラムの貝殻が散乱し、テーブルクロスにはバターが盛大に飛び散っていた。こういう食事のあとは、すぐにお皿をさげて、テーブルクロスを剥いでしまうにかぎるわね、とマージーは思った。

マージーは、ドイツの画家、ゲオルグ・グロースの絵を連想した。その絵には、自宅の居間でテーブルに着いている、頬の赤い大兵肥満《だいひょうひまん》の男が描かれていた。テーブルの上には、魚、鶏肉、二本のワイン、スープのはいった深皿などが所狭しと並んでいる——五種類ほどの料理の食べ残しも。男は鳥の骨に、意地汚くかぶりついている。足元では、雑種の犬が、やはり鳥の骨をかじっている。部屋のなかは散らかり放題だが、なにもかもが男の大食癖にかかわっている。椅子は油で汚れ、ひびのはいった壁にかかっている絵（たしか食べものの絵だったわ、とマージーは思いだした）は斜めに傾き、男のまえの床には食べかすが散らばっている。男も犬も、貪欲そうで醜悪だ。その部屋にひとつしかないドアは開いたままになっている。そのドアからなかをのぞいているのは、いかにも陰険そうな骸骨――犠牲者をさらいにきた死神だ。

食事が終わるころには、マージーたちのテーブルもそれに似ていなくもないありさまになっていた。ときおり、人生は、われを忘れたとき、人がどんなに薄汚く、欲深い生きものになるかを思いださせてくれる。

それでも、折りがあれば、マージーは喜んでメインの生きのいいロブスターを食べるつもりだった。そして、お姉さんは夕食になにを用意してくれてるのかしら、と想像をめぐらした。ジムとニックと一緒に店へはいって、あした食べるためのロブスターを六匹買っていこうかとも思ったが、やめにした。生きのいいロブスターを買ったほうがいいに決まってるし、お姉さんが別のごちそうを考えてくれてるかもしれないじゃないの、と考えなおしたのだ。いまはやめておいたほうがいい。でも、ビールは名案だった。長いあいだ車に乗りつづけていたので、マージーは疲れていた。考えれば考えるほど、今晩はビールを何杯か、おいしく飲めそうだった。マージーは、ふたりが早くもどってきてくれることだけを願っていた。

ピンカス兄弟は、〈ハーモン雑貨店〉の駐車場へ車を入れるなり、ニューヨーク州のナンバープレートをつけた黒の古いダッジと、なかに乗っているふたりの女に気づいた。後部座席でうたた寝しているらしい男には目もくれなかった。ジョーイはシェヴィーのピックアップをダッジのすぐ横に寄せて、耳ざわりな音を響かせながら停めた。ジョーイは弟にほほえみかけながら、両手をフランネルのシャツでぬぐった。「見ろよ、あれ」

兄弟はゆっくりとピックアップからおり、だらしない歩き方でダッジの助手席側に近づいた。ダッジの窓は両側ともあいていた。ジョーイはまえかがみになって窓に顔を突っこむと、後部座席のショートカットのブロンドに、貪婪《どんらん》な笑みを浮かべて、「やあ」と声をかけた。ジムは腰を折り曲げて、ほっそりしたブルネットを見つめながらほほえんだ。ブルネットは、こころもち体をひきながらうなずいた。

マージョリーはふたりの風体《ふうてい》が気にいらなかった。いやがらせをするつもりに違いなかった。ただそこにいるだけで、いやがらせになっていた。ふたりの顔に嫌悪を覚えた。そのほほえみは、せせら笑いに過ぎなかった。寄り目に、無精髭を生やした痩せた頬に、風にさらされ、日焼けしつき出た額にぞっとした。兄弟なのはひと目でわかった。ふたりとも、粗野な、近親結婚をくりかえした一族の顔をしていた。家のように、木のように、このあたりでは人も発育不全のように見えた。死産を連想した。何世紀も閉ざされていた地域社会が、住民の種《たね》を薄め、血をからからにしてしまったのかもしれない。マージーは、ハイウェイの沿道の人びとの顔を、店のなかの太った女性の顔を思いだした。多様性に慣れたマージーの目には、全員が、不気味なほど一様に見え、孤立と、鈍感で無分別な残酷さを物語っているように感じられた。

「ほっといて」とマージーはいった。兄弟は、にやっと笑うだけで、動こうとしなかった。

後部座席にいたダンは、どういう相手かを見てとると、反対側のドアから外へ出、ドアを閉め、店のほうへそろそろと歩いていった。

ジム・ピンカスは笑い声をあげながら、兄のほうをちらりと見て、「おっと」といった。「ボーイフレンドがいなくなっちまったみたいだぜ、おふたりさん！」それを聞いたジョーイがくすくす笑いはじめた。

「ボーイフレンドは逃げだしちまったぞ、おふたりさん！」とジョーイはいった。兄弟はげらげら笑った。そしてジョーイはダッジのトランクをばんばん叩きはじめた。マージョリーは窓を巻きあげた。ローラも窓を閉めようとしたが、ジョーイはだしぬけに笑いやめると、手をガラスの上に掛けて押さえこみながら、「悪気はないんだよ」といった。「なかよくしたいだけなんだ」

「気のいい地元の若者ってわけさ」とジム。「どこから来たんだい？」

「ニュ、ニューヨークよ」ローラは消えいるような声でそう答えた。

ジョーイは指を鳴らした。「そうだと思った。プレートを見たんだ。おれも弟のジムも、そういうことにはめざといんだ。だから、あんたらがべっぴんだってことにも、すぐに気がついたのさ。匂いがするんだな」それをきっかけに、兄弟はまたしてもばか笑いをしはじめた。ジョーイはふたたびトランクを平手で叩きはじめ、ローラに窓を閉める機会を与えた。ピンカス兄弟は、それに気づいて機嫌を損じた。ふたりは顔を近づけた。ジョーイは窓を叩いて、「くそ！」と悪態をついた。

「あ、あ、あんたたち、なにか用なの？」

コットンプリントのドレスを着た太った女性が、店の入り口をすっかりふさいでいた。ジムとニックとダンも、ポーチの女性のわきに立っていた。女性の声は、体格に不釣りあいな、奇妙にかん高い声だった。いずれにしろ、それでピンカス兄弟はおとなしくなった。肉厚の両手を腰にあてて入り口に立っている女性は、怒りを抑えながら兄弟を睨みつけていた。マージーは、女性のドレスの腋の下が、色あせて白っぽくなっているのに気づいた。

「たばこを買いにきたんだよ」ジョーイがおだやかに答えた。

「それなら、さっさと買っていきな」と女性はいった。停戦が成立していた。「そして、その人たちにちょっかいをだすのをやめるんだ」

兄弟は、車内のローラとマージーを一瞥してから、いわれたとおりにした。

「ずいぶん長くかかったのね」窓を巻きおろしながら、マージーはダンにいった。

ダンはローラとマージーにほほえみかけて、車に乗った。「ビールの会計をすまさなきゃならなかったんでね」

マージーはダンをぴしゃりと叩き、マージーとローラはほっとして笑い声をあげた。

ニックとジムは、ビールを一ケースずつ持って、ふらつきながらポーチのステップをおりた。

「盛大なパーティーでも開こうっていうの？」マージーは窓から首を突きだしながら、そうたずねた。

「田舎で一週間過ごすことを考えたら、じつに控えめな量だと思うけどね」ジムは微笑を浮かべながら答えた。ジムって、ほほえむとほんとに魅力的なのよね、とマージーは考えた。

「あなたが酒飲みだとは知らなかったわ」とマージー。

「きみのお姉さんのそばにいるときだけさ」

「キーを放ってくれないか」とニックがいった。「こいつをトランクに入れちまいたいんだ」

ダンはイグニッションに手をのばして、窓ごしにニックへキーを放った。ニックとジムはスペアタイヤとみんなのバッグのあいだにビールを積み重ねた。古いダッジの長所のひとつは、とニックは考えた。トランクが広いことだな。ジムがニックの肩に手を置き、彼の耳元に口を近づけて、「なあ、いいものを見せてやるよ」といった。

ジムは青いフライトバッグをあけて、バッグのほとんどを占めていた大きな木箱をとりだした。

ジムはその箱を開いた。ジッパーつきの布袋がはいっていた。布袋にはいったままでも、その形から拳銃だとわかった。

「見てみろよ」とジム。

「おい」とニック。

「やつらがあれでひきさがってくれてよかったよ。こいつはあんまり使いたくないんでね」ジムは拳銃を箱からとりだし、布からひきだした。

「まったく、いったいどういうつもりなんだ？」ニックは、こんなに大きな拳銃を見るのははじめてだった。

ジムは拳銃をニックに渡した。重さもいままでいちばんだった。

「四十四口径のマグナムさ」とジム。「二、三年まえ、ポートランドで芝居をしたときに買ったんだ。じつをいうと、こいつが違法じゃないのは、この州だけなんだよ。ささやかな土産物《みやげ》さ」

「たいした土産物だな」

「どうしてニューヨークへ持ってったかっていったら……だって、ニューヨークじゃなにがあるかわからないじゃないか。もっとも、もう何年にもなるけど、実際にその銃を撃ったことはないんだけどね。で、もしもカーラが借りた家が、彼女のいうとおり人里離れたところにあるのなら、試し撃ちができるんじゃないかと思ったのさ。ひょっとしたら、鶉《ウズラ》の一羽や二羽、しとめられるかもしれない」

「ピストルで?」

「まぐれってこともあるじゃないか」

ニックは手に持った拳銃を裏返した。「マグナムっていったっけ?」

「ああ。ダーティ・ハリーが持ってたやつさ。発射音がものすごいんだ。ほら」ジムはフライトバッグの底をかきまわして、弾丸の箱と、別の、もっと小さなプラスチックの箱をとりだした。

「耳栓さ」とジム。「耳栓をしないでこの銃を撃ったら、一週間は耳が聞こえなくなっちまう。家に着いたら、まず点検して、それからこいつの撃ち方を教えてやるよ」

「そいつは楽しみだ。カーラはきみが銃を持ってくるのを知ってるのかい?」

「まさか。きみにしか教えてないよ。ぼくが違法な商品を持って五つの州を通過するのを、女の子たちが賛成すると思うかい？　たとえここでは違法じゃないとしても。誰にもいってない。あとで教えるつもりなんだ。心配してもしかたなくなってから」

「ぼくには教えておいてくれてもよかったのに」とニックはいった。「なんてったって、これはぼくの車なんだぜ」

「話してたら、積みこむのを許してくれた？」

「許してなかっただろうな」

「じゃあ」とジムはほほえみながら肩をすくめ、ニックはほほえみかえした。悪いやつじゃないのかもしれない、とニックは思った。当人が危険を引き受けてくれるなら、愉快なジョークは嫌いではなかった。こっちがトラブルに巻きこまれないかぎりは。ジムも同じように考えているのだろうか？　なにしろジムは、車にもどる間際になって、拳銃がトランクにはいっていることをうちあけたのだ。いずれにしろ、拳銃はまぎれもなく違法だ。きっと、みんないっせいにわめきだすだろう。耳栓が役に立ちそうだ。

ローラが「早くして」とどなった。ニックはトランクを閉め、ふたりは車の前部にもどった。

「スペアタイヤを点検してたんだ」とジム。「カーラの話だと、ここから先はひどいでこぼこ道らしいからね。でも、なんともなさそうだったよ」ジムはニックを横目で見て、にやっと笑った。

「ビールはなにを買ったんだい？」ダンがたずねた。

「バドワイザーだよ」とニック。「瓶入りの」

「大瓶?」

「ああ」

「すばらしい!」とダン。「さあ、カーラを探しにいこう。田舎で酔っぱらったことはまだ一度もないんだ」

午後五時四十五分

カーラは一日じゅうひとりで、そしておおむね外で過ごした。川のほとりでランチを食べたくてたまらなくなったので、昼頃、小川まで少し歩いた。子どものように、サンドイッチを茶色の紙袋に入れて持っていった。ランチを食べる場所を探して、岩を乗り越えながら上流へ向かった。川岸の泥に、水辺へとつづく、なにかの動物——たぶん洗い熊ね、とカーラは思った——の足跡が残っていた。もっと大きな、長靴の足跡もあった。長靴の靴底は波形模様だった。きのう見かけた男の人の靴跡かしら、とカーラは考えた。

川幅がひろがり、流れがゆるやかになっていて、わりあいに開けているあたりに行きあたった。岩づたいに、川の真ん中の大きな岩まで渡ることができた。周囲は影になっていたが、その岩には陽射しが燦々《さんさん》と降りそそいでいた。カーラはその上で腰をおろしてサンドイッチを食べながら、流れが岩を洗う音を聞き、アメンボが静かな川面を滑るさまをながめた。そこで過ごした三十分かそこらは、安らかなのに刺激的なひとときだった。まわりの森にははっきりした存在感があって、静けさと動きという相反する状態が統一されていた。木々が、魚が、虫が、いたるところで鳴いている鳥が、さらには水までが、カーラの目と耳には生命と音と動きの混交として意識された。それなのに、むしろ、ひそやかな、眠りのような静寂という印象のほうが強かった。エネルギーで脈打っている、生き生きとした静寂だった。

カーラは心底から安らいでいた。ずっとこんな気持ちでいられたら、多くのことがずっと簡単に、ずっと明瞭になるだろう。すばらしい場所だった。あした、みんなをここへ連れてこよう。みんなも、ここを気に入ってくれるはずだ。

なかなか家へ帰る気になれなかった。家もそれなりに魅力的だが、カーラがここへ来た真の目的はこれ、つまりこの荒あらしいおだやかさ、森の涼気と影だった。友人たちが帰ってしまえば、好きなだけこんなふうにのんびりできるはずだった。気の早いことに、帰宅したら——マンハッタンに帰ったら——どんな気分になるだろうと心配になった。カーラは茶色の紙袋を丸めて、川に投げた。紙袋はゆっくりと川下へ流れていったが、数メートル行ったあたりで川は浅くなり、流れが急に速くなった。紙袋は、すぐにきらめく川面の小さな茶色い点にすぎなくなり、やがて見えなくなった。カーラは岩から這いおり、家へもどりはじめた。

そのあとは、一日、原稿に時間を費やした。みんなが到着するまえに仕事をはじめる準備をととのえ、スムーズにとりかかるための簡単なメモをとっておいたほうがいいと考えたのだ。近づいてくる車の音が聞こえるように、どちらのドアもあけっぱなしにしておいた。朝からいままでで、通りかかった車は一台だけだった。グレーのピックアップが、砂利道をがたごとあがってきて、走りすぎただけだったのだ。何時間でトラック一台かしら？　カーラはほほえんだ。このあたりはほんとに人が少ないんだわ。借りた車はまだ新しく、まず故障しなさそうなのを思いだして、カーラはほっとした。あの道で町まで便乗させてくれる車を探すのを想像するだけでうんざりした。まる一日たっていても骨折り損になるかもしれない。それでも、少なくとも、みんなの車の音を聞きのがす恐れだけはない。それどころか、道路からこの家が見える五分まえに、やってくる車の音が聞こえるはずだ。

夕闇が迫っていた。外ではまた風が吹きはじめていた。落ち葉が風に巻きあげられた。早く来てくれればいいのに、とカーラは願った。みんなの到着がどんなに遅くなっても温かいままにしておける料理だからと考えて、一時間まえにローストをオーブンに入れておいた。とはいえ、一刻も早く着いてくれるとありがたかった。おなかがまたぺこぺこになっていたからだ。部屋にはローストのいい匂いがかすかに漂っていた。

カーラは原稿をバインダーにもどし、寝室にしまった。今夜は、きのうの夜よりずっと暖かくなりそうだった。しばらく玄関で待ってみることにした。ローストの匂いのせいで、胃が締めつけられるようだった。

カーラはセーターを着て玄関へ行き、外へ出た。

二歩めを踏みだすまえに、なにかが気になって下を見た——そしてそれがなんであれ、気がついてよかったと安堵した。自分の目を疑った。まあ、とカーラはあきれた。汚い！　もう少しでその上に足をおろしてしまうところだった。もう少しで踏んづけてしまうところだった。

カーラは、嫌悪とわずかなばかばかしさを覚えながら、ポーチの床を見おろした。ハロウィーンの夜にたちの悪いいたずらをしかけられたみたいだった。

このあたりにはでっかい犬がいるみたいね。餌をたっぷりもらってる犬が。他人の家のポーチに糞《ふん》をするのが好きな犬が。まったくもう。

そしてカーラは、もう少しじっくりながめた。犬は二頭いるんだわ、とカーラは考えた——一頭だとしたら、ものすごく変な犬だった。なにしろ、ひとつの糞のほうが、もうひとつの糞よりずっと黒っぽいのだ。きちんと積み重ねて糞をするなんて、やけに几帳面ね。なんて思いやりがある犬なのかしら。見つけられたらいいんだけど。

カーラは外へ出て、家のぐるりを見てまわった。犬はいなかった。もしも見つけたら、生皮を剝いでやるつもりだった。どこから来て、どこへ行ったの？　犬は影も形もなかった。二頭とも、なんてずるがしこいくそったれ犬なのかしら。

カーラは家のなかにもどって、糞を掃除するために使えるものを探した。きのう、掃除をしたときに出しっぱなしにしたタオルがシンクのわきにあった。カーラはタオルを幾重にも折り畳み、それで糞を拾いあげて、家の裏のごみ箱に捨てた。残りを片づけるために、もう一度往復しなければならなかった。それから、さらにもう一度、家のなかにブラシと掃除用のバケツをとりにいった。バケツに水を入れ、漂白剤を加えてかきまわしてから、糞のところにもどった。

カーラがまだ膝をついてポーチをこすっているあいだに、車が停まった。悪いタイミングではなかった。というのも、そのころには、激しい怒りがおさまっていたからだ。冷静になって考えれば、愉快な出来事だった。最初に車からおりてきたのはジムだった。カーラは立ちあがった。ジムはカーラに歩みよると、ほほえみかけてから抱きしめた。カーラは、ブラシを持ったまま抱きしめかえした。

「マットの上に犬の糞があるの」とカーラはいった。「田舎へようこそ」

午後六時四十分

ピーターズはシアリングの肩を叩いて、署長室へはいるようにうながした。ピーターズは帽子とサングラスをとってデスクに置き、反対側にまわりこんで、腰をおろした。腰をおろすとほっとした。「ドアを閉めてくれ」

シアリングはドアを閉め、立ったまま待った。ピーターズはうめきに似た声をあげた。この大柄な男は疲れはて、不機嫌になっているようだった。シアリングはその表情をよく知っていた。それは、たいていの場合、いつ家に帰れるかわからなくなったことを意味している。自分のデスクにもどれば報告書だって待っている。ハイウェイ一号線で三台の衝突事故があったのだ。ピーターズを見ながら、残業して書類を書かなきゃならないはめになりそうだなと覚悟した。

「わかったぞ」ピーターズはいった。「いま、被害者と話してきたんだ。おれの記憶が正しければ、ロードアイランド州ニューポートに住む四十二歳のミセス・モーリーン・ワインスタインは、息子と義理の娘を訪れるためにセントアンドルーズへ行くところだったんだそうだ。乗ってきた車は、正確な場所はわからないが、ルーベックとホワイティングのあいだのどこかにあるはずらしい」

「黒の七八年型シヴォレー・ノヴァじゃありませんか？」

「ああ、そうだ」

「三十分くらいまえ、ウィリスから、デッドリヴァーから五キロほどの場所で見つけたという報告があったんです」

「じゃあ、その車だな。持主を特定できるか？」

「ちょっと待ってください」

シアリングは署長室を出て自分のデスクへもどり、書類の山を掻きまわした。そして小走りでピーターズのデスクにもどった。「ばっちりですね」とシアリング。「車はロードアイランド州ニューポート在住のアルバート・ワインスタインに登録されてます。ウィリスによると、窃盗の形跡はないが、侵入はされているようです。フロントシートにものが散乱し、バッグの中身がぶちまけられていたそうです。ところが、財布のなかの八十五ドルとクレジットカードの束はそのままだったんだとか。なんなんでしょうね？　報告を聞いたときから、被害者の車じゃないかと思ってました」

「わかった。問題は、これがどういう事件なのか、いまだにはっきりしないことだな」

「どういう意味ですか？」

「被害者は、犯人はガキどもだっていうんだ」

「ティーンエイジャーですか？」

「いいや。ガキだ。七つ、八つ、九つ、十くらいの小さい子どもたちだよ。ティーンエイジャーもふたり混じっていたが、ほとんどはもっと下だったそうだ。野生児だったんだとさ。動物の皮を着てたらしいんだな。サム、聞き覚えはないか？」

シアリングは驚きで顎をがくんと落とした。「やめてくださいよ、署長。からかわないでください」

「おれは本気さ、サム。半年まえ、貝掘り漁師が似たようなことをいってたよな。ロック&ライの空き瓶をぶらさげたじいさんが。皮や毛皮を着た子どもたちが、海岸ぞいをぞろぞろ歩いてたって。おれの記憶では、年かさのやつがふたりだけ混じってたといってたはずだ。あのじいさんの証言はとったんだっけか？」

「署長、あのじいさんはトラ箱にぶちこんだんじゃありませんか」

「そうだと思ったよ。とにかく、ミセス・ワインスタインは、十二人くらいいたといってる。ハイウェイのわきを裸同然でふらふら歩いている小さい女の子がいたので車を停めたんだそうだ。そうしたら子どもたちが飛びかかってきた。背中の傷は枝で殴られたせいだ。子どもたちは彼女を、雌牛を追うみたいにハイウェイから海岸までえんえんと追いたてたようだな。殺すつもりだったのだろうといってたが、おれもそう思う。海に飛びこんだほうが生き残れる可能性が高いと彼女は判断したんだ」

「助かりそうなんですか？」

ピーターズは顔をしかめて、「脚を一本か二本、失いそうだがな。医者たちは、まだ、右脚を切断すべきかどうか決めかねてる」

ピーターズは立ちあがると、壁の地図に歩みより、海岸線にそって指を滑らせた。「なあ、サム」とピーターズはいった。「ひと月くらいまえ、〈カリブー〉で話したことを覚えてるか？ ここ数年、こんな北の果ての海岸線のほうが、たとえばジョーンズポートからバーハーバーにいたる海岸線よりちょっとばかり行方不明者が多いのはなぜだろうっていう話をしたよな。行方不明者が例年よりちょっとばかり多いのはどうしたわけだろうって。南のほうが、人はずっと多いし、大きな町もたくさんあるってのに」

シアリングはうなずいた。ピーターズはつづけた。「さて、行方不明者のほとんどは、小型漁船の漁師、ロブスター漁師、それに若者だった。海が荒れることは北のこのあたりのほうがずっと多いから、最初のふたつのグループには説明がつけられるって話したよな。それに、こんな田舎じゃなにもすることがないし、若者の失業率はとんでもなく高いから、第三のグループ、ティーンエイジャーにも説明がつけられるって。子どもの家出は多いからな。だが、もしもおれたちが間違ってたとしたらどうなる、サム？ 見当はずれもいいところだったら？」

シアリングは疑わしげな顔で、「ガキどもですか、署長？」

「酔っぱらいは大人も見てるぞ。見ろ、ここがデッドリヴァーだ。そして一・五キロ沖には、去年、釣りにきたグループが行方不明になったキャットバード島がある。あのじいさんが子どもたちを目撃したのはどこだ？」

「カトラーのすぐ南です」

「五キロも離れてないじゃないか。この海岸線でなにかが起きてるとしたら？」

「なにが起きてるんです？」

「知るか。だがな、おれは一日じゅう、脳みそを絞って、キャットバード島とあの周辺で起きたはずのもう一件の事件を思いだそうとしてたんだ。一時間まえ、やっと思いだした。三年まえの六月に起きた——フレイジャーっていう若者の事件だ。覚えてるか？」

「ええ。ひどい悪天候なのに船を出したんですよね」

「いい、荒れてる程度だったよ、サム。それに、父親によれば、船はしっかりしてたし、若者は——十八か十九だったよな？——腕のいい船乗りだった。べつだん問題になるような天気じゃなかったんだ」

「たったひとつのミスが命とりになるんですよ。署長もよくご存じでしょう」

「当時はそれですませたよな。むろん、いまだってそれが正解で、おれは月に向かって遠吠えしてるだけなのかもしれん。だが、この何年間かの行方不明者のうち何人が釣りや船に関係してるかを考えてくれ。おれはどうしても納得できないんだ。バーハーバーあたりからだって、船はいくらも出てる。それなのに、このあたりのほうが行方不明事件が多いんだぞ。

そして、病院からもどってくる途中で思いついた。ひょっとして、このあたりの行方不明者が人口のわりに異常に多い理由は、人が少ないせいじゃないかってな。このあたりの海岸ぞいには、それにいうまでもなくあの島には——あんなところ、だれも行きやしないからな——隠れる場所がいくらでもある。目立たないようにしてれば、何年だって気づかれないでいられる」

「生存者がいなければ」

「そういうことだ」

シアリングはピーターズの仮説を検討した。たしかに一理ある。だが、一連の事件とみなすには、柔軟性に富んだ手口を仮定しなければならない。もちろん、可能性はある。とりわけ、今度の事件には大勢の人間がかかわっているらしいことを考えれば。子どもと大人が協力していると考えれば。子どもと大人か——それはいったい、なにを意味しているんだろう？

観光シーズンには、海岸ぞいのいたるところから数えきれないほどのボートが出るから、行方不明になっても気づかれないままになってしまうボートだって何艘かあるかもしれない。それに、多くの行楽客が、メイン州のこのあたりの海岸線を通ってカナダとのあいだを行き来する——ミセス・ワインスタインのように長距離ドライブをする者もいる。そんな行楽客が途中で消えてしまっても、なんらかの方法で車を隠されてしまえば、現場を特定するのは困難だ。ハイウェイでは、大勢の地元の若者たちが無謀運転をしている。そういう若者の車を見つけ、手を振って停めるのは簡単だ。そうすれば、警察は家出とみなす。それにもちろん、あの酔っぱらい——なんていう名前だっけ？——が謎の集団を目撃した海岸がある。深夜のビーチパーティーやネッキング。若者はいまでもネッキングをするのかな？　そんなことはどうでもいい。とにかく、多くの人がそんなふうにして行方知れずになっていてもおかしくはない。途方もない話だが、可能性はある。

それにシアリングは、とうの昔に、ピーターズの直観を信用するようになっていた。ピーターズは、なにかにつけてシアリングが署長になりたがっているとからかうが、このくたびれた肥満体の老人の地位をいますぐ受け継ぐよりも、彼のもとで働き、彼から学びたいというのがシアリングの本音だった。この州にピーターズよりすぐれた警察官がいるとしても、シアリングはまだその警察官に会ったことがなかった。署長になりたくないわけではない。じつのところ、ぜひともなりたい。だが、もうしばらく待つことはできる。ピーターズが引退する気になる日まで。

「では、問題は捜索範囲をどうするかですね」とシアリングはいった。「カトラーの先からデッドリヴァーの南までの五平方マイルを、海岸に突きあたるまでというのは?」

ピーターズはうなずいた。

「警官は大勢動員しましょう」とシアリング。

「そうだな。いますぐ呼び集めてくれ、サム」

「はい。今夜、捜索するんですか?」

「ああ。今晩は晴れそうだからな。天気が崩れないうちに、それにまたぞろ海から被害者をひきあげるはめにならないうちにはじめたほうがいいだろう」

「わかりました。妻に電話しておきます」

「ああ、それから、あの酔っぱらいのじいさんを探して、見つけたらここへ連れてきてくれ。

なんていう名前だった?」

「ダナーとか、ドナーとか、そんな名前でした。見つかりますよ」

「急げよ、サム」

「ご心配なく、見てのとおり身は軽いほうですから」

「しゃれた口をききやがって」ピーターズは応じた。

午後七時三十分

マージーはキッチンで皿を洗っていた。マージーらしいわ、とカーラは思った。着いて二時間もたたないのに、もう家事の半分を買ってでるんだから。カーラはローストの残りを見た。もうサンドイッチにするほども残ってないわね。カーラは食べ残しをごみ箱に捨て、タオルを手にとった。

「手伝おうか?」カーラは申しでた。

「お願い」とマージー。

ほんとにいい妹だわ、とカーラは思った。マージーと一緒に過ごせて嬉しかった。昔から、いがみあってばかりいる姉妹、うまがあわない姉妹の気持ちが理解できなかった。カーラの体験はその正反対だったからだ。なにしろ、心底からうまがあう人間をひとりあげろといわれたら、それはマージーだと断言できるのだ。めったに喧嘩をしないし、たとえ喧嘩してもすぐに仲直りする。そしてどちらも根にもったりしない。ライバル意識がないからじゃないかしら、とカーラは考えた。そして幸運を感謝した。窓の外を見やると、ほかの四人がポーチでたばこを喫いながら話していた。しばらくあそこにいてもらおう、とカーラは思った。

「話があるんだけど、聞いてくれる？」マージーがいった。

「いいわよ。なに？」とカーラ。

「べつに……たいした話じゃないんだけど。ひさしぶりね。とにかく、ひさしぶりのような気がするわ」

「ダンのこと？」

「それもあるんだけど」マージーは言いさして、泡だらけの水からボウルをひきあげた。「この一週間、なにをしてたのか訊いて」

「なにをしてたの？」

「精神科医めぐりよ。三人に診てもらったの」

「それで？」

「すごくおもしろかったわ」マージーは当惑したような表情を浮かべていた。「最初は女医さんだった。三十分くらい話をしたあと、薬を飲めっていいだしたの」

「どんな薬だったの？」

「訊かなかったけど、精神安定剤とか、抗鬱剤とかのたぐいだと思う。精神科医って、すぐに薬を飲ませたがるのよ。ふたりめは男性だった。そいつは、薬を飲ませて、入院させようとしたわ」

「入院ですって！」

「ひどい抑鬱状態だっていわれたわ」

「そうだったの？」

「三カ月まえよりはずっとましだったわね。三カ月まえは、落ちこみすぎてて、精神科医にかかることすら思いつかなかったの。自分でも、よくあの三カ月を切りぬけられたものだって不思議なくらい」

「とんだやぶ精神科医ね！」

マージーは皿から顔をあげてほほえんだ。「だけど、三人めはずっとましだった。薬を飲めとも、入院しろともいわなかったの。一時間くらい、話をしただけ。お姉さんと張りあってるんじゃないかともいわれたわ」

「そうなの？」

「ええ、たぶん」

「いったいなんのために？」

「なにをしてても虚しいの」マージーは笑った。「お姉さんはそんなふうに感じたりしないでしょ？　やる価値のあることとなんてなにもないように思えるのよ」

「たいていのことにはやる価値があるわ。やりたいという気持ちさえあればね。生きてるだけだって価値はあるわよ。だけど、なにもしなければ、生きてるとはいえないわ」とカーラは笑った。「あなたが〝虚しさ〟とやらを感じるのはね、マージー、なにもしてないからよ。それだったら、虚しくなるに決まってるじゃない。そもそも退屈だし。あなたの場合は、すばらしい才能の無駄づかいでもあるわ。仕事のことだけをいってるんじゃないのよ」

「ダンも、わたしには才能があるっていってくれるの」

「ダンの言葉を信じなさい」

「ダンのいうことは真に受けないことにしてるのよ」

「やっぱりね」

「わたしはお姉さんと張りあって、負けつづけてるんじゃないかと思うの」マージーはため息をついた。「お姉さんはそんなにしっかりしてるのに、どうしてわたしはいつまでたっても半人前のままなのかしら？」最後の皿を食器棚にしまった。「どうしてこうなったのかしらね」

「あなたは半人前なんかじゃないわ」とカーラ。

「でも、まだゼネラルモーターズを乗っとってないわよ」

「ゼネラルモーターズなんかを乗っとりたいの？」

裏口があいて、ニック、ダン、ローラ、ジムがもどってきた。「さあ、ハーツをやるぞ！」とニックが、両手をこすりあわせながら声を張りあげた。

トランプゲームをやろうっていいだすのはいつだってニックね、とカーラは胸のうちでひとりごちた。きっと得意だからだわ。カーラは妹に向きなおって、小声でいった。「あとでまた話しましょう」

マージーはうなずいた。

六人はテーブルの席に着いた。カーラはコーヒーをふるまい、六人はトランプをはじめた。

もっともローラは、しばらくのあいだ、田舎へ来た最初の晩にトランプで時間をつぶすなんてばかげてるとぶつくさいっていた。だが、ローラも実際には、ほかのみんなと同様に疲れていた。ローラがはじめに提案したように、〝地元のバーに繰りだす〟ような元気は残っていなかった。ローラって目立ちたがり屋なのね、とカーラは思った。そしてブロンド娘のTシャツを盛りあげている胸を見て、あらまあ、目立ちたがり屋なのは性格だけじゃないみたい、と感心した。

外にいる女たちは、トランプに興じる六人をながめていたが、なにをしているのかまったく理解できなかった。ひとりの女はまるまると太っていた。青白く、無表情で、奇妙に締まりのない口をしており、顎がとがっていた。身に着けているのは、かつてはドレスだったが、いまではただの木綿の袋としか見えないしろものだ。もうひとりはもっと若く、ほっそりしており、肌が不健康な色でなく長い髪がぼさぼさでなく目がどんよりしていなかったら、魅力的といってもいいほどだった。小さすぎて胸のボタンを留められないほどのチェックのシャツを着、だぶだぶのカーキ色のパンツをはいている。彼女は、これらふたつを所有していることをおおいに誇らしく思っていたが、なぜかと問われたら、理由を思いだすことはできなかった。

ふたりは黙って見つめていた。月明かりの下の蛆虫《うじむし》さながらに青白かった。ふたりの女が目を凝らしていると、ひとりの男がカードを切って、みんなに配った。全員がカードを扇形にひろげ、ゆっくりと、一度に一枚ずつカードを捨てはじめた。女たちは、目にしたことをかたっぱしから忘れた。ふたりは、起こるのを拒絶しているなにかが起こるのを待っているかのようだった。そして待ちきれなくなるまで待つと、示しあわせたように同時に振りかえり、小川のほうへ歩きだした。

ふたりが丈高い草叢《くさむら》のあいだを進みはじめると、鳴いていた蟋蟀《コオロギ》も黙りこんだ。そして一瞬、家の周囲が深い静寂に包まれたが、手が蠟燭の炎を横切るように、その静けさは破られた。家のなかで笑い声があがったのだ。外では、夜風のかすかな冷たさが冬の近さを告げていた。冬になれば草叢の声はたちまち絶え果て、暗闇は夜鳥と風だけのものになるはずだ。

午後七時五十分

ふたりの女は海岸までの八百メートルほどを歩いた。月影が小道をさやかに照らしていた。女たちはその小道を熟知していた。一年以上空き家だったあいだに、彼らはあの家を、自分の家も同然と考えるようになっていた。それでも、彼らは姿を見られないように気をつけていた。三キロあまり北にも別の家があるが、その家には一年じゅう一家が住んでいる。彼らは、鋭い斧で薪割りをしている男や、庭で自動車の整備をしている背が高くたくましい三人の息子を見たことがあった。五・五キロほど南東にも家があるが、ハイウェイがそばを通っているから、安全とはいえない。

だが、あの家はそうではなかった。あの家は長いあいだ空き家だった。子どもたちはあの家で遊び、真っ暗な屋根裏で子どもの魔法儀式をおこなっていた。若いほうの女が、うつむいて、たこのできた汚い手で胸を横にこすった。もうすぐ、あの家でまた遊べるようになるはずだ。

しばらくその小道を進むと、満天の星空がひらけ、海が見えた。目のまえに広びろとした砂浜がのびていた。動きがまったくなく、妖しいまでに白い砂浜とは対照的に、波は変幻自在だった。海自体も、静謐《せいひつ》だが畏怖を誘う一瞥をくれている空と月と星とは対照的な、光と変化の乱舞だった。

あの女たちが友人や本や銀行や夫について知っているように、この女たちはこれらを知っていた——ほかにはほとんどなにも知らなかった。砂と空と海以外は。

小道が砂浜に合流するところで、ふたりはしばし立ちどまり、ぼんやりと海を見つめた。沖には、記憶の彼方に消え去った長い歳月、女たちを育《はぐく》んだ島がある。遠すぎて見えるわけはないのに、女たちの目は、水平線上の島があるはずの位置を見いだしていた。島を懐かしんでいるのではなかった。絆を感じているだけだった。ただし、その絆は強かった。ふたりはまばたきをして目を凝らした。夜行性の小さな鳥が、波打ち際で砂をついばんでいた。背後では、森に棲む蛙が蛾や蝸牛《カタツムリ》を求めてうろついていた。ふたりはのろのろと歩きはじめた。浜辺をほんの数メートル歩けば、もう洞窟だった。

湿っぽい夜気に誘われて、幽霊蟹《ゴーストクラブ》が這いだしていた。幽霊蟹を追いまわすのは女たちのお気に入りの遊びだった。右か左へ、一歩すばやく踏みだすだけで、蟹の群れは二メートルほどもざっと移動した。女たちは、蟹の、敏捷でせせこましい横歩きを見るのが好きだった。捕まえようとはしなかった。おどかすだけだ。

蟹は鰓《えら》をつねに湿らせておかなければならない。そのため、太陽が照っているあいだは濡れた砂に深い穴を掘って隠れていて、夜になってから、あるいは雨や曇りの日に餌をあさるのだ。夜だと、幽霊蟹の青白い体は砂に紛れてしまうので、動きがないかぎり蟹を見分けられない。

だから蟹の群れが移動すると、足元の砂浜自体が生きていて、動いているように錯覚してしまう。ふたりの女は笑い声をあげながら蟹を追いまわした。砂浜そのものが自分たちを恐れ、逃げまどっているのだ、とおぼろげに想像しながら。

午後八時五分

女たちが洞窟に帰り着くと、男は裸になっていた。赤いシャツとぼろぼろのジーンズとごつい長靴は、焚き火の上の棚からぶらさげてあった。煙がもくもくとあがるように、火は軟木で焚いてあった。男は服に火の匂いを染みこませるつもりだった。数カ月住んでいるあいだに、洞窟には小便と糞便と湿気と腐肉の臭気がたちこめるようになっており、いまでは自分自身の体にその異臭が染みついていることに気づいていなかった。夢にも思っていなかった。家にいる女も火を焚いていたから、火の匂いを漂わせていれば、家に忍びこんだとき気づかれにくいだろうとしか考えていなかった。

ふたりの女が笑いながら洞窟にはいってきた。

「階段に糞《くそ》をしてやった」と若いほうの女がいった。そして片手をのばして男のペニスを握った。いたずらが男を怒らせるかもしれないとわかっていた。しかし、これまではこのやり方で、いつだって男の怒りをなだめられた。男のペニスはたちまち膨らみはじめた。男はにやりと笑って、左手を女の汚れた長い髪のなかに差し入れた。男は女をひきよせた。女はまた笑いはじめた。

男の右手の中指と薬指は、付け根のすぐ上でうしなわれていた。男は女のボタンを掛けていないチェックのシャツのなかにその手を入れて、乳房を乱暴になでまわしはじめた。親指と人差し指で、長くとがった乳首をしつこく揉んだ。女は、うつろな目のままだったが、舌を歯のあいだから突きだして、挑発的にゆらゆらと動かした。男が待っていたのはそれだった。

男は髪を離すなり、女を平手打ちした。女は倒れ伏し、すすり泣きながら、洞窟の床の地面にぺっと血を吐いた。年かさの女は男から一歩あとずさった。いまの男は剣呑《けんのん》だった。つかのま、男と年かさの女は黙りこくって睨みあった。そしてふたりの女は、そそくさとその場を離れ、ひんやりとした洞窟の奥へ逃げこんだ。男はふたたびひとりきりになった。

洞窟の奥の薄明かりのなかでは、三人めの女が、一種のソーセージを火であぶるまえの下ごしらえをしていた。その女は妊娠しており、ほかの者たちと同じく、臨月が迫っていた。膨らんだ腹は、女ののっそりと鈍重な印象を強調していた。ほかの者たちと同じく、ほとんど日に当たらないせいで、不自然に青白かった。ほかの女たちと同様に、その女の髪も長くて汚れていたし、身に着けている熊皮は土と食べかすと灰で汚れ、ごわごわになっていた。

「階段に糞をしてやったんだ」と若い女はくりかえした。男の怒りを忘れて、女たちはまた笑いはじめた。奇妙に見えた、年上で太ったほうの女の口と顎は、もはやことさら異様ではなくなった——その女の口には歯が一本もなかった。そのせいで、不自然な、爬虫類じみた顔に見えるのだ。その女は歯のない歯ぐきをひっきりなしに動かしていた。大きな蠅を飲みこもうとしている蜥蜴《トカゲ》のようだった。その女が妊娠している女のわきで膝をつくと、だぶだぶのドレスの襟が大きく開いて、だらりと垂れた乳房がのぞいた。

「増えてたよ」と若いほうの女が、じめじめした洞窟の壁にもたれかかりながらいった。「女がふたり、男が三人。窓から見たんだ」

妊娠している女はうなずいた。いまのところ、関心はなかった。ほどなくソーセージができあがる。つくりはじめたのは一時間まえだった。腸を四十五センチに切り分けて裏返し、小川へ持っていって洗った。そして洞窟へもどってから、背骨と肩甲骨と大腿骨を割りあけて、骨髄をたっぷりとりだした。そのあと、レバーがいくらかついている極上の腰肉と脳髄とふたつの腎臓、それに骨からこそげるようにした後半身の肉の塊りを、鋭いナイフで挽き肉にした。妊娠している女は焚き火で骨の髄を溶かすと、まず腎臓の脂《あぶら》を、つぎに肉を加えた。

そのあと、混ぜあわせたものを腸に詰め、両端をむすんだ。男が軟木の焚き火を明け渡してくれても、煙がおさまるのを待って、いくらか硬木を足してからでなければ、夕食を焼きはじめられなかった。

明日は、獲物の残りを乾燥肉にするつもりだった。腰肉は夕食のステーキとしてとっておき、腿肉と肩肉は薄切りにする。そして薄切りにした肉は、積み重ねて、幅六、七センチ、長さ十五センチほどに細長く切る。そうしたら、細切り肉を海水に浸け、蠅がよってこないように、焚き火の上の生木でつくった棚に並べて乾燥させるのだ。肉は、数日で乾燥して黒くなる。そうなれば、いつまでたっても腐らない。

頭上で、檻ががたがた揺れた。妊娠している女は気にしなかった。ほかのふたりの女は、笑い声をあげて指さした。金属の格子でつくった檻は、天井に留められている輪に通した太い綱で、女たちの六メートル上に吊りさげられていた。綱は壁を伝って、大きな綱留めに結びつけられている。材料はすべて、数キロ離れたごみ捨て場で見つけてきた。いま、檻のなかには少年がいた。十五歳くらいだろう。少年は全裸で、檻の床に寝転がっていた。だいぶまえから、恐怖のあまり身動きしなくなっている。だがときどき、震えが全身を、瘧気のように走り抜けて、格子をがたつかせるのだ。けっこうなことだった。怖がれば怖がるほど、少年の肉は軟らかくなる。女はあっさり死にすぎた。そのせいで、下半身の肉をさばくのにひと苦労するはめになったのだ。

妊娠している女は、男が棚から服を片づけるのを見た。やれ、やれ、と女は思った。ほかのふたりの女には見向きもしないでソーセージをひとまとめすると、焚き火のそばへ運んでいった。そして、「獲物が増えてたっていってるよ」と男に告げた。

「何人だ？」

「男が三人、女がふたり」

男は、自分の吐瀉物にまみれて檻のなかで横たわっている少年を見あげて、薄笑いを浮かべた。すぐにあの檻はいっぱいに、ぎゅうぎゅう詰めになるはずだ。少年は立たなければならなくなるだろう。それとも死ななければ。おれたちは勇敢な戦士だ。これで暮らしが楽になる。

男には記憶力がほとんどなく、時間の観念も持ちあわせていなかった。それでも、島にいたころの、寒くてひもじい暮らしぶりを覚えていた――銃を持った男たちが、彼らが狩ったボートの男たちを探しにきたとき、それが終わった。一瞬で死をもたらす恐ろしいもの、としか男は銃を理解していなかった。銃を持った男たちがやってくる以前、彼らは、長老たちから教わったように、海から食べものを調達していた。蟹や貝や海草を採ったり、餌をつけてひと晩じゅう置きっぱなしにする釣り方や素朴な引っかけ釣りで魚を捕まえたりしていたのだ。

引っかけ釣りはいまでも懐かしかった。まず、返しのない長い釣り針を海に垂らす。そしてその上に骨のかけらを吊るし、陽射しを浴びながらふらふら動くようにすると、魚が寄ってくる。充分に近よってきたら、さっと糸を引いて魚を針で突き刺し、岸へひきあげるのだ。すばやく、手際よくなければ魚は捕れない。両端をとがらせた小さな骨を餌のなかに隠しておき、魚が餌と一緒に骨のかけらも飲みこむようにするという釣り方もある。糸をひくと、悪意を秘めた骨が魚の体のなかで横向きになる。時間はかかるが、やがて魚は死ぬ。

男は思いだし笑いを漏らした。

あのころは食べものを探すのがたいへんだった。男は長老たちを思いだした。男を名前で呼んでいた――いまは亡き――老人と老婆の骨と皮だけの顔を。なんという名前で呼ばれていたのかは思いだせなかった。老婆がアグネスで、老人が夜ごと、おおいなる〝明かり〟をともしに出かけていた時期があったのは覚えていた。だが、名前とお勤めになんの意味があるのかを訊くまえに、ふたりは死んでしまった。

女が焚き火に硬木を積み重ねるのを見ながら、男はさっと赤いシャツをはおった。いい匂いが漂いはじめていた。男は火の匂いが大好きだった。

銃を持った男たちがやってきたとき、彼らは隠れなければならなかった。何日も、まったくなにも食べられなかった。あやうく飢え死にするところだった。それからずっと、男たちは毎日やってきた。島はもう安全ではなくなった。だから彼らは脱出したのだ。

はじめのうち、本土での生活はいっそう苦しかった。しばらくは、地虫や蛾や蛙やバッタで命をつないだものだ。堅い部分や羽や脚をとりされば、バッタはそんなに悪くなかった。夏場には蜥蜴や蛇がいたし、蟻の卵があった。ビーバーのダムが見つかったので、一時期は鳥に似た味がするビーバーの肉を食べ、夜は尾の脂で盗んだランプをともした。差し掛け小屋で暮らし、松と樅《もみ》の若葉のベッドで寝、つねに移動しつづけた。そしてとうとう、この洞窟を見つけたのだ。

洞窟は、断崖のてっぺんから九メートル下、海面から十五メートル上にあって、近づくためには、海岸から細い山羊の通り道をのぼるしかない。ある日、卵をとろうと鷗《カモメ》の巣を探しているとき、男がたまたま見つけたのだった。その洞窟の入り口——岩の裂け目の右側全体——は、どの角度から見ても、張りだした岩の陰になっている。風も吹きこんでこない。入り口の一メートルほど上にある、それより小さな第二の岩穴には、天然の煙突がある——だが、彼らはまれにしかそこで火を焚かない。煙が人目をひくといけないからだ。洞窟のいちばんの長所は、大きくて、嵐のさなかでもまずまず乾燥していることだ。洞窟のなかは幅七・五メートル、奥行き六メートルほどの空間になっていて、奥にはその半分くらいの大きさの第二の岩室《いわむろ》がある。

床から天井までは、高いところで七・五メートルほどだ。

彼らは獣皮や若葉のベッドで寝ていた。冷えこみがきびしいときは焚き火のまわりに寄り集まったり、暖かいときは第二の岩室で寝たりもした。第二の岩室は、おもに倉庫として使っていた。町のごみ捨て場を早々に見つけていたので、手当たりしだいに拾ってきた雑多ながらくた――把手がとれた小さな鋤《すき》、鍬《くわ》、レーキ、歯がとれたり曲がったりしている三つ又フォークなどで散らかり放題になっていた。片隅のごみの山など、天井まであと半分の高さまで達している――古い馬具、シャベル、火かき棒、釘と鍵がいっぱいに詰まったバケツ、アイロン、ドアノブ、窓の金具、錠、鍋や釜、陶磁器のかけら、人形、銃床、リムがなくなったタイヤ、タイヤレバー、鞭、バックル、ベルト、ナイフ、斧。使うことなどめったになかったが、それでも彼らはそれらをとっておいた。

その向こうにも別の山があった。その山は、死体から剥いだ服だけでできていた。その山も、天井まであと半分の高さに達していた。彼らはその山から服を選び、ぼろぼろになるまで着つづけ、それからまた別の服を選んでいた。それをつづけているうちに、底のほうの服は黴《かび》でねばつくようになって、甲虫類やゴキブリの群れの住みかになっていたし、洞窟の床の濃厚なごみのシチューのなかでは、まるまると太った蛆《うじ》が育っていた。

そのわきには骨の山があった。肉がきれいにこそげとられ、じめじめとよどんだ臭い空気にさらされて黄ばんだ骨ばかりだった。

そして最後に、うずたかく積んだ皮と、皮をなめすための道具があった。皮は、形も大きさもばらばらだ。しかし、ほとんどは、長くて薄くて、薄い黄色をしている。

男は、このすべてを、しごく満足げにながめた。男はぼろぼろのジーンズをはきながら、女がいったことを思いかえした。いまでは、男が三人、女が三人いるという。檻をいっぱいにし、二日まえの夜の穴埋めができそうだった。男は子どもたちがしでかしたことを思いだして、顔をしかめた。子どもたちには、大人の監督なしで狩りをすることを禁じていた。子どもたちは過ちを犯したのだ。

だが、愚行に対する罰は与えたから、今晩は服従するだろう。いちばん年上の子からいちばん幼い子まで、他の子どもたちが見ているまえで、ひとりずつ殴り飛ばした。子どもたちは、兄弟や姉妹の苦痛を大喜びで見物していたが、自分の番がくると恐れおののいた。けっきょく、全員が出血した。

男が、ずっと以前に太った赤ら顔の漁師から奪った長靴をはいていると、奥の岩室から兄弟たちが出てきた。そのすぐあとに四人の子どもがつづいていた。男はうなるような声で兄弟に挨拶し、足首のところで長靴のひもを結び終えた。いま、男は兄弟たちが知らないことを知っていた。いい気分だったから、秘密を明かすのを先延ばしにした。

最初に出てきたのは、優に百八十センチを越す大男だった。大男はつるつるに禿げていた。額の下に眉毛はなかったし、顔にも裸の胸にも毛が一本も生えていなかった。肩の筋肉はたくましく盛りあがっており、わずかに力をこめるだけでぎゅっと引き締まりそうだった。首の腱は太い指さながらに浮きだしていた。瞳の色は奇妙な薄い青だ。

大男は奥の部屋から武器を持ってきていた。腰に締めた、黴で緑色になった太い革ベルトの左右に、狩猟用の長いナイフを差している。大男は腹をぽんと叩いた。準備よし。

そのうしろの男はずっと小柄だった。がりがりに痩せていて、頬が落ちくぼんでおり、薄い顎髭を生やしていた。顎は弱よわしく、くちびるはぶ厚くて締まりがなく、口をいつも半開きにしていた。焚き火のそばの男と同様に、髪を長くのばしていた。兄弟よりいくらか薄くなっていたが、同じようにぼさぼさで脂っぽかった。小柄な男の目はうつろだった。その小さな豚の目が輝くのは、なにかが血を流しているか、死んだときだけだった。

小柄な男は、色あせたグレーのズボンの下に、鋭い折りたたみナイフを忍ばせていた。ペニスの横にひもでぶらさげているのだ。その感触が気に入っているからだ。また、汚れた青いトレーナーの下に隠れているが、細い銀の十字架を首にかけていた。それがなんなのかは知らなかった。不必要なものは身に着けない他のふたりの兄弟とは違うことがしたいだけだった。

小柄な男も、がらくたの山から二本のナイフを選びだしていた。小柄な男は焚き火のそばにいる最初の男のもとへ、せかせかと歩みよって一本のナイフを手渡した。そして、にっと笑って顔じゅうに深い皺を寄せ、緑色のぬめりがこびりついた、虫食いだらけの歯を見せた。そのうしろでは、子どもたちが興奮してそわそわしていた。人気《ひとけ》のない道路のわきの茂みに隠れて、三人の男たちが獲物を罠にかけ、殺すのを見ていたときのぼんやりした記憶で、感情が高ぶっているのだ。

赤シャツの男は長靴をはき終えた。「男が三人」と彼はほかのふたりにいった。「女が三人になった」洞窟の静寂《しじま》のなかにその声が響くと、女たちが彼のまわりに集まってきた。ふたりの兄弟は驚きの声をあげ、笑いはじめた。

赤シャツの男はうなずいた。そして女たちに向きなおった。

「子どもたちを集めろ」男はいった。「まず、めしだ」

大男は笑みを浮かべた。焚き火から生焼けのソーセージを一本とって、湯気の立っているそれを口のなかに放りこんだ。ソーセージは歯のあいだではじけ、脂が顎から裸の胸へしたたった。

ただの袋のような服を着ている太った女が、洞窟の入り口の鹿皮を掻き分けて外へ出ていった。夜風が、女の傷痕だらけで血色の悪い顔をなでた。ふと足元を見ると、小さな骨と羽が、ちっぽけなピラミッドの形に積んであった。

子どもたちだ。

女はそれを蹴散らした。両手を口に添えて、叫んだ。洞窟のなかにもその声は響いた。一族以外の者が聞いたら、かん高い鷗の鳴き声が、風にのって届いたのだとしか思わないはずだった。

ややあって、七人の子どもが一列になって斜面をのぼってきた。幼い子どもたちは、狐のように四つん這いになっていた。母親と同じで、最年長の少女は妊娠していた。父親は男たちの誰かなのか、それとも年上の少年の誰かなのか、女は知らなかった。その少女は、あえぎながら、ほかの子どもたちよりゆっくりと、いちばん最後からのぼってきた。

外はすっかり暗くなっており、天高くかかっている月が明るく輝いていた。洞窟のなかから食べものの匂いが漂ってくるのに気づくと、子どもたちは腹をぐうぐう鳴らしはじめた。今夜はごちそうのようだ。獲物がたっぷり捕れる季節になったから、これからとうぶん、腹が裂けそうになるまで食えるぞ——子どもたちは大人たちがそういうのを聞いていた。空腹に衝《つ》き動かされている子どもたちは、すり傷や打ち身などを気にかけることなく、岩をよじのぼった。夜気に漂う肉の焼けるいい匂いをめざして、ひたすら岩場をのぼった。獲物の肉をめざして。

午後十一時三十分

ひさかたぶりで、ニックは嫉妬を覚えていた。嫉妬は、一緒にいるとうんざりして気詰まりになる、自分でもそうとは認めてないような古い友人のようなものだった。うんざりするのは自分に対してで、気詰まりなのはローラに対してだった。ニックを嫉妬させるのは、いつだってカーラだった。カーラ以前にも、カーラ以後にも、ニックは嫉妬に駆られたことがなかった。しかしいま、カーラは居間でベッドにはいろうとしており、ニックはまたしても嫉妬が燃えあがるのを覚えていた。カーラとジムは、カウチをのばしてベッドにしながら談笑していた。ジムのベルトのバックルが床に落ちて、ごとんと音をたてたのがわかった。ダンとマージーの部屋からも似たような音が聞こえていたが、ニックはまったく気にとめていなかった。ダンとマージーがとなりの部屋にいることすら忘れていた。われ知らず、居間だけに注意を集中していた。ニックは眼鏡をはずしてベッドのわきのナイトテーブルに置いた。

そしてベッドに横たわりながら、ローラが服を脱ぎ、それらを椅子の上に整然と置いていくさまをながめていた。ブラジャーから乳房が転がりでるのを見たときは、股間がかすかにほてった。ローラはブラジャーをたたんで、ニックからは見えない、椅子に積み重ねた服の上にきちんと置いた。ローラの外見と実際の性格とのあいだには、大きな隔たりがある。まるでつねに扮装をしているようだった。それがニックの神経にさわった。

ローラはベッドのニックのとなりに滑りこんで、ほほえんだ。ほほえみかえしながら、ニックは、反対側の壁から聞こえてくるカーラの声に耳を澄ましていた。こんなことはやめろ、とニックは自分に命じた。こんな下劣なことは。だが、ニックは耳をそばだてつづけた。ローラはセックスしたがるだろう。ニックは、カーラの声を聞きながらセックスしようとするほど愚かではなかった。その道は〝インポ・シティ〟につづいている。

そもそも、なんでここへ来ないかという誘いにのったりしたんだろう、とニックはいぶかった。こんなことになると予期していなかったのだろうか？　していなかった。でも、どうして？　予期するべきだった。徹底的に話しあったおかげで、とっくの昔に気持ちの整理がついたと思いこんでたんだ、とニックは考えた。当時、カーラがつきあっていた男の名前すら思いだせなかった。そのときの気持ちを覚えているだけだった。

ローラがごろりと向きを変えて、ニックにキスをした。「一日じゅう運転したあとで、あなたが十五分でイッちゃわなかったら、十ドルもらえることになってるの」

ニックはおざなりにキスをかえした。「先にトイレに行かせてくれ」

ローラの腕のなかから抜けだし、バスローブをとってきてはおると、ニックはキッチンを通ってバスルームにはいった。ダンとマージーの部屋のドアの下から明かりが漏れていた。

意識して、反対側、つまり居間のほうは見ないようにした。便器のまえに立ち、バスローブをひろげて狙いをさだめた。

一瞬、外の薪小屋のそばで、なにかが動いた音が聞こえた。かすかな、引っ掻いているような音だった。カーラから、キッチンに鼠が出た話は聞いていた。だが、野鼠より大きな動物がたてた音に聞こえた。洗い熊かもしれない。

壁の向こうからマージーの笑い声が聞こえてきた。マージー。カーラとのつながりがとぎれなかったほんとうの理由はマージーだった。いろいろな意味で、カーラに対する気持ちよりも、マージーに対する気持ちのほうが、しっかりと長続きしてるみたいだな、とニックは思った。

ニックとマージーのあいだにはロマンチックな感情はまったくなかった。マージーとカーラはとびきり仲のいい姉妹で、カーラの恋人と男女の関係になるなんてマージーには想像もできないという単純な理由からだった。もちろん、カーラにも、そんなことは想像もできなかった。ニックは想像したことがあった。マージーはすこぶる魅力的だ。とりわけ、カーラと別れたあと、ニックは想像した。しかし、そのころには、マージーとの関係の基本はできあがってしまっていた。ニックとマージーは、多くの楽しみを、多くの友人を共有している。ときどきバーで待ちあわせ、充分にくつろいでから、そこで別れて、それぞれが思い思いの夜を過ごしている。ふたりでホラー映画を観にいって――ほかにはだれもつきあってくれないからだ――恐怖シーンでマージーがニックの腕にしがみつくこともある。

だが、ロマンチックな関係ではないのだ。マージーの風変わりなところのいくつか――暗闇や閉所やスピードや安物の食品を怖がったり、はっきりした理由なしにふさぎこんだり、うわの空になったりするところ——は、友人なら笑い話ですむが、恋人だといらだたしいからかもしれないな、とニックは推測した。一度もマージーに言い寄らなかったのは、それが理由だったのかもしれない。ふたりとも、貴重なものを見分ける分別を持ちあわせていたのだろう。どちらも、かつての恋人でなく、これから恋人になる可能性もない。そして性的な緊張がないおかげで一緒に過ごす時間の楽しさが比類のない特別なものになっている異性の友人は数えるほどしかいなかった。それにもちろん、いつだってカーラの影があった。

カーラの態度。カーラのふるまい。ふたりの仲はじわじわと破局を迎えた。そしてそのほかの事柄の多くと同じく、悪いのはニックだった。

ふたりの仲は神経戦に堕していった。給料のいい新しい仕事についたカーラの人生は順風満帆だった。それにひきかえ、ニックは落ち目だった。ニックは、申し分のない仕事を辞めて専業作家になったのだが、なにも書けないでいた。一年あまりたったいまでは、作家として、会社勤めをしていたころより収入が多くなった。だが、カーラとの交際の最後のころには、ニックのエゴは——もっといえばペニスは——四六時中ちやほやされたがっていた。

奇妙なことに、なにもかもがうまくいかない時期には、セックスがすべてになってしまう。突然、ニックはカーラを二十四時間抱きたがるようになり、むろんカーラにそんな暇はなかった。たぶんカーラは、なにが問題なのかをはっきりさとっていたのだろう。ニックが性的能力を、別種の不能を埋めあわせるために利用していると気づいていたのだ。あのころのニックは、さぞかしいやなやつだったのだろう。長い目で見れば、カーラはまったく正しかった。ふたりとも、別れたあとのほうが生き生きとしたのだ。別れてから五日後、ニックは新作を書きはじめていた。

ニックは便器に向かってペニスを振った。バスルームの明かりを消し、キッチンにもどった。マージーの部屋の明かりはまだついていたし――今度は目をそむけられなかった――居間からも明かりが漏れていた。ふたつの部屋のあいだに挟まれているのが、ニックの部屋だった。そしてローラの。

ニックは顔をしかめた。ローラは矛盾だらけだった。釣りあいのとれているところがひとつもない。強気を装いたがるが、実際にはいろいろな意味でマージー以上に臆病だ。猫を獣医に連れていけない。パーティーではドラッグや酒に手を出そうとしない。ニックを愛しているのはたしかだが、それを表わそうとしない。なんらかの理由でニックがローラから離れようとしないかぎり、深くかかわろうとしないのだ。そしてそうなると、完全にわれをうしなってしまう。最悪の状況だ。それでも、もっといい出会いに恵まれなかったから、ニックはローラと別れていなかった。もっと早く別れているべきだった。ニックはローラをだましていた。カーラのことを考えることによって、いまこの瞬間もだましていた。

つまるところ、今夜も、いままでに何度もそうしたように、へとへとに疲れているからセックスできないと言いわけするつもりだった。そうすれば、カーラならいいのにと思いながらローラと寝て、おれは最低のゲス野郎だ、という自己嫌悪にさいなまれずにすむからだ。過去にこれほど影響されるとは意外だった。予想外の出来事だった。過去が壁ごしに語りかけてくるまで、記憶をよみがえらせておきながら近づくなと命じるまで、こんなことになるとは思ってもいなかった。

ニックは寝室の入り口を通りながら、ローラのほうを見て、深ぶかと安堵のため息をついた。よかった、とニックは胸をなでおろした。ローラは眠っていた。

となりの部屋では、マージーが起きあがって、窓を閉めた。一瞬、マージーは外の暗闇を凝視した。

「寒いの」マージーはいった。

「毛布を二枚も掛けてるじゃないか」とダン。

「それでも足りないのよ」マージーは急いでベッドにもどった。

「きれいでおいしい田舎の空気はどうしたんだ?」ダンはベッドのマージーのわきに腰をおろして、靴と靴下を脱いだ。

「きれいでおいしい田舎の空気は凍えそうなほど冷たいのよ」

「こっちへ来て、ちんぽこをいじってくれないか。そうすればあったまるぞ」

マージーはダンの下品な言葉づかいを気に入っていた。ダンはたいてい下品だった。ベッドにはいってきたとき、ダンは全裸だったし、もう勃起していた。マージーはダンの、ほっそりしていて肌がなめらかなところも好きだった。

「ネグリジェなんか脱いじゃえよ」

「寒いの」

「寒いのはわかってる。でも脱いでくれないか」

「脱ぎたくない」

「裸になっていただけませんか、お嬢さん？」ダンはマージーの上に乗った。

「いや！」

ダンはシーツの下に、ネグリジェのなかにもぐりこんだ。マージーは笑いだした。ダンはマージーの腹を嚙んだ。「まあまあのケツを拝むために、こんなことまでしなきゃならないとはね」マージーの下腹に口を押しつけているので、ダンの声はくぐもっていた。

「やめてよ、このくそったれ」とマージーはいった。ダンとつきあうまで、男性を「くそったれ」なんてののしったことは一度もなかった。ダンはわたしを殻からひっぱりだしてくれてるんだわ、とマージーは思った。ダンは愉快だった。ダンはマージーの腹にくちびるを強く押しあて、つよく息を吹いた。肉が震え、大きな放屁のような音が響いて、マージーはくすくす笑った。「シーッ！　静かにして」マージーはいった。

「笑ってるのはきみじゃないか。おれが笑ってるかい？　いいや。きみとセックスしようとしてるだけじゃないか」ダンはシーツの下から出てきて上体を起こし、マージーのネグリジェのボタンをはずしはじめた。いつものように、ぎこちない手つきだった。

「待って」マージーはいった。「待ってってたら！　ひとつだけ、お願いがあるの。ひとつだけ！」

「やれやれ。なんだい？」

「寝るまえに、ひとつだけしてほしいことがあるのよ」

「まだ寝たりしないぞ」

「ふざけないで」

「え？」

「わかってるくせに」

「つまり、ファックするまえにって意味？」

「正解」

「わかった。で、なんだい？」

「薪を何本か、暖炉に足しておいてほしいの。さもないと、ほんとに凍えちゃう。ね、お願い」マージーは小さな女の子作戦を実行した——四分の三の懇願と四分の一の膨れっ面だ。これまではつねにうまくいっていた。今回もうまくいった。

「はいはい、やりましょう。薪はどこにおいてあるんだい？」

「ストーブのそばにあるはずよ」そして、かまととぶっているのを充分に意識しながら、できるだけかまととぶった声でいった。「ありがと、ダン」

「〝ありがと、ダン〟」とダンは口調をまねた。「きみはほんとにおねだり上手だよ。知ってたかい？」

マージーはダンをぴしゃっと叩いた。ダンはローブをはおるのも面倒がって、そのまま寝室の入り口へ歩いていき、暗いキッチンを見まわした。ニックの部屋のドアは閉まっていた。居間の明かりは消えていた。外へ出てもだいじょうぶだろう。寝室から漏れているぼんやりした光を頼りに、ダンは爪先立ちでストーブのまえまで歩いていき、火床をあけた。薪の残りは多くなかった。燃えさしはたくさんあったが、実際に燃えている薪は半分以下だった。マージーのいうとおりだ。朝までに、家のなかは冷えきってしまうだろう。

ダンは床から杉の薪を拾いあげ、火にくべた。家のなかは静まりかえっていた。ちょっと気味が悪いな、とダンは思った。つぎにストーブに入れた薪が、大きな音をたてながら火床の上を転がったので、ダンは顔をしかめた。さっさとすませないと、ひとり残らず目を覚ましちまうぞ。ダンは積んである薪からいちばん大きな薪を注意深く選り分けて、そろそろとストーブに入れた。

ところが今度は、薪が隣りあわせになってしまった。これじゃうまく燃えない。くそっ、くそっ、くそっ、とダンは胸のうちで毒づいた。火かき棒を探してあたりを見まわした。戸棚の横の壁に立てかけてあった。ふたたび、できるだけ音をたてないように気をつけながら、一本めの薪に二本めが斜めにもたれかかり、二本めの上に三本めがのるようになおした。そして深く息をつきながら火かき棒を置いて、火がつくかどうか見守った。

家はしんと静まりかえっているので、キッチンじゅうを引っ掻きまわしているような音をたてていたのではないかと不安になった。だけど、しょうがなかったんだ。田舎ってのはほんとに静かだな。あんまり長いことここにいたら、おかしくなっちまいそうだ。樹皮に火がついた。これで中身にも火がつくはずだ。マージー嬢ちゃんのところへもどるとしよう。ダンは火床の扉を閉じて、留め金をかけた。そしてその瞬間、キッチンをなにかがすばやく横切る音を聞いた。

いっきに血の気がひいた。だしぬけに、だれかがすぐうしろに立っていることに気づいて、感電したようなショックを受けた。アドレナリンが全身に送りこまれ、肌がふいにじっとりと冷たくなった。ダンはさっと振りむいた。

「すてきなお尻ね」とカーラがほほえみながらいって、冷蔵庫のほうへ歩いていった。「なにか飲む？」

「いや、いらない」ダンは答えた。動悸が激しかった。カーラが冷蔵庫のドアをあけると、庫内灯の明かりのせいで、薄いネグリジェがほとんど透けてみえた。ダンはほれぼれとカーラに見とれた。マージーより乳房が大きいし、尻もいくぶん豊満だ。カーラの立ち姿は魅力的だった。「きみのお尻もなかなかだよ」

カーラはコップにアップルジュースをついで、ネグリジェを見おろした。「ありがとう」と応じて、ドアを閉めた。

カーラを見ているうちに、ダンはなんだか気づまりになった。「もう部屋にもどらなきゃ。薪を少し足しにきただけなんだ。それにしても、さっきは驚いたよ！　じゃあ、おやすみ」

「おやすみなさい」

ダンは寝室のドアを閉めた。「きみのお姉さん、いいおっぱいをしてるんだな」ダンはマージーにいった。

マージーが上掛けをひきおろしたので、とうとうネグリジェを脱いだのがわかった。「これより?」とマージーはたずねた。

「ちがったよさがあるな」ダンは答えた。

そしてマージーの上に飛び乗った。

カーラが妹とダンの部屋のドアを見やっていると、明かりが消えた。ダンってハンサムね、とカーラは思った。尻をほめたのは、からかったわけではなかった。マージーの男性についての——少なくとも外見に関する——趣味のよさに、カーラは満足した。ダンには将来性があるのかしら、とカーラはいぶかった。わたしったら、ママみたいなこと考えてる。

ママだったらきっと、いま家にいる男性はだれも認めないでしょうね。作家に俳優に——ダンはなにをしてるんだっけ、塗装業? たしかそうだったはず。三人とも、金銭的には危険人物だわ。三人のうちだれかが成功するとしたら、ジムじゃないかしら。問題は、成功したジムとはつきあいたくないということだった。いまのジムが極端に自己中心的だとすると——実際そのとおりだわ、とカーラは思った——富と名声を手に入れたら、いったいどうなってしまうのだろう?

だけど、たしかに働き者よね、ジムは。

ベッドのなかでさえ、ジムはちょっぴり演技をする。お手軽な〝ご主人さまと奴隷〟を。べつだん不満はなかった。カーラも演技が好きだからだ。カーラにとっては理屈がとおっていなくもなかった。カーラは長年、他のあらゆる面で気丈にがんばってきた。だれにも負けまいと必死だった。だれが相手でも譲らなかった。ときどきなら、変わったスカートをはいてみるのも悪くない、というところだ。

おかしなことに、セックスとなると役割が逆転することがある。セックスをしていないときのジムは、いつだって少々、愛想をふりまきすぎ、ほほえみと端整な顔立ちで注意を惹こうとしすぎ、周囲のご機嫌をとろうとしすぎる。カーラは嘘偽りでなく——程度はそこそこというところだが——ジムに好意を抱いているが、多くの人はジムを、なんだかいらいらするやつだとみなしている。つい猫をかぶっているんじゃないかと疑ってしまうような、そんな種類のいらだたしさを感じさせるやつだと。

ところが、セックスとなると、ジムは攻撃的に、それどころかいささか残酷になる。カーラも、健全とはいいかねるのは承知している。でも、かまうもんですか——だって、興奮するんだもの。もちろん、レイプ幻想ってやつだ。カーラにとって、マスターベーションのつぎにイキやすいのは、それなのだ。突然、うっすらとだが、早くベッドにもどりたくなった。

カーラは二杯めのアップルジュースをついだ。ジムは待たせておけばいいわ、とカーラは考えた。ジムもわたしも、少し待ったほうが欲望が高まるんだから。カウチと兼用のベッドに横たわっているジムの姿が脳裏に浮かんだ。ベッドカバーの上に裸で寝ているジムは、わたしがなかなかもどらないのでちょっと不機嫌になっているだろう。ジムの肌はすべすべしていて柔らかい。特に、首と肩と、引き締まった少年のようなお尻は。

　こんなのばかげてる！　カーラは思った。わたしったら、こんなところでなにしてるの？　カーラは冷蔵庫のドアを閉め、少しのあいだ、目が闇に慣れるのを待った。居間の暖炉の、ぼんやりと揺らめく火明かりしかなかった。もう少しで燃えつきてしまいそうだった。

　またしても、田舎の夜の信じられないほどの闇の深さを楽しんでいた。眩暈《めまい》に似た感覚に襲われるほど、夜の闇は暗かった。月が出ているというのに、家のなかは真っ暗だ。隅という隅、壁の幾何学的な傾斜という傾斜、そして家具という家具が、一枚の模糊《もこ》とした影絵になってしまっている。地獄のごとき闇ってわけね、とカーラは思った。ずっとまえから、その言いまわしが気に入っていた。夢の世界の闇だわ。

　カーラは明かりのほうへ歩を進めた。外で鷗《カモメ》が鳴いた。居間の入り口にたどりつくと、また目がきくようになった。想像どおり、裸でベッドに横たわっていたジムがカーラをじっと見つめた。ほほえんでるのかしら？　カーラにはわからなかった。こんなときにほほえまないのは、いかにもジムらしかった。

　暖炉のまえでかがんで、薪の最後の一本を火床にくべながら、カーラはジムが、首《こうべ》をめぐらしながら彼女を目で追っているのに気づいていた。火は乾燥した樹皮に飛びついて味わいはじめ、カーラを暖めた。

　カーラが振りかえると、ジムは窓から差しこむ青白い月光のなかに横たわっていた。カーラはネグリジェが肩からゆっくりと滑り落ちるにまかせた。そしてつかのま、暖炉のまえでポーズをとった。ジムが喜ぶのを、自分がどんなにきれいに見えるかを、火明かりが自分の体をどんなにつややかに見せるかを承知していたからだ。自己陶酔の興奮で肌がほてった。別のほてりも感じた――ジムも興奮していた。

カーラはベッドに歩みよった。ふたりとも、なにもいわなかった。カーラはジムのペニスに手をのばし、片手で握って温めた。ペニスは脈打ち、血液が充満した。やがてカーラは手を離し、ジムの上に乗って、ペニスを自分の体におさめようとした。

「だめだ」とジムがいった。

ジムはカーラを持ちあげてペニスを引き抜くと、片肘をついて体を起こした。一瞬、ふたりは見つめあった。そしてジムは、カーラを手荒く押してあおむけにし、ほほえんだ。両手でカーラの手首をつかんで、ベッドに押さえつけた。ジムが真剣そのものの顔をしているのを見て、カーラは笑いだした。毎回同じではなかったが、おおまかなところは似ていた。

ゲームははじまっていた。

第三部　一九八一年九月十四日

午前零時二分

男と女が火を燃やしている部屋を別にすれば、家のなかは真っ暗だった。だれかが窓の外を見たら、自分たちの姿が月明かりに浮かびあがってしまうのはわかっていた。だから彼らは、室内からだと死角になる、家のすぐそばから離れないようにしていた。彼らは音もなく家の正面から裏へと動きまわって、屋内のどこに人がいるのかを把握した。ひとつの部屋でふたり――ダンとマージー――が眠っており、そのとなりの寝室ではひとりの男――ニック――がまだ起きている。火が燃えている部屋では、男と女がファックしている。火が燃えているおかげで、なかのふたりには彼らが見えないはずだし、彼らにしてみれば充分明るかった。彼らはじっと見つめた。なかなかの見ものだった。

男は親指と人差し指で両の乳首をつまんで、ひねってから指を離し、今度は親指だけで乳首を乳房に押しこんだ。男は女をいたぶっていた。ガラスをとおして女のうめき声が聞こえ、女が男にまたがるのが見えた。女が男のものを導き入れてぐいと腰を突きだすと、男は体を起こして女を抱きしめ、女の腕を嚙み、首を嚙み、乳房を嚙んだ。

彼らは男のものが女から抜けるのを見た。ぬらぬら光っていた。男は女をあおむけにし、両脚を大きくひろげさせると、両手で腿の内側を愛撫しはじめた。やがて女がそり身になった。男が一本めの指を女のなかに差し入れたのだ。男はすぐに二本め、三本めの指を入れ、女はとうとう四本の指を受け入れ、指は女の体のなかで前後に動きはじめた。女はベッドのヘッドボードを両手でつかみ、口を大きくあけている。男は両手をあげると、女の両腕を女の頭の上で押さえつけ、ふたたびペニスを挿入した。火明かりのなかでもつれあうふたりの体は汗で光っていた。

十字架を首にかけている痩せた男は、締まりのないゆがんだ薄笑いを浮かべて男と女を見つめながら、ペニスをひっぱりだし、家に向かってマスターベーションをはじめた。痩せた男はすぐに達した。となりに立っていた赤シャツの男は、精液が白いペンキを伝って地面にしたたり落ちるのをながめながら、にやりと笑った。

それで準備がととのった。

カーラは部屋のなかで、苦痛と快楽がいりまじった慣れ親しんだ感覚にわれを忘れていた。まず、指を挿入され、親指でクリトリスをなぶられて絶頂に達した。そしていま、二度めのオーガズムに達しようとしていた。ジムが動くたびに体が震え、期待が高まった。小さな、音のない感覚の世界に没頭しているカーラにとって、窓も肌寒い夜も、はるかに遠い存在だった。ジムも同様だった。できるだけ長く、それも適当なタイミングまで我慢するつもりだった。

だがいま、ぬくぬくとした精妙な肉襞のなかで、こらえきれなくなりかけていた。カーラのなかで、自分がびくっと震えたのがわかった。まさにこれを得るために、こんな僻地までやってきたのだった。それだけの価値は充分にあった。

ふたりは、ほとんど同時に体をこわばらせた。カーラは、波のように押し寄せる快感に脚をばたつかせ、体を震わせはじめた。ジムは頭をさげて乳首を口に含んだ。強く嚙んだ。その瞬間、またしてもカーラは達した。そして今度は、ジムも即座につづいて、目をきつく閉じた。


部屋が爆発した。こなごなになった。

突然、あたりがガラスだらけになった。カーラは胸に、腹にガラスが降りそそぐのを感じた。かけらは顔にあたり、髪に落ちた。同時に、乳首を嚙んでいたジムの口がゆるんだ。カーラの目のまえに二本の腕が突きだされ、なにかが火明かりを受けてきらりと光った。そしてさらに二本の腕と大きな手が現われ、カーラの両手首をつかんだ。カーラは悲鳴をあげた。

ジムが、頭をがっくりとうつむけながら胸から離れた。両手が、ジムの下からカーラを引き抜く。ジムの襟足のすぐ下にぱっくりと開いた真紅《しんく》の傷が見え、いきおいよくほとばしった鮮血が腹に降りそそいだ。窓枠が背骨をこするのを感じたと思ったら、つぎの瞬間には、もう窓からすっかり外に出ていた。夜気のせいでジムの血がひんやりと冷たい。カーラはふたたび悲鳴をあげながら立ちあがろうとしたが、脚に丈高い湿った草を感じるのがやっとだった。見あげると、闇のなか、ふたりの男を見分けられた。そのうちひとりが腕を振りあげてこぶしを固めた。本気で殴られたら首の骨が折れちゃう、とカーラは思った。目をつぶり、なにかが激突するのを感じ、そしてなにも感じなくなった。

最初に部屋から出てきたのはニックだった。ニックは眠っていなかった。カーラとジムのセックスに耳をそばだてていたからだ。すべてを聞いていたのだ。そして、だしぬけに響いたガラスが割れる音に、いったいなにごとだ、といぶかりながら、ベッドから飛びだし、ドアをあけたのだった。だが、そこで立ちどまった。眼前の光景に、頭が痺れたようになっていた。ベッドの上で痙攣しているジムと、窓から滑りでていく、血まみれのカーラの脚が見えたのだ。一瞬、わけがわからなかった。さっぱりわからなかった。見知らぬ他人の集団のなかに、一度もはいったことのない部屋に迷いこんでしまったかのようだった。その見知らぬ他人たちが演じている喜劇は、恐ろしくてグロテスクで、ニックの理解を絶していた。

だがすぐに、ニックはカーラの名前を叫びながら窓に駆けよった。そして、たどり着いた瞬間、男がカーラを殴り、カーラが頭をがっくりと傾けて昏倒するのがちらりと見えた。カーラを追ってなかば窓から出たところで、人だったのかもしれない薄汚れたなにかがナイフで切りかかってきて、ニックを傷つけた。

ニックはベッドで痙攣しつづけている死体の上にあおむけに倒れ、自分の顔を熱い血が流れ落ちているのに気づいた。呆然となり、眩暈がし、うつろな気分だった。そしてふと、マージーがそばで悲鳴をあげているのに気づいた。となりの部屋でローラが目を覚まし、ニックの名前を呼んでいる声も聞こえた。「ねえ？　どうしたの？　なにかあったの？」そしてニックは、本物のパニックにおちいった人間の声を聞くのはこれがはじめてだなと考えていた。

ダンは火かき棒を持って玄関にいた。

ドアをあけた。一陣のひんやりとした風が、ドアから開いた窓へ渦を巻いて吹き抜け、ダンは裸の体を冷たい手でなでられたように感じた。ドアが大きく開くと、目のまえでなにやら巨大なものがうなり声をあげた。男だ。上半身裸で、両腕を頭上高くあげている。なにかが両手できらりと光った。ダンは無意識のうちにあとずさった。ばたんとドアを閉め、鍵をかけた。そして家のなかを横へ走った。

ダンはキッチンの窓から外をのぞいた。三つの小さな人影がポーチに立っている。恐怖がこみあげた。囲まれた、と彼は思った。包囲されちまった。もうだめだ。ちくしょう！　だが、すぐに思いなおした。いや、まだ望みはあるかもしれない。ダンはドアに鍵をかけ、窓に掛けがねをおろした。それから電話に飛びついた。むろん、不通になっていた。ダンは居間へもどろうと駆けだした。

ローラが自分の部屋のベッドのヘッドボードにもたれて膝を抱えているのが見えた。いまだに毛布を握りしめている。「急げ」とダンは叫んだ。「そこから出るんだ！」

ダンはローラの部屋の窓に駆けよって、外を見た。やつらは、ほんとにおれが思ってるとおりのものなんだろうか？　ダンは数えた。六人。六人の子どもか。気がふれたわけではなかった。たしかに子どもたちだった。子どもが六人なら、運がよければ火かき棒でなんとかできるかもしれない。でも、そのほかに何人いるんだろう？　大人が何人？　ダンは窓に鍵をかけた。ローラはダンを見ていたが、彼が腕をとってうながしても、動こうとしなかった。わかってるんだな、とダンは思った。この部屋の外の血を嗅ぎつけてるんだ。

ダンは居間にもどった。ニックは床にすわりこんで、折りたたみ式のベッドの側面にもたれていた。顔の片側は蒼白に、その反対側は血まみれになっている。その背後で、死体がじっと横たわっていた。マージーは、屋根裏へいたる階段のわきで、両手で口をおおったまま動けなくなっていた。苦悶に顔をゆがめ、恐怖におののきながら、破れた窓の外を見つめていた。マージーの表情に気づいて、ダンはぞっとした。なにを見てるんだ？　ダンはマージーのまえへ慎重な足どりで歩いていき、彼女の視線をたどった。かすかな風がカーテンを揺らした。

やつらはカーラが借りているピントのヘッドライトをつけていた。九メートルほど離れた木の下に立っているやつらが見えた。

チェックのシャツを着、色あせたグレーのズボンをはいている痩せた男と、カーラを抱きかかえている、赤い服を着たもっと体格のいい男がいた。カーラはまだ意識をとりもどしていないようだ。玄関で見た大男は見あたらない。しかし、そこにも子どもがいた。五人だ。家のそばに六人いるから、あわせて十一人になる。ポーチにも、三つの小柄な人影があるし、玄関には化け物がいる。つまり、大人は六人、合計して十七人。何人だろうと、劣勢なことに変わりはない。

ダンはつかのま、火かき棒をきつく握りしめたまま、呆然と立ちつくした。息づかいが荒い。あたりを見まわしたが、自分でもなにを探しているのかさだかではなかった。（見当もつかない）安全に脱出する方法？　守りを固められる場所？　それがわからないでいるうちに、あらぬ考えが浮かんで、心のなかにひろがりつつあった空虚を満たし、ダンを忘却へ、虚無へ、自失へと駆りたてた。ダンはぶるっと頭を振って、目の焦点をあわせた。しっかりしろ、と自分を叱咤した。しっかりしろ、考えるんだ。

急いで家を補強しなければならなかった。ドアにバリケードを築き、なんらかの防御手段を見つけなければならなかった。カーラを救いに外へ飛びだすわけにはいかない。そんなことをしても殺されるだけだ。どこかに、もっと大勢いるのかもしれない。ダンの頭は働きはじめた。ダンはベッドの上のジムの死体に目をやった。ベッドは一面血だらけになっていた。人ひとりの体に、これほどの量の血がおさまっているのか。ダンはなじみのある胃のむかつきを覚えた。これほどの出血を見たのはヴェトナム以来だった。忙しくしていたほうがよさそうだな、とダンは思った。そして黙ったまま窓からあとずさると、床にすわりこんでいるニックのかたわらで膝をついた。

「傷の具合は？」とダンはたずねた。

「かすり傷だよ」ニックは自信なげにそう答えた。しかしダンは、ニックの目から曇りが消えはじめているのを見て、なんとかだいじょうぶなのかもしれないと思った。ダンはニックの手をゆっくりと傷から離させた。ニックは幸運だった。ナイフは左目のすぐ下から顎までを切り裂いていた。一、二センチずれていたら、左目をうしなっていたところだ。ナイフに加わる抵抗が大きかった頬骨と顎を別にすれば、傷はさほど深くなかった。出血はほとんど止まっていた。あとはねじを巻いてやればいい。ダンは破られたままの窓が不安でならなかった。

「ニック」とダンは声をかけた。「大工道具がどこにあるか知ってるか?」

ニックの声は朦朧としていて不明瞭だった。

「外だよ、ニック。カーラは外だ。さらわれちまったんだ。戦わなきゃ。大工道具はどこだ?」

ニックは片手をゆっくりとあげて指さした。「たぶんシンクの下だ」

「立てるか?」

「ああ……たぶん」

「立ってみろ」ダンはマージーに向きなおった。「ニックを立たすのに手を貸してくれ」

マージーは動かなかった。ダンは声を大きくしてくりかえした。ありがたいね、とダンは思った。みんな、おれのいうことをよく聞いてくれて。マージーはあいかわらず窓の外を凝視していた。頬に涙の跡がついていた。だが、いまはもう泣きやんでいた。マージーの目には、きびしいと同時にひどくおだやかでやわらかいなにかが浮かんでいた。ダンはこんな女性を見たことがなかった。こんな目をしているのを見たのは男だけ、それも戦争のときだけだ。

「見て」とマージーはもの静かにいった。「あいつらがお姉さんになにをしてるのか見てよ」

ダンは窓に歩みよった。ヘッドライトの明かりのなか、冷えこみのせいで、水蒸気が地面からかすかにゆらゆらとたちのぼっているのがわかった。やつらははっきり見えた。大きな枝にロープがかけられていた。大柄なほうの男が、両足をそのロープの一方の端で縛られたカーラを吊りあげはじめた。カーラが気をうしなったままでよかった、とダンは思った。子どもたちがカーラのまわりに群がっていた。カーラの両脚が持ちあがりはじめると、そのうちのひとりがカーラの顔に唾を吐きかけ、別のひとりが尻を棒で叩いた。痩せた男が子どもたちを追い払った。こんなものをマージーに見せるべきじゃない、とダンは考えた。くそっ、だれもこんなものを見るべきじゃないんだ。

「こっちへ来てくれ」ダンはいった。命令だった。

マージーの声は不自然なまでにおだやかだった。いまにもヒステリーを起こしかけているのだ。「いや。あれはわたしのお姉さんなのよ」

ダンのかたわらで、ニックが立ちあがった。「眼鏡」とニックはいった。「眼鏡がないと……見えないんだ。やつらはなにをしてるんだ?」

外では、大きいほうの男がロープをひっぱっているあいだに、もうひとりの男がゆるんでいる部分を木の幹に縛った。

「眼鏡をとってきてくれ」ダンはいった。「それから、ローラも連れてきたほうがいいだろうな」

ダンはマージーに向きなおって、「そこにいろ。動くんじゃないぞ。すぐにもどってくる。もしなにかが窓に近づいてきたら、呼んでくれ。そして、すぐに逃げだすんだ!」

ニックは寝室へもどった。ダンはローラに話しかけるニックの声を聞いた。シンクへ行く途中で部屋のまえを通ったとき、ニックはベッドにかがみこんで、ローラを抱えあげようとしていた。

ありがたいことに、ニックは間違っていなかった。大工道具はシンクの下にしまってあった。金槌がふたつと三インチの大釘がいくらか。ダンはそれを自分の寝室に持っていってベッドに置くと、ジーンズをはき、金槌をベルトにはさんだ。

そしてキッチンにもどると、箱入りの釘をテーブルの上にあけた。居間をちらりと振りかえった。マージーはさっきと同じ場所に立っている。ダンは引き出しに歩いていって、いちばんよく切れそうなナイフをとり、やはりベルトに差した。刃渡り二十センチの、どっしりしたステンレスのナイフだった。

最終的にはここから脱出しなければならなかった。しかし、とりあえず家を安全にする必要があった。しばらく食い止めていれば、やつらはしびれを切らして裏から侵入しようとするだろう。そうしたら、その隙に玄関から抜けだし、どちらかの車に乗りこんで逃げだせる。それまでに時間がかからなければ、カーラだって助けられるかもしれない。しかし、非情なまでに正直でしかいられないダンの一部は、そんな見通しを疑っていた。ダンはマージーをもう一度ちらりと見た。まだ見つめている。あんなことはやめさせなければならなかった。このままだと、マージーはなんの役にも立たなくなってしまう。しかしダンはマージーを必要としていた。全員を必要としていた。

ダンはマージーに歩みよった。「いい加減にしてくれ。そこを離れるんだ。頼むよ、マージー」

「ぜったいにいや」

外では、いまやカーラの両手は地上一メートルほどのところに位置していた。マージーの視線の先で、カーラの体はゆっくりと回転していた。長い髪が頭の下で炎のようにひろがっている。そして恐ろしいことに、カーラは意識をとりもどしたようだった。マージーはじっと目を凝らした。意志の力で姉を安全な場所へ移そうとしているかのごとく。むなしく腕を振りまわしているカーラを見つめながら、マージーは姉の泣き声とやつらの笑い声を聞いたように思った。

痩せた男がわずかに腰をかがめてカーラの髪をわしづかみにし、ゆっくりとうしろに引いた。男はあとずさりながら髪をひっぱりつづけた。カーラは苦痛の叫びをあげ、男はぎりぎりまで髪をひっぱった。男が手を離したとたん、カーラは家のなかの人びとのほうへ弧を描いた。マージーは姉の足首にぎりぎりとロープが食いこむさまを想像した。そして男は、もどってきたカーラをふたたびつかんだ。今度は首を。カーラの体ががくんと止まって、二度めの悲鳴が喉で詰まった。

心のなかで、マージーは男をなぶり殺しにした。

ダンもそれを見ていた。なかば凍りつきながら、自分が震えはじめているのを意識していた。ぜったいによくなかった。こんなものを見るのは。それに、窓がすっかり破られたままになっていた。ダンは呪縛を振り払った。そしてマージーの両肩に両手を置いた。マージーが振りむいた。

「行かなくちゃ！」とマージーは叫んだ。ダンを押しのけて、窓のほうへ突き進みはじめた。

「ひとでなし！」と外の連中にむかってわめいた。「ぷんぷん臭う、下劣なひとでなし！」

マージーの突然の激昂に、ダンは動転した。マージーはベッドの上で、窓から出ようとまえかがみになっていた。

ダンは両手でマージーの肩をつかんで、ぐいとひきもどした。マージーはまだ叫んでいた。

ダンは、マージーの頬を、二度、平手で張った。マージーは、くずおれてすすり泣きはじめた。

「悪かった」とダンはつぶやくように詫びた。

それにつづく静寂のなか、玄関のすぐ外でだれかが笑う声が聞こえた。あの大男だ。

じゃあ、まだあそこにいるんだな、とダンは思った。つまり、ほんの二、三歩動けば、大男はマージーを窓からひっぱりだせたんだ。そうしたらいまごろ、マージーも、カーラがいるあそこへ連れていかれていたことだろう。危ないところだった。

なにかが心のなかで激しくわきあがって、ダンを行動に駆りたてた。ダンは、自分が氷のように冷静になっているのを意識しながら、マージーに向きなおった。

「きみにはカーラを救えない」とダンはいった。「だれにもカーラは救えない。でも、きみはおれたちを救える。そうしなきゃ、きみもやつらに殺されるんだ」

マージーはダンの顔を見あげ、平板できびしい声を聞いて、こっくりとうなずいた。

「できることをやろう」ダンはいった。

ニックとローラが寝室から出てきた。ローラはひどいありさまだった。くちびるは色を失い、わなわな震えていた。白いネグリジェを両腕でぎゅっと掻きあわせていた。おどおどと視線のさだまらない目からは輝きが失せていた。いっぽう、ニックはかなり回復していた。服を着、眼鏡をかけたニックは、ローラを先導してゆっくりとキッチンを横切り、居間の戸口の近くで足をとめた。

最初、ローラはダンとマージーに気づいていないようだった。つぎの瞬間、ローラの視線はベッドの上に手足をひろげて倒れている死体に釘づけになった。ローラはぽっかり口をあけた。一瞬、声は出なかった。そしてローラは悲鳴をほとばしらせた。かん高い、泣き叫ぶような絶叫だった。ローラはニックの抱擁から身をもぎ離すと、寝室へ駆けもどって、ドアをばたんと閉じた。ニックは、振りかえってあとを追おうとした。

「ほっとけよ」とダンはいった。「とりあえず、あそこなら安全さ。ただ、万一に備えて、ドアはあけておいたほうがいいだろう」

ニックはドアをあけ、ふたりはなかをのぞいた。ローラは、ドアの陰になっている窓から遠い隅で、硬直したように突っ立っていた。うつろな目でまっすぐに壁を見つめている。

「あれならだいじょうぶだ」とダン。

向きなおってマージーを見たとたん、ダンは彼女が嘔吐するのがわかった。ニックもそれに気づいてマージーのほうへ手をさしのべたが、まにあわなかった。マージーはふたりから顔をそむけてうずくまった。動悸が激しく、血の気がひいていた。そして膝をおおうネグリジェに嘔吐した。ダンの両手が触れるのを感じたが、動けなかった。すぐに誰かが、抱きあげて寝室へ運んでくれた。

ダンはネグリジェを脱がせ、部屋の隅へ放り投げた。迅速に行動しなければならなくなった。残されたふたりでなんとかするしかない。ダンはニックにふたつある金槌のうちの一方を渡しながら、「どこかに斧はないのかな？」とたずねた。

「残念ながら、薪小屋だよ」とニックは答えた。

「それなら、きみも引き出しからナイフをとってきてくれ。やつらがまた押し入ろうとしたときのために。おれはこの寝室のドアをはずしてるから」

ダンは金槌を蝶番《ちょうつがい》に叩きつけた。蝶番はどれもあっさりとはずれた。途中で釘をひとつかみすくいあげながら、ダンはドアを居間へ運びこんだ。そしてニックを呼んだ。「手を貸してくれ」

ニックが走ってきた。いわれたとおりにナイフをとってきていた。目が興奮で輝いていた。

「ジムの持ちものはどこかな？」とニックはたずねた。

「この部屋じゃないかな。知らないけど。どうかしたのか？」

「フライトバッグがあるはずなんだ」とニック。「ジムは銃を持ってきてるんだよ」

「銃？」

「ああ、ピストルを。でっかいやつだ。青いフライトバッグにはいってる」

「くそ、なんとしてでも探しだそうぜ」

ふたりは部屋を探した。暖炉のかたわらにジムのスーツケースがあったが、そのなかにバッグはなかった。「ちくしょう」とニック。「ぜったいにあるはずなんだ。トランクにはいってたんだから」

「キッチンかな。あとで探そう。でも、この窓を破れたままにしておきたくない。ちょっと手伝ってくれ」

ニックが窓をおおうようにドアを押さえているあいだに、ダンが釘づけした。その間ずっと、ダンの脳裏から外にいる男のことが離れなかった。あの大男のことが。両手にナイフを持っていて、邪悪な笑い声をあげるやつのことが。いまにもあいつが突進してくるかもしれない、という不安が刻一刻とつのった。男の体重がもたらす衝撃に備えて、ダンは身を固くした。一度、邪悪な低い含み笑いを聞いたと思ったが、気のせいかどうかはっきりしなかった。なにも窓に突っこんでこなかった。なにかが外にいる気配もしなかった。どうしてやつらは攻撃してこないんだろう、とダンは考えた。どうしてさっき、襲ってこなかったんだろう。おれが最初にドアをあけたとき、大男は押し入ってこられたはずなのに。いったいぜんたい、なにを考えてるんだ？ ダンは最後の釘を打ちこんだ。

これでいい、とダンは安堵した。あとはほかの窓、それから銃だ。

外では、太いロープに吊られたカーラが、ゆっくりと揺れながら悪夢のなかで放心していた。

胴震いをとめられなかった。全身、汗まみれになっていたし、腹と腿に浴びたジムの血がいまだにぬるぬるしていた。ひんやりした夜気は、熱っぽい体を深ぶかと刺す悪意に満ちた風となっていた。窓枠ごしにひきずられたときにできた背中の傷は、もうふさがっていて、痛みをまったく感じなかった。痛いのは、血が通わなくなっている足と、締めつけられ、腫れあがった足首だった。舌は厚ぼったくなったような感じだし、くちびるはかさかさに乾いてひび割れていた。カーラは目の焦点をあわせようとした。

一メートルほど離れたところで、ぼろをまとった子どもたちが、葉と枝と腐った古い木片でなにかをつくっていた。がりがりに痩せた男が、下卑た笑いを浮かべながら、人差し指でカーラの脇腹をつついてから、大きな金属製のバケツ——行水《ぎょうずい》ができそうなやつ——を彼女の真下に置いた。痩せた男のとなりでは、真っ赤なシャツを着た男が木槌で杭を二本、カーラから左右にそれぞれ一メートルあまり離れた地面に打ちこんだ。そのシャツには見覚えがあった。

カーラは、男の右手の中指と薬指が欠けていることに気づいた。そして、小川のそばで手を振った赤シャツの男を思いだした。あれはきのうの出来事だったのだろうか？

なにをしているのだろうといぶかしみながらカーラが見ていると、男はそれぞれの杭に長い革ひもを結びつけ、堅い地面に杭をいっそう深く打ちこんだ。男は立ちあがると、ひもをのばしてカーラの左手にしっかりと結びつけた。カーラは男を払いのけようとしたが、無駄な抵抗だった。力がまったくはいらなかった。男はカーラをあざわらった。カーラは指先に圧迫感を覚え、すぐに痛みはじめるだろうと思った。男はもう一本の革ひもを右手までのばして結びつけた。それでもうカーラは、ぶらぶら揺れることもできなくなった。カーラはバケツを見おろした。きらきら光る小さな埃に満たされた暗闇がひしひしと迫った。

家のなかから金槌で叩く音がかすかに聞こえたが、カーラにはその音がなにを意味するのか、いまの状況とどう結びつくのか、理解できなかった。カーラは自分がすすり泣いており、涙が額を伝って落ちているのに気づいた。だが、それでさえ、遠い出来事のように感じた。自分が失神しかけているのをさとったカーラは、なんとかショックから脱して意識を保とうとした。気をうしなわず、正気を保っていれば、助かるかもしれない。なんらかのチャンスがあるかもしれない。カーラは頭を振った。痩せた男がズボンに手を突っこみ、ナイフをとりだして刃をひろげるのが見えた。革ひもで縛られた両手を動かすと、つかのまだが、痛みが体を走り抜けて意識がはっきりした。

ジムの体がぐったりともたれかかってきたときのことを、鮮血の熱さを、がくんとうなだれたときのジムの首の正確な角度を思いだした。自分がジムの死をまったく悼んでおらず、わが身を案じているだけなのに気づいて愕然とした。死にたくない、さっきのジムみたいに殺されたくない、としか考えていなかったのだ。死ぬのはいやだった。受け入れたくなかった。頭上ではばたく一対の翼に似たあの黒ぐろとしたものの、なにもかも忘れて眠ってしまえというしつこい誘惑に、カーラは抵抗するつもりだった。カーラは頭を持ちあげて上を、自分の無力な体を見た。

ぎらつくヘッドライトのなか、青白い体が震えていた。両脚を縛りあわされ、両腕を大きくひろげているので、はりつけを逆さにしたパロディのようだ。おだやかな星空に向かって突きたっている、男たちが触れ、自分で触れた体を見あげた瞬間、意識的にだろうと無意識的にだろうと、こいつらはわたしを殺すのだし、なにをし、なにをいってもそれを避けられないのだ、とカーラはさとった。カーラはナイフで切り裂かれて死ぬのだ。カーラはバケツに血を流して死ぬのだし、それがカーラの、すべすべしたりっぱな体の、りっぱな心の最期なのだ。そして今際《いまわ》の際《きわ》に臨んでいるカーラの心は、恐怖と、死にたくない、死にたくない、死にたくないというパニックで満たされた。カーラは取り乱していた。

カーラがまだ見あげているうちに、ナイフがいったん下げられ、ふたたび振りあげられた。クリトリスを燃えあがらせたナイフはじりじりと着実に、腹を、乳房のあいだを裂いてとうとう首にたっし、熟練の刃さばきで前頸静脈を断ち切った。数瞬後、カーラは絶命した。

バケツに血がたまりはじめた。子どもたちが火を焚きつけた。痩せた男は、かがみこんでカーラの死体をじっくりとながめた。そろそろと注意深く、胸のなかに手を差し入れ、心臓に触れた。まだ温かい。まだ脈打っている。男はナイフで動脈と静脈を切り離し、筋肉の塊りを光のなかへ持ちあげた。心臓は、いまなお脈打ちながら、ひんやりする夜気のなかで湯気をあげていた。男にとって、この瞬間が、すべての謎と驚異の中心であり、彼が知る崇拝にもっとも近いものだった。男は動きが止まるまで心臓を見つめつづけた。いつもはどんよりしている男の目が、さえざえとした光をたたえていた。男はむきだしの筋繊維にかぶりつき、満足げにうめいた。

「家じゅう探したのに」とニックはいった。「見つからないな」

ダンはキッチンの床に膝をつき、金槌をふるって椅子の脚をはずしていた。座部が窓のバリケードとして使えそうだった。ダンが見あげると、ニックのなかで不安と欲求不満がきしみをあげているのがわかった。ニックはいまにも泣きだしそうだった。

「心配するなよ」とダンはなぐさめた。「ここにないなら、どこにあるのかはっきりしてるんだから。トランクのなかさ。なんとか脱出する方法を考えよう。とりあえず、湯を沸かしてくれ。多ければ多いほどいい」

「え？」

ダンはぞっとするような笑みを浮かべた。「熱湯でやけどをしたことはないかい？」

ニックもたちまちにやっと笑って、「ぼくもいいことを思いついたよ。冷蔵庫にバターがあるんだ。一キロくらいかな」

「すばらしい。じゃあ、それも沸騰させてくれ」

ダンはだるまストーブをあけて、ばらした椅子の脚を火床に積み重ねた。椅子の脚が燃えはじめたらわかるように、扉はあけっぱなしにした。ニスが塗ってあるので、すぐに火がつくはずだ。そうしたら、火かき棒を熱するつもりだった。椅子は六脚あるから、キッチンの大きな窓を別にして、残りの窓をすべてふさげる。ダンが最後の窓にとりかかっていると、ニックがコンロのすべての火口《ひぐち》にマッチで火をつけた。ニックは三つの鍋に水を入れ、ひとつの鍋に冷蔵庫にはいっていたバターを入れていた。ニックは戸棚にしまってあったほとんど使っていない瓶入りの植物油を見つけ、それもバターの鍋にあけた。そして火を強くし、沸騰するのを待った。

「もう一枚、ドアをはずしてきてくれ」ダンはニックにいった。

ローラはドアの陰でうずくまっていた。ニックが部屋にはいると、ローラはぎくりとした。

「ドアを持っていかなきゃならないんだ」とニックは声をかけた。ローラはなんの反応も示さなかった。いったいどうしちまったんだろう、とニックはいぶかった。ローラは、生気のない、うつろな目で、あえぐような浅い息づかいをくりかえしていた。くそっ、ぼくはぜんぜん同情してないじゃないか、とニックは暗澹《あんたん》とした。

ニックは、最後に見たときの、木の枝からロープで吊るされていたカーラの姿を思いだした。そのあとは怖くて見られなかった。カーラの死を自分の目で確認したくなかったのだ。痛いだろうな、とニックは想像した。きっとものすごく痛いだろう。怒りがこみあげてきた。ぼくはわが身の無事ばっかり気にかけてるんだ……。ニックは突きつめて考えないようにした。そして金槌をふるって蝶番からドアをはずしはじめた。ローラはまたしてもぎくりとし、胸を抱きしめるようにして腕を組んだ。

「ドアはこっちへ持ってきてくれ」ダンがいった。「急げ」

ニックはローラに向きなおって、「きっと助かる。請けあうよ」と声をかけた。ローラはニックを見たが、なにもいわなかった。ニックはドアを運んだ。

マージーの部屋のまえにさしかかると、彼女が全裸で入り口に立っているのが見えた。キッチンのいちばん端の窓に椅子の座部を釘づけしているダンを見つめている。うしろからでも、嘔吐物の鼻をつく臭いがわかった。ニックには気づいていないようだった。

一瞬、なにもかもが途方もなく現実離れしているように感じられた――目のまえでは、友人であり、心ひそかに友情以上の感情を抱いているのかもしれない女性が青ざめた裸身をさらして立っているかと思えば、うしろではローラが震えながらしゃがみこみ、右ではほとんど見知らぬ男が血を流しつくした死体となってベッドに横たわり、外の丘の上では、狂気の一団が、彼が長年愛しつづけた女性を責めさいなみ、おそらく殺してしまっている。そして彼自身はといえば、同じか、あるいはもっと悪い運命からのがれようと、ドアや窓に板を打ちつけ、油を沸騰させているのだ。ほんの三十分まえ、ニックはメイン州の森のなかの、こぢんまりとした静かな家のなかで眠って――というか眠ろうとして――いたのに。そしてガラスが割れる音と悲鳴で飛び起き、いまでは生きのびるためにダンと力をあわせて必死にがんばっている。これらすべてが、キッチンのシンクの上の大きな窓までドアを運ぶ途中の、一秒にも満たないあいだにニックの脳裏をよぎって、強い違和感と深い悲しみを引き起こした。そして、死の、暴力による死の予感。自分自身の死の予感もまた脳裏をよぎった。そしてニックは嘆いた。なんでこんなことになったんだ？　どうしてぼくたちなんだ？　どうしてぼくなんだ？

「手伝わせて」とマージーが申し出た。

ダンはマージーをちらりと見て、ほほえんだ。「服を着たほうがいいな」

マージーはすぐに寝室にひっこんだ。そしてほどなくシャツとジーンズを着てもどってくると、ダンが壁と窓枠に釘を打ちこんでいるあいだ、ニックと一緒にドアを支えた。マージーは匂いを嗅いで顔をしかめ、「焦げ臭いわ」といった。

「バターを溶かしてるんだ」とニック。

三人は作業を急いだ。しっかりした頑丈な釘がたくさんあってよかった、とダンは幸運を感謝した。まもなく、三人はキッチンの窓をすべてふさいだ。居間にふたつ、マージーの寝室にひとつ残っていた窓もふさぎ終えていた。ダンがだるまストーブを調べると、火は盛んにおこっていた。ダンは火かき棒を燃えさしのなかに突っこんで、そのまま放置した。そして「タオルかなにかを持ってきてくれ」とマージーに頼んだ。「厚手のやつがいい。鍋も火かき棒も、とんでもなく熱くなるだろうから」

「わかった」とマージー。「探してくるわ」

ダンは思わず笑みを漏らした。マージーがもとどおりになってくれてうれしかった。もとどおり？　いや、それ以上だ。マージーは姉そっくりになっていた。突然、大胆不敵で機転がきくようになっていた。ダンはマージーを誇りに思った。ニックの彼女も、少しは根性のあるところを見せてくれるといいんだが。ダンは座部の最後の一枚を持ってローラの部屋にはいり、釘づけをしながら彼女の様子をうかがったが、あいかわらず固まったままだった。

窓の外に視線を向けると、少しまえにポーチにいた三つの人影が子どもたちに加わっていた。ダンは目を細くして見さだめようとした。ヘッドライトから漏れた明かりで、そのうちのひとりがはっきり見えた。なんてこった、とダンは仰天した。女じゃないか！ いまでは三人とも見えていた。ひとりはあきらかに妊娠しており、なにやらぶ厚い皮で身を包んでいる。いったいぜんたい、やつらは何者なんだ？

ダンは長いあいだ考えこんだりしなかった。木材で窓をふさぐと、てきぱきと手際よく釘で留めた。反対側でガラスが割れる音が響いたので、やつらがなにかを投げつけたのだろうと察しをつけた。ぎょっとし、手が震えたが、かえってよかったと思いなおした。なにを投げつけたにしろ、それは重いものだった。おかげでテストになった。ダンが打った釘は、びくともしなかったのだ。

入り口の錠はどちらも確認ずみだった。どちらも、ドア自体と同様に、がっちりした頑丈なつくりだった。こういう古い家は、長持ちするように建てられている。やつらが何者だろうと、この家に侵入するのは、思ったよりずっと困難なはずだ。

ダンがキッチンへもどると、ニックは引き出しの中身をテーブルにあけて、食卓用刃物類を調べていた。使い物になるほど鋭いものはほとんどなかったが、ニックは大きなミートフォークとしっかりした肉切りナイフを見つけていた。ふたつとも役に立ちそうだった。外の薪小屋にある斧があればいいんだがな、とダンは悔やんだ。だが、いまとりに行くわけにはいかなかった。彼らは時間に追われており、この苦境について話しあわなければならなかった。外でなにがおこなわれているのか、まったくわからなかった。いますぐ策を練る必要があった。「あの窓は「屋根裏に窓があるのを知ってるか？」とダンはたずねた。ニックはうなずいた。

ローラの寝室のほとんど真上にあると思うんだ」

ニックはつかのま思案して、「そうだね」と答えた。カーラがほかのみんなに雑誌の山を見せているとき、ニックはその窓から頭を突きだして、あたりをながめわたした。たしかにローラの寝室の真上にあった。カーラ、とニックは考えた。だしぬけに胃がむかついた。あわてて脳裏からカーラの姿を消し去った。

「だとすると、いま、やつらの何人かが、その窓の真下にいるんだよな？」

「ああ」ニックはにやっと笑った。ダンがなにをもくろんでいるのか、ぴんときたのだ。ニック自身も、同じことを考えていた。

「あの高さから熱湯をまき散らしても、やつらにかかるころには、風呂並みの温度になっちまうだろうな。飛びあがらせるくらいはできるだろうが、それでおしまいだ。だけど、油とバターなら……」

「温度はずっと下がりにくい。きっとひどいやけどをするだろうね。やつらは大声でわめき、ほかのやつらは駆けつけるはずだ。ぼくらが車に駆けこむ隙ができるかもしれない」

「そうすれば、マグナムもある」とダン。

ふたりはほほえみあった。自分がだれかを殺したがってるのに気づいたら愕然とするだろう、とニックは想像していた。だがそんなことはなかった。

「チャンスは一度だけだ」とダン。「とどこおりなく進めなきゃ成功しない。油じゃ、たいしたダメージは与えられない。家に押し入ろうと、よけい必死になるだけだろう。カーラがどこに車のキーを置いてるか、見当はつくかい？」

「いや。ただ、ダッシュボードにはないと思うな。カーラはそういうだらしないことをしないんだ」

「それなら、探そう」

「ダッジで逃げるっていう手もあるけど」とニック。

ダンは顔をしかめた。

「きみが心配するのもわかるよ。信頼できる車とはいえないからね。でも、銃はたぶんダッジのなかだ」

「そうだな」そうなると、二手に分かれなければならない。気にいらないが、どうしようもなかった。ピストルがなければ脱出はおぼつかない。「それなら、こうしよう。きみはダッジのトランクから銃をとってきてくれ。おれがやってもいいけど、銃のはいってるのはどんな袋で、どこにあるのかを知ってるのはきみだからな。キーが見つかったら、おれがカーラの車のエンジンをかけて、マージーとローラを乗りこませる」

「ローラがどうかな」

「問題ないさ。なんとかする」ダンはしばし黙りこんだ。なんとかなるだろうか？　確信はなかった。ふぬけのようになっている女性という重荷をひきずっていくなんて、まさに悪夢だ。かといって、ローラを残していったら、見殺しにするはめになってしまう。やつらはまともじゃない。できるだけ一緒に行動するべきだろう。

「さあ、キーを探そう」とダンはいった。

「マージーがどこにあるか知ってるかもしれない」ニックが提案した。

「マージーにはなるべく訊きたくないな。カーラのことは思いださせないほうがいいと思うんだ。カーラの服からはじめて、なかったらほかをあたろう」

キーはあっさり見つかった。キーホルダーが、カーラのジーンズの右ポケットにはいっていたのだ。ダンはニックに向きなおって、「よし」といった。「ダッジのトランクのキーは持ったか？」

「ここにある」とニックはシャツのポケットをぽんと叩いた。「ローラをしゃんとさせられるかどうか試したほうがいいだろうな」

ニックが寝室へ向かいかけたとき、マージーがバスルームからタオルを山のように持ってきた。ダンは四枚を選んで、ほかのタオルをキッチンの隅へ放り投げた。「ローラはもうちょっと放っておこう」とダンはいった。「おれたちで、おれたち三人で、作戦について話しあっておいたほうがいい。すばやく行動しなきゃならないんだからな」

ダンは、緊張と不安の色を浮かべながら説明した。「おれが二階へ上がって油をまく。玄関の窓に小さなのぞき穴があるから、きみたちはそこから、やつらが動きはじめたかどうか確認してくれ。やつらが視界からはずれたら、ドアをあけて、マージーはカーラの車まで走るんだ。できるだけすばやく、しかも静かにな。ドアはばたんと閉じるなよ。窓があいてるかどうかを確認して、もしもあいてたら閉めてくれ。おれはローラを連れてすぐあとからつづく。間違えるなよ、きみはバックシートに乗って、ドアを閉じ、後部のドアを両方ともロックするんだ。やっぱり音を立てないように。

ニックは、ダッジのトランクからピストルをとってきて、右の前部ドアから乗ってくれ。いいな？　右の前部ドアだぞ。おれは右の前部ドアをあけておいて、きみのケツがシートに触れないうちに車を出せるようにしておくから。ふたりとも、それでいいか？」

ニックは肩をすくめながら、いった。「申し分ないよ」

「武器について贅沢はいえないから、みんな、ベルトにナイフをはさんで、熱湯の鍋を持っていくんだ。まったく気づかれなきゃいいが、もしも襲われたら、熱湯だろうがナイフだろうが、なんだって使ってくれ。なぜなら、しくじったらこの世におさらばするはめになるからだ。それも、みんなを道連れにして。なにかがうまくいかなかったら――どんなに些細《ささい》なことでも――とっととひきかえして、また立てこもるんだぞ。いいな？」

マージーはうなずいた。「ええ、いいわ」

「よし。ローラを連れてこよう」

ローラはあいかわらず寝室でうずくまっていた。わたしたちが誰かもわからなくなってるみたいね、とマージーは思った。マージーは背後のふたりの男性に向きなおって、「わたしが服を着せるわ」といった。ニックとダンはキッチンへもどった。

マージーはローラのクローゼットを調べて、チェックの古いシャツをハンガーからはずし、ベッドのわきの椅子にかけてあったジーンズをとりあげた。「さあ」とマージーはやさしく声をかけた。「これを着て」反応はなかった。マージーが手に触れると、その手をかすかに震わせただけだった。着せてやらなきゃならないみたいね、とマージーは思った。そして窓の端の隙間から外を見て、ダンとニックに小声でいった。「まだいるわ」

「わかった」とダンが応じた。

マージーはもう外を見なかった。外で待ちうけている子どもたちはどこか変だった。不自然なほどの落ちつきと断固たる辛抱強さがマージーをおびえさせた。女たちのほうがもっと危険だろう。男たちはいうまでもない。けれど、いちばん不気味なのは子どもたちだった。昔なじみの閉所恐怖症と関係があるのかもしれない。子どもたちは集団で、群れをなして襲ってくるだろう、とマージーは想像した。子どもたちに囲まれて引き倒され、数を頼んでおおいかぶさってくる彼らの重みで窒息するさまが、ありありと思い浮かんだ。マージーはローラに注意をもどした。

マージーはローラの腕をとってひっぱりあげた。そしてローラが立ちあがると、ローブを肩から滑り落とした。あらわになった、豊満だが締まりのある乳房に、マージーは感嘆せずにいられなかった。少々太り気味なのはたしかだが、マージーはローラのスタイルを完全に過小評価していた。マージーもカーラもほっそりしている。それがいまの流行《はやり》だが、ずっとそうだったわけではない。ローラのような女性と体を交換できるといわれたら、マージーだってあらゆる犠牲を払ったはずのころもあったのだ。うつろな緑色の瞳をのぞきこみながら、いまだったらお断りだけど、とマージーは思った。いまだったら、ぜったいにいや。

すぐにマージーは、シャツを着せ、ボタンを留め、ひんやりとした青白い腿にジーンズをひきあげてやった。ローラに服を着せ終えたときには、マージーの両手は震えていた。「さあ、こっちへ来て」と声をかけて、マージーはローラをキッチンへ連れていった。ローラの身に悪いことが起こるような予感がした。外へ出たら、ローラはまったく無防備になってしまう。ダンがちゃんと面倒を見てくれるといいんだけど、とマージーは願った。

三人はキッチンで向かいあって立ったが、しばらくのあいだ誰も口を開かなかった。あとは話しあった計画を実行するだけだったが、いまやそれが途方もないことのように感じられ、彼らの心は畏怖の念に似たもので満たされていた。三人は、火がぱちぱちいう音を聞きながら、待っていた――なにを待っているのかわからないまま。外へ飛びだしたはいいが、計画に千もの穴があり、まさかのときのための策がほとんど講じられていないせいで、危機にさらされた愚か者の例に漏れることなく命を落とすはめになるかもしれなかった。三人は、アドレナリンが全身に、猛毒のごとくほとばしって、行動を開始するように、片をつけてしまうようにうながすのを感じた。だがいっぽうで、恐怖が三人を押し黙らせ、気力をくじこうとしていた。

マージーの恐怖に具体的な形があるとすれば、それはおびただしい子どもたちの顔だった。子どもたちの手が顔に触れるのを感じたような気がして、マージーはぞっと身震いした。同時に、カーラのことを思った。お姉さんはまだ生きてるのかしら？　もしもお姉さんが呼びかけてきたら、もしも身ぶりで助けを求めるのを見たら？　それでもそのまま逃げられるかしら？ニックはまたしても窓に映る自分自身を見つめていた。だがその顔は、耳から耳までナイフで切り裂かれていた。ニックは想像のなかで、彼の血を浴びて血まみれになっているマージーとダンとローラを目のまえにしながら息絶えようとしていた。そしてダンは、はるか彼方のジャングルの丘の上に立って、いま射殺《ブロウ・アウェイ》したばかりの男の顔を見おろしていた——男の頭の半分は、グレープフルーツを割ったようにみごとに消えうせていたから、文字どおりの意味で吹き飛ば《ブロウ・アウェイ》したというわけだった。半分だけになった口は、意外ななりゆきにぽかんとあいたままになっており、ひとつだけになった目にはすべての驚きの最後を飾る究極の驚きが表われていた。

「戦争だよな」ニックが沈黙を破った。

「ああ」とダンは応じた。やっぱり超能力ってやつはあるのかもしれないな、と思いながら。

またしても、今度はもっと短い沈黙がつづいた。やがてマージーが、タオルをとりあげて折りたたみながら、「はじめましょう」といった。

「よし」とダン。浮かんできたときと同様の唐突さで、三人の脳裏から暴力的なイメージは霧散し、逆巻くアドレナリンの影響だけが残った。恐怖は消えていなかった。いうなれば、恐怖は成長し、激しい興奮の混じりけのない純粋なスリルになっていたのだ。兵士はこの感覚をよく知ってるんだ、とダンは思った。自分の命をかけた戦いほど胸がわくわくするものはない。ぶち殺されないかぎりは。いちばん難しいのは平静を保つことだ。自分は死なないような気になってくるものだが、殺されるのはえてしてそんなときなのだ。

「よし」とダンはくりかえした。「おれはささやかな爆弾を持って二階にあがり、やつらのくそいまいましい顔にそれを落とす。悲鳴が聞こえたら、きみたちはドアの鍵をあけて、熱湯のはいった鍋を持つんだぞ」

「あなたは？」とマージーはたずねた。「あなたは、どうやってローラの面倒を見ながら熱湯のはいった鍋を持つの？」

「家のなかへ退却しなきゃならないときのために、鍋のひとつは火にかけたままにしておく。おれの武器は火かき棒だ。それなら扱えるからな」

二階からおりてきてすぐにつかめるように、ダンはタオルを折りたたんで、火かき棒の柄に掛けた。

「おれが見えたら」とダンはつづけた。「すぐにドアから出るんだぞ。丘にいるやつらは、まっしぐらに家の裏へ駆けつけるはずだ。もしもやつらが動かなかったら、計画は中止だ。でも、やつらは血縁集団だと思う。やつらが助けあいの精神を知ってることを祈ろう。のぞき穴からやつらを見張っててくれ」

「きみがのぞき穴から見ててくれないか」とニックがマージーにいった。「ぼくはダンがおりてきたらドアをあけるから」

「逆にしてくれない？」とマージーが頼んだ。マージーは、外にいるカーラのことを思っていた。「お姉さんを見るのは……」

「そうだな。わかった。逆にしよう」ニックはそういいながらマージーの腕に手をかけた。ニックも震えていた。

ダンはテーブルからタオルをとると、早足でコンロへ歩みよった。油の鍋を手にとり、火を止めた。黒っぽい油は煮えたぎっていた。ダンは階段へ向かった。階段のまえで足をとめて振りかえると、ふたりは彼を見つめていた。「なあ」とダンはおだやかにいった。少しのあいだ、そのままなにもいわなかった。そして、「がんばろうぜ」といった。マージーはどうにかほほえみを浮かべた。ダンは黙々と階段をのぼった。

屋根裏は寒かった。ダンは立ちどまって、暗い部屋のなかで窓の形が見分けられるようになるのを待った。部屋は暗いままにしておきたかった。明かりをつけたら、下のやつらに勘づかれてしまうかもしれないからだ。やつらには見あげてほしくなかった。こっちの準備がととのうまでは。ダンはゆっくりと窓へ向かい、掛け金をはずし、そろそろと引き開けた。外を見た。真下に、女がふたりと子どもが数人いた。窓は小さかった。だが、ぎりぎりでどうにかなりそうだった。

ダンは鍋を外に出した。ほとんど余裕はなかったが、腕をいっぱいにのばし、頭を突きだすことができた。少しのあいだ動きを止めて、直撃できるように狙いをさだめた。下にいるやつらを見おろしているうちに、突然笑いだしたくなった。おいおい、しっかりしてくれよ、とダンは自分をたしなめた。これはうまくやらなきゃならないんだ。完璧じゃなきゃ。つぎの瞬間には、平静をとりもどしていた。深呼吸をして、鍋を傾けはじめた。油が散らばるように腕を左右に動かしながら、「おい、くそ野郎ども」といった。下までやっと届く程度の声の大きさで。女たちと子どもたちは上を見た。ダンを、落ちてくる油を見あげた。勝利の喜びにひたりながら、ダンはいちばんそばにいる女に鍋を投げつけた。
頭をひきもどしたときには、早くも悲鳴が響きわたっていた。

午前一時十五分

二十人以上で四時間、藪《やぶ》のなかを歩きまわったのに、なんの成果もなかった。どうせそんなことだろう、とピータ―ズは予想していた。ピータ―ズはまっすぐにコーヒー沸かし器へ向かい、コーヒーをついだ。ミルクも砂糖も入れない。ほんとうは、そもそもコーヒーを飲んじゃいかんのだがな、とピータ―ズは思った。このいまいましいダイエットは命とりになりかねない。冬のほうが先におれの命をとらなければの話だが。九月はじめだというのに、早くも冬の気配が感じられた。三年連続で、ピータ―ズは二月まで治りきらない風邪をひいていた。リンデン医師にいわせれば、太りすぎのせいで風邪をひきやすくなっているらしい。太りすぎていて、きちんとした食事をとっておらず、働きすぎているせいなのだそうだ。たわごとだ。医者は、風邪について、おれがあの薄気味悪いガキどもについて知っているほども知らないんだから。

とりあえず、コーヒーのおかげで体が温まった。今年も署内は凍えそうになるほど冷えるんだろうな、とピータ―ズはうんざりした。地下室から暖房器をひっぱりだして、署長室に置こう――そうすれば、いくらかましになる。ピーターズはデスクのあいだを通って、ガラスで囲まれた小部屋にはいった。シアリングと、安ウイスキーの臭いをぷんぷんさせている、薄汚れた青いパーカーを着た老人が待っていた。ひと目で何者かわかった。

「ダナーだかドナーだかだな？」とピーターズはたずねた。

「ドナーです」とシアリング。「ポール・マイケル・ドナー。年齢、六十二歳。身長、百五十八センチ、体重、七十五キロ。職業、漁師。現在の酩酊状態、最小限」ドナーはそれを聞いてにやりと笑い、ピーターズに会釈した。「こちらのミスター・ドナーは、彼らをどこで目撃したのか、正確に覚えているとおっしゃってるんですよ、署長」とシアリングはつづけた。

「そうなのか？」

「そうだよ、署長さん」と老人は興奮気味に目をしばたたいた――ひょっとしたらある種のチックかもしれない。「あんな連中のことは、簡単に忘れられるもんじゃねえや。酔っていようがしらふだろうが、あんな突拍子もないしろものを見たのははじめてだったよ。あの夜、わしはちっとも酔っちゃいなかったんだが、あんたはきっと信じてくれねえだろうな」

「今夜は信じるさ、ミスター・ドナー」ピーターズはいった。「あのときの対応が不適切だったとしたら謝罪するよ。そうだな、サム？」

「人間は過ちを犯すものなんですよ、ミスター・ドナー」とシアリング。

「そりゃそうだ」とドナー。「だから、わしもあんたらに協力する気になったのさ。というのも、あれがどういう連中だったのか、さっぱりわからねえからなんだ。ところで、わしのことはポーリーと呼んでほしいんだがね」

「じゃあ、ポーリーと呼ばせてもらうよ」とピーターズ。「コーヒーを飲むかい？」

「そいつはありがたい」

「サム、ポーリーにコーヒーを持ってきてくれ」

「ミルクも砂糖もいらねえからな」とドナー。

「あんたもダイエットかい、ポーリー？」ピーターズはたずねた。

「いんや。胃が敏感なだけさ。ミルクも砂糖も受けつけねえんだ。ブラックコーヒーのほうがウイスキーにずっと近いのさ。悪魔を飾り立ててもしょうがねえと思ってるんでね。罪はありのまま、生《き》のままっていう主義なんだ」

ピーターズは口元をほころばせた。ドナーは人好きのする老いぼれだった。のんだくれというのは奇妙なものだ。いくらか酔いがさめると、彼らは生半可な大学教授なんかよりも頭が切れるようになり、しかもずっと愛想がよくなるのだ。ドナーの情報は、たとえ思い違いが含まれているとしても、信用するに値する、とピーターズは判断した。

「で、その夜、あんたはどこにいたんだね、ポーリー？」

「あのときもいったけど、連れと、デッドリヴァーのちょっと北の海岸で一杯やってたのさ。あんまり気持ちのいい夏の夜だったたんで、ひと休みしていくことにしたんだが、連れはたちまち眠りこんじまった。わしがボトルを空にするまでに、それから五分くらいしかかからなかった。で、どうしたら酒が手に入るか、考えはじめたんだ。そんなわけで、ちょっくら足をのばして、あそこまで行こうと思ったんだ……ほら、デッドリヴァーにある酒屋はなんてったっけ？」

「〈バニヤン〉だ」

「〈バニヤン〉か。あそこならたぶんあいてるだろうと思ったのさ。それで、海岸ぞいに歩きはじめた。何メートルか行けば、ピックアップを停めておいた砂利道まで近道できると思ったんだ。ピックアップで〈バニヤン〉まで行って酒を買い、とんぼ返りをするつもりだった。そうすりゃ、連れはわしがいなくなったことにも気がつかないはずだった。

で、のんびり、ぶらぶら歩いてると、まえのほうから、いきなり、笑い声が聞こえてきた。娘っ子があげるみたいなくすくす笑いだった。立ちどまってあたりを見まわすと、砂浜の右のほうから、はしゃぎながら近づいてくる一団が目にはいったんだ。そいつらは、どことなくいやな感じだった。どこがどういやなのかははっきりしなかったけど、思わず自分の耳を疑っちまうみたいな、とにかくいやな感じの笑い声だったよ。わしは岩の陰までそろそろと歩いて、何分か隠れてた。すぐに行っちまうだろうと思ってな。で、そのうち、そいつらがなにをしてるのか見はじめたんだ。

そいつらは、ひもにつないだ犬を連れてた。ひもをぐいってひっぱったり、その哀れな犬を力まかせに蹴飛ばしたりしてたんだ。そのあいだずっと、楽しくてたまらないみたいに笑いながらな。そんなことをもうずっと続けていたに違いない。なんでわかったかっていうと、その犬はもう声もあげてなかったからだ。吠えるどころか、くんくんとも鳴けなくなってた。犬は半殺しにされてたのさ。あの気の毒な老いぼれ犬が、もう横にならせてくれ、死なせてくれって訴えてるみたいな目でやつらを見あげてるのがわかったよ。だが、やつらはしつこかった。わしにはなにもできなかった。その犬だって、そうとうでっかい犬だったんだ。わしはやつらには襲われたくなかった。ぜったいにな!」

老人は言葉を切って、くちびるをなめた。シアリングがもどってきて、ドナーにコーヒーを渡した。

「おまえはもうこの話をぜんぶ聞いてるんだな、サム?」

「ええ」

「つづけてくれ、ポーリー」

「それで、わしは、しゃがみこんだまま、そいつらが行っちまうのを待った。すぐに、犬はなにをされても立ちあがらなくなった。やつらが犬を蹴りつけるさまを見ながら、先に折れるのは脚だろうか、それともあばらだろうかって思ったもんだよ。そのうち、ひとりが——大柄な小僧《こぞ》っ子だったと思うけど——犬をひょいと持ちあげてから、波打ち際まで歩いてって、海へ投げこんだんだ。そいつはわしのすぐそばを通ったんで、はっきり見えた」

「どんなふうだった?」

「まともじゃなかったな。まともじゃない顔だった。正気じゃなかったよ。目がぎらぎらしてて。おまけにそいつは、洗い熊の毛皮をつなぎあわせたみたいな服を着てた。全員、なにかの——熊だか鹿だか——の毛皮を着てた。そうじゃないのは、でっかすぎる作業ズボンをはいてる小さい男の子だけだった。あんなものを見たのは生まれてはじめてだったよ。それに、わしのそばを通ったあのガキは、この先一生、二度とお目にかかりたくない笑いを浮かべてた。やけにおとなびてて、とてつもなくいやったらしい笑いだった。小僧はわしのすぐわきを通りすぎた。で、そのあと、女たちがやってきた」

「女たち？」

「ああ。ふたりの女が。ぼろ服を着てた。ごみとして捨てるようなやつさ。釣りあいなんて、ぜんぜん考えてなかった。ひとりの女なんて、たまげたことに、左右で違う靴をはいてたんだ！」

「鋭い観察力の持ち主なんだな、あんたは」

「漁船の甲板から魚の群れを探したことはあるかい？」

「わかったよ。つづけてくれ。その女たちはなにをしたんだ？」

「ガキどもを集めたんだ。で、崖の上に連れてった。たしか、何人かに平手打ちをくわしてたな」

「崖へ？」

「やつらは崖に住んでるんだと思うよ、署長さん。きっと洞窟があるんだろうな。原始人の一族みたいにして暮らしてるんだろうさ」

「どうしてそう思うんだ？」

「崖をのぼっていって消えちまったからだよ。崖をのぼっていくところが見えてたのに、急に見えなくなった。で、それっきりになったんだ」

「崖を通りすぎたってことはないかね？」

「とんちんかんなこというなよ。そいつらはてっぺんまで行かなかったんだ。さっきからそういってるだろう。鼠の群れみたいに崖にあいた穴にはいったきりになったのさ！」

ピーターズは椅子にもたれて深呼吸をし、「途方もない話だな」といった。

「まったくだ」とドナーはいった。

ピーターズの腹がごろごろ鳴った。空腹なのか、それとも潰瘍《かいよう》がまた暴れはじめたのか、判断がつかなかった。どちらかといえば、潰瘍のほうが疑わしかった。「わかったよ、ポーリー。参考になった。またなにか話を聞く必要が生じたときは、このシアリング巡査部長があんたを見つけられるんだな？」

ドナーは目をきらりと光らせて、「誰だって見つけられるさ」と答えた。

「それならいいんだ」とピーターズ。「ところで、その出来事があったのは、砂利道への近道のすぐ北だったんだな？」

「ああ」

「間違いないな？」

「いいことを教えてやろう。わしはな、あれ以来、あのそばでは酒を飲まないようにしてるんだ」

ピーターズはにっこり笑って、「あらためて礼をいうよ、ポーリー。借りができたな」

ドナーはそれをしおに席を立って、「いつか、貸しを返してもらうさ」といった。そして部屋を出ていき、ドアを閉めた。

ピーターズはしばらくシアリングを見つめていた。ただし、視線をそちらへ向けているにすぎなかった。ピーターズは考えをめぐらしていた。もしもなにかを見ているとしたら、砂利道への近道付近の海岸と、夜の闇のなかでうごめく、ぼろをまとった狂気の一団だった。ようやく、背中を椅子に押しつけて、ため息をついた。シアリングは、まだその場に立って、ピーターズを凝視していた。「じいさんの話を信じてるんだな?」とピーターズはたずねた。

「ええ、たぶん」

「おれもだ。一から十までな。で、捜査態勢を少々強化したほうがよさそうだと思ってるところだ」

「近道ですね?」

「そうだ。もちろん、おれたちも当時のドナーと同じ問題をかかえてるわけだが」

「問題というと?」

「夜、崖の様子を見さだめるのはえらく難しいという問題さ」

「朝からでかまわないと思いませんか?」

ピーターズは口をすぼめて顔をしかめた。そして思案した。「かまわないだろうな。実際、そうせざるをえないだろう。ただし、ひとつやってもらいたいことがある」

「なんですか?」

「あたり一帯の、永住者も季節滞在者も含めた全住人のリストをウィリスにつくらせてほしいんだ。範囲は、そうだな、海岸から五平方マイル以内だ。〈キング不動産〉に電話して、新しい賃借人も確認させてくれ。そのあと、真夜中に住人をおどかしたり起こしたりしないように気をつけながら、すべての家をパトカーで巡回させろ。異状がないかどうか、確認させるんだ。地元の警官がいいだろうな。地元出身者なら、だれがどこに住んでるのかわかってるはずだ。必要なら叩き起こせ。ただし、ポートランドとかバンゴアとかじゃなく、地元出身の警官だぞ。で、なにか異状があったら、うちに電話してくれ。おれは家に帰って少し寝る。バークが出てきたら、おまえもそうしろ」

「あすの朝は何時からはじめますか?」

「日の出は何時だ?」

「七時ごろだと思いますが」

「じゃあ、七時半からだ」

シアリングはうめいた。「そんなに早くからですか?」

「なあ、サム、おれたちは、そもそもドナーの話の裏をとらなかったというミスを犯してるんじゃないかと思うんだよ。さらにミスを重ねたいのか? 連中がなにをやってるのか、連中は何者で、どこからやってきたのか、なにひとつわかってない。だがな、犬や女性を溺れさせるように子どもを育てた連中が、善人だとは思えないんだよ。だから、朝いちばんに対面したいのさ。だれかが、おれたちより先に連中と顔をあわせないようにな。わかるだろ?」

シアリングはうなずいた。「なにが気にかかってるかわかりますか?」

「なんだ?」

「成人男性が目撃されてないことです」

「たしかに気になるな、サム。おおいに気になる」

「署長も、ふたりの女と子どもたちだけじゃないと考えてるんですね?」

「まあな」

「じゃあ、あしたは何人駆りだしますか?」

ピーターズはあくびをした。立ちあがって、帽子と上着を身に着けた。シアリングに向きなおって、ふたたび顔をしかめた。

「何人駆りだせるんだ?」とピーターズはたずねた。

午前一時十八分

まもなく宴《うたげ》の準備がととのう。獲物は生木の串に刺されて火にかけられていた。痩せた男のくちびるは締まりなくゆるみ、ぬらぬら濡れていた。痩せた男はさきほど、女の頭皮をナイフではぎ、肝臓と腎臓をとりわけておいた。そのあいだに、もうひとりの男はしなやかな樺《かば》の若木を切り倒し、枝を払って、先端をとがらせた。そしてふたりは、力をあわせて獲物を串刺しにし、手足をくくって、火にかけたのだった。いま、ふたりはこうばしい匂いに破顔していた。骨がぱちぱちとはじける音に耳をそばだてながら待っていた。

子どもたちがおこした焚き火はよく燃えていた。ふたりは丸焼きからうしろに下がって、いちばん年上の少女が串をまわすさまを満足げにながめた。胎児が腹のなかで急に動いたが、少女は気にとめなかった。少女のうしろで、もっと幼い男児と女児が、バケツに指をつけて冷たい血をなめた。獲物がむらなく焼けたころ、家の裏手にいた一族が悲鳴をあげた。

兄弟が顔をあげると、家のなかの明かりは消えており、玄関のまえにいた大男がベルトから抜いたナイフを両手に持って家の裏手へ走っていくところだった。悲鳴はつづいていた。兄弟は不安を感じていなかった。悲鳴を聞いても、ちっとも心配していなかった。好奇心を覚えているだけだった。子どもたちのほうが先に焚き火のそばから駆けだした。

　ここにいろ、と赤シャツの男が子どもたちに命じた。子どもたちは言いつけにしたがった。痩せた男はもう走りだしていた。赤シャツの男も、ベルトから手斧を抜きだして、あとを追った。玄関と窓に動きがないかと目を配ったが、なんの変化もなかった。赤シャツの男は家のわきへ走りこんだ。

　角を曲がると、ふたりの年上の少年が、両手で顔を覆いながら、地面に膝をついていた。女たちはまだ悲鳴をあげていた。若いほう――赤シャツの男がファックの相手として好んでいる女――は、濡れて光っているシャツのまえをかきむしっていた。その女が胸をはだけると、どういうわけかやけどをしていた。わけがわからなかった。痩せた男もあっけにとられて、どうなってるんだ、と問うような顔を赤シャツの男に向けた。赤シャツの男は首をひねった。

　寝室の窓には板が打ちつけてあった。出てきたわけじゃないな、と赤シャツの男は考えた。まだなかにいるんだ。やつらが逃げだそうとしたんじゃなければ、これはなんだ？　無傷だったふたりの子どもが、家の上のほうを見あげて、指さしていた。男が上を見ると、屋根裏の窓があいていた。そして男は、女のひとりのそばの地面に鍋が転がっていることに気づいた。男は腰をかがめて、鍋のへりに指を走らせた。まだ温かかった。指をなめてみた。油だ。男はにんまりと笑った。なかにいるやつらはまぬけじゃない。おもしろい狩りになりそうだ。

ふたりの男が家の裏へ走っていったのをニックが確認すると同時に、ダンが転げ落ちるようにして階段をおりてきた。すぐさま、マージーがニックの手にタオルを押しつけ、熱湯のはいった鍋の把手を握らせた。ニックは、喉が詰まり、からからになったように感じた。「まだいるぞ」とニックはいった。「子どもたちがまだいるんだ」

かたわらでダンが迷っているのがわかった。「失敗だ」ニックはいった。

「こんなチャンスはもうないんだ」とダン。「くそっ。行くぞ」

ニックはマージーをちらりと見た。マージーもためらっているようだった。

「ぐずぐずするな、行くぞ」とダンが強い調子でせきたてた。

ニックはドアの錠をはずした。鼓動と呼吸が、不安になるほど速くなっていた。肌が冷たかった。腎臓が、縮みあがっているような、むくんでいるような感じだった。ニックはドアをあけた。

うしろでは、ダンがストーブから真っ赤に焼けた火かき棒を引き抜き、ローラの腕をつかんで、まえへ突きだした。「急げ！」とダンは他のふたりにいった。そして突然、四人全員がドアの外に出ていた。

二台の車は並んでいた。ロービームがついたままのカーラの車は、向こう側、家から六メートルほどのところに、ニックのおんぼろダッジはカーラの車と玄関のあいだに駐めてあった。奇怪なことに、彼らの目のまえで、空間が揺らいでいた。遠くに焚き火が見えた。焚き火は何メートルも離れているのに、つぎの瞬間、すぐ近くに思えた。車は数メートルしか離れていないのに、やけに遠く感じられた。そして、ダッジからピストルと弾丸をとってきてからカーラのピントへ行かなければならないニックには、二台のあいだに深淵が横たわっているとしか思えなかった。

マージーがわきを駆け抜け、ピントの後部ドアをあけてなかへ滑りこむのが見えた。そのときには、ニックもダッジのトランクにたどり着き、キーを鍵穴に差しこんで、熱湯のはいった鍋を車のボディに置いていた。ニックはトランクをいっきにひきあけた。感覚がとぎすまされていた。焚き火でなにかを料理している匂いがした。子どもたちが走ってくるのが音でわかった。ダンに車のほうへ押しやられて、ローラがあらがい、もがいている音がした。マージーが車のドアをロックする音が聞こえた。ダンが悪態をついていた。

そしてニックはフライトバッグをあけ、銃をとりだした。すばやく薬室をあける。空だ。弾丸の箱をつかみそこねた。箱は手から飛びだし、トランクのなかに落ちた。トランクライトはなかった。闇のなかに手をのばし、箱の端が破れているのに気づいて、一瞬、恐慌をきたした。弾丸はトランクのなかに散乱していた。内臓がわななないた。銃をベルトにはさんで、両手で弾丸を手探りした。ダンがまた悪態をついてローラを車のなかへ突き飛ばし、ドアをばたんと閉める音がした。

ニックはひとつかみの弾丸を拾った。そしてダンがエンジンを始動させようとしている音を聞きながら、唐突なむかつきとともに、やつらはどうにかして配線をだめにしたに違いないと確信した。ダンが試みるまえから、車に関する知識によってではなく、運命に直面すればそれとわかるがゆえに、いうなれば峻厳な直観によって確信したのだった。そして瞬時に、いま自分がしなければならないことに気づいて、ピストルに弾をこめはじめた。

五発こめたところで、子どもたちが襲ってきた。

最初に目にはいったのは、右手、ピントのボディの上に浮かんだただの影だった。ニックははっとして、熱湯の鍋に手をのばし、すばやく持ちあげた。顔と肩に熱湯を浴びた少年は、絶叫しながら地面に倒れた。そのわきにナイフが落ちた。その直後、さらにふたりの子どもが、ニックと家のあいだに現われ、退路をふさぎながら迫ってきた。そして三人めの子ども、幼い少女が見えた。ニックはピストルを構えた。

引き金をひくと、ひとりめの少年の胸が黒ずみ、着弾の衝撃で少年は家の壁に叩きつけられた。信じられないほどの銃声で耳が痛くなったので、ジムが耳栓をするんだといっていたことを思いだした。ふたたび引き金を絞ったが、空の薬室にあたってしまった。

背後でトランクが閉まる音がしたので、くるりと振りかえると、少年が車の後部を乗り越えて、首を狙って飛びかかってくるのを、見たというよりも感じた。少年のナイフは紙一重で逸れ、ひゅっと音をたてながらニックをかすめた。ニックはふたたび銃を構えた。だが、引き金をひくまえに、少年はぎゃっと叫んで、首のうしろを押さえながら倒れた。そのうしろに、湯気の立つ火かき棒を持ったダンが見えた。肉と髪が燃える匂いがした。そのとき、ナイフが腿に深ぶかと食いこむのを感じて、ニックは悲鳴をあげた。

ふたたび振りむいて、幼い少女の顔に直接銃口をあてた。少女はいまも、手に余る大きさのナイフを切りおろそうとしていた。獣じみたおぞましい喜びでにやつきながらニックの顔を見あげて、腿に刺さったナイフを押しこみ、ひねろうとしている。そのとき、別の少年がすぐそばでナイフを振りあげるのが見えた。手のなかで銃が爆発したとたん、少女の頭が消えうせ、ニックは飛び散った脳髄と血と骨を浴びた。同時に、少年が鋭いナイフをニックの胸めがけて振りおろした。

マージーは、ローラの襟をつかんで、悲鳴をあげつづける彼女を玄関のなかへ押しやった。ローラは床に倒れ伏し、少しのあいだそこですすり泣いていたが、やがて家の奥へ這いずっていった。闇のなか、マージーは熱湯が煮えたぎる最後の鍋がかかっているコンロへ駆けよった。鍋をとりあげる。柄がてのひらを焼いたが、痛みは感じなかった。恐怖のあまり歯がみをしながら、こわばった顔で押し黙っていた。マージーはドアの内側で永遠の責め苦と思えるほど長いあいだ待った。ばたんとドアを閉め、わめきながら屋根裏へ駆けのぼりたいという衝動と、全力を振り絞って戦いながら。そのいっぽうで、自殺的な激情に駆りたてられるまま外へ飛びだし、手にしているお粗末なナイフで切りかかってやつらに復讐したいという衝動とも戦いながら。

マージーは、ニックが少女を撃つのを、少年のナイフがニックの胸を切り裂くのを見た。ダンの火かき棒が少年の頭をうち砕く金属的な音を聞いた。口と目から血を流しつつ、少年はゆっくりとくずおれた。ダンが火かき棒をひきはずし、ニックを玄関のほうへ押しやった。マージーはニックに手を貸そうと外へ出た。ニックがマージーのまえで倒れこんだ刹那《せつな》、ダンが視線を左へ走らせたのがわかった。ダンは口をあけてマージーに警告しようとしたが、遅すぎた。ダンはなにかで後頭部を殴られ、それと同時に巨漢がマージーのかたわらで吠えた。

大男はマージーの手首をわしづかみにした。マージーは男の目を見た。恐ろしい顔だった。歯は虫歯だらけで真っ黒、匂いは血の匂い。男の指が肌に食いこむ。この手がお姉さんをつかんだんだわ、と思いながら、マージーはずっしりと重い鍋を振り動かした。

熱湯は男の背後にむなしく飛び散ったが、鍋のつけねが男の耳にがつんとあたって、やけどと打撲を負わせた。男はわめきながらマージーを離し、一瞬、バランスを崩して、どうと倒れた。いっぽう、ニックはよろめきながらマージーのそばへ歩いてきた。マージーは、ニックを家のなかへひっぱりこみながら、胸の傷はさほど深くないことを見てとっていた。マージーはニックの腿に刺さっているナイフを抜いた。ニックはだしぬけに青ざめ、床に倒れこんだ。

血まみれのナイフを握ったまま、マージーはダンを探して見まわした。マージーの目は即座にダンをとらえた。車のそばまでひきずっていかれたダンを認めると同時に、マージーはみぞおちのあたりでなにかがうつろになったような感じを覚えた。ダンは火かき棒を離してしまっていたし、すっかり囲まれていた。ダンはすぐに悲鳴をあげはじめた。

女が背後からダンの首に嚙みついていた。女はダンにしがみついていたし、むきだしの乳房を押しつけていたので、恋人たちの抱擁の陰惨なパロディに見えた。ダンは女を振りほどこうとしたが、子どもたちが彼の脚にナイフを突き立てた。右膝の裏の腱を切られ、狼に襲われた馬のように立っていられなくなって倒れかかったダンのまえに、赤シャツの男が現われて腹を蹴りあげた。ダンは体を折り曲げて草の上に嘔吐したが、それでも女は彼の首にしがみついたまま、ますます深く歯を食いこませたので、酸素をたっぷり含んだ鮮血が地面にぼとぼととしたたり落ちた。

マージーはニックからピストルをもぎとって、引き金をひいた。最初の一発ははずれ、赤シャツの男はマージーから見えないところへ隠れてしまった。銃声を聞いて、ダンはマージーのほうを向いた。そしてつかのま、ふたりの目があい、マージーはダンがなにを訴えているのかを読みとった。マージーはふたたび発砲した。二発めはダンの右肺と女の腹部を貫き、ふたりは車のわきに、もつれあったまま倒れこんだ。

マージーは銃を構えたまま目をしばたたくばかりで、じっと動かなかった。ダンを殺しちゃったわ、とマージーは考えた。ああ、神さま。たぶん一秒ほど、あたりは静まりかえった。その静寂は、戦いと同じくらいマージーの神経を高ぶらせ、ぞっとさせた。ダンの表情はマージーの記憶に永遠に焼きついていた。そのシーンは、輪になったフィルムのように、まぶたの裏で何度もくりかえされた。毎回、爆発と静寂がかならずあって、マージーが震えているところで終わるのだ。マージーが手にしている銃は熱く、どっしりと重かった。涙がこぼれそうだった。

マージーのかたわらの暗闇で、巨漢が身を起こそうとしていた。

マージーはすすり泣きながらばたんとドアを閉め、ボルト錠をかけた。

襲撃した側は、こうむった被害の大きさに呆然としながら、ゆっくりと後退した。家のなかの連中はハンターではない。だから、銃を持っているとは思ってもいなかった。大男は、心のなかにひろがる両生類じみた闇のどこかで、家の裏まで女たちの様子をたしかめにいって時間を無駄にしたことを悔やんでいた。そのせいで、いちばんいい女が死に、子どもが三人死んだのに、霊を鎮めるために使えるのは、撃たれて死んだ男がひとりと、串刺しにした女がひとりだけだった。

大男は、強大な悪霊が腹を立てていることを思い、悪寒が体のなかを蟹のように走りまわるのを感じた。

傷を負った女たちと子どもたちがめそめそ泣きはじめた。大男は、身振りで焚き火へもどれと指示した。

丸焼きは片側だけ焦げてしまっていた。またひとつ、悪いことが増えた。死者の肉は力を与えてくれる。大男が手で獲物を示すと、みんなは彼の意図をさとった。大男は手斧を拾いあげて、片脚を切り離した。じゅうじゅうと音をたてて脂《あぶら》をしたたらせている脚を、腕をまえにのばして持ちながら、大男は家のほうへもどりはじめた。

痩せた男は、怒りの涙をぬぐうと、ナイフで頭を切断した。そして近くの岩に叩きつけて頭を割った。脳髄を掻きだすと、片手に脳髄、片手に頭を持って、大男のあとにつづいた。ひとり、またひとりとそれを見ならって、腰や胸から肉を剝ぎとっては、玄関へ向かった。全員が家のまえに集合すると、家のなかのやつらに見せつけて怖がらせるために、肉を高く掲げながら、赤シャツの男が加わるのを待った。

赤シャツの男は、なにも持たずに焚き火を離れると、車のそばで四肢をひろげて倒れている死体に歩みよって、彼の女の死体から引き離した。赤シャツの男はその死体を車のまえへひきずっていって、ヘッドライトでみんなに見えるようにしてから、あおむけに寝かせた。銃創は長く幅広かった。赤シャツの男は、肛門から胸骨までナイフで切り開くと、かがみこんで、肝臓に顔を埋めた。上を向いたときには、彼の顔は血で汚れていた。家のほうを見ると、一族の他の者たちも肉を食べはじめていた。

肝臓をなかば食べ終えると、赤シャツの男は腹腔《ふくこう》からぬるぬるする腸をひっぱりだし、片手でしごいて中身を移してから、もう一方の手で灰色の長い管を口へ持っていって、くちゃくちゃ嚙みはじめた。なかのやつらが悲鳴をあげはじめたのを聞き、赤シャツの男はにんまりと笑った。やつら、おれが仲間を狼みたいに食らってるところを見たんだな。やがて痩せた男も加わって、ズボンを脚の先まで切り開いてから、太腿の内側をむしりはじめた。彼らのまわりに暗赤色の静脈血が染みだして、ゆっくりと溜まりはじめていた。痩せた男は、いちばん年かさの女と妊娠している少女に、こっちへ来いと手振りをした。

痩せた男はナイフを開いてペニスと睾丸を切りとると、ペニスを少女に、睾丸を歯抜けの女に渡した。少女はせわしない、鳥のような動きで食べた。首を手のほうにすばやく突きだすさまが、地面の種をついばんでいる鳥にそっくりだった。

痩せた男は、いつでも飛びのけるように心の準備をしながら、動きだす気配はないか、銃の徴候はないかと玄関と窓を見張っていた。異状はなかった。しばらくして、痩せた男は緊張をといた。愉悦と血のほどよい塩味で恍惚としていた彼の耳に届く音は、だれかのすすり泣きだけだった。

悲鳴をあげたのは、窓から外を見て、連中が恋人と姉にしていることを目《ま》のあたりにしたマージーだった。その悲鳴以外で外まで漏れたのは、奥の壁際で、子どものように膝を抱えているローラがほとばしらせていた、幽霊じみた悲嘆の叫び声だけだった。やがてその叫び声は涙に変わった。なにも見ていなくとも、知るべきことはすべて知ったからだ。マージーにとって、それはなにかの終わりで、なにか別のものの始まりだった。くちびるの感覚がふいにうせたことや、銃声は原因のひとつでしかない耳鳴りを含めて、肉体的にも、精神的にも、マージーは受け入れはじめていた。死が周囲に悪疫のごとくひろがっているという事実、死は恐ろしい形で姉を襲い、自分もいつ襲われるかわからないという事実を認めはじめていたのだ。それは疑う余地のない厳然とした感覚だった。まるで冷たい水に飛びこんだようだったが、ローラと違って、頭がすっきりし、理性的な判断ができるようになった。生を愛していて、死から顔をそむけないようにしなきゃだめ、そうしないと殺されてしまうのよ、と考える部分が目を覚ましたのだ。

ローラはもうだめね、とマージーは思い、自分が彼女に軽蔑の念を覚えていることに驚いた

——カーラは戦ったし、ダンも戦った。ローラが戦おうとしないなら、もう知ったこっちゃないわ。マージーは床に倒れているニックに向きなおった。

「傷の具合は？」とマージーはたずねた。

ニックはにやっと笑った。さわやかな笑いとはいえなかった。「聞き覚えのある質問だな。このまえのときはダンにたずねられたんだけど」

「ダンは死んだわ」

「知ってる」

「わたしが撃ったの。殺すつもりはなかったと思う。たぶん、女を殺そうとしただけだと思うの」マージーは自分がまた泣いているのに気づいた。

「いいんだよ、マージー」

「やつらは……ダンを解体してたわ。まるで狩りの獲物みたいに」

「いいんだよ」

「立てそう？」

「立てると思う。だいじょうぶだ」

マージーは手を貸してニックを立ちあがらせた。

「刺したのが、ほかのやつじゃなくてあの小さい女の子で助かったよ」とニックはいい、マージーにあわせて歩こうとして顔をしかめた。「あの女の子を見たかい？　あの女の子の顔が……」

「見たわ」マージーはいった。

「ここから脱出する方法を考えなきゃな」

ニックの声は平板に聞こえた。マージー自身の声と同じだった。それなら、わたしたちは同じ場所にたどり着いたのね、とマージーは思った。そこはすばらしい場所ではなかった。マージーが行きたいと望んだ場所ではなかった。でも、ふたりが生き残る助けにはなるかもしれなかった。

「何発撃った？」とニックはたずねた。

「二発ね」

「それなら、残りはあと一発か。こめたのは五発だったから」とニックはかけらもユーモアがない笑みを浮かべた。「ぼくたちふたりの分に――」

「わたしはそんなことしないわよ」とマージー。

ニックはうなずいた。「ぼくだってやらないさ。家のなかになにかないかな？　武器になるようなものが」

「たいしてないわ。暖炉のそばのシャベル。二本のナイフ――あんまり役に立ちそうもないわね。薪小屋に斧があるけど、とりにいくわけにいかないし」

「屋根裏になにかないかな？」

「さあ」

「脚を傷めてないきみが見てきてくれないか。万が一のために、銃は置いていってくれ」

マージーは一段飛ばしで階段をのぼると、踊り場で足をとめて、明かりをつけた。なんにもないわね、とマージーは落胆した。牛乳の箱、古雑誌、古いドレッサー、古いマットレス。そして、鎌が目にとまった。これは使えるかもしれないわ。そのとき、別のアイデアがひらめいた。ニックにそれを話そうと、マージーは階段を駆けおりた。ニックはのぞき穴から外の様子を見ていた。顔が真っ青だった。

「やつら、人間じゃない」とニックはいった。「近いとすらいえないよ」

マージーはそれを無視した。「ねえ、聞いて。屋根裏にたてこもれるんじゃないかって思いついたの。ドアは玄関ほど頑丈じゃないけど、大きくて重いドレッサーとマットレスがあるのよ。ドアを釘づけして、そのまえにマットレスを置いて、ドレッサーで押さえたら？　きっとはいってこられないわ。少なくとも、しばらくのあいだは。誰かがそのうち、あの焚き火に気がついてくれるかもしれないし」

「見てみよう」

ふたりは階段をのぼりはじめた——ニックは手すりにすがりつくようにしながら。脚の怪我は、ほんとうなら、一週間は安静にしていなければならないほどの傷だった。脚を踏みおろすたびに、杭打ち機で打たれたような痛みが走った。いったん止まったら、その場から動けなくなってしまうに違いなかった。だが、命が惜しいなら、のぼりつづけるほかなかった。

ふたりは階段をのぼりきった。ニックはドレッサーに歩みよって押してみた。マージーのいうとおりだ。どっしりした、いかにも頑丈そうな木材でできている。オーク材かなにかだろう。

マットレスはダブルベッド・サイズだったので、だからここにしまいこんであるんだな、とニックは納得した——階下にはもう、ダブルベッドはないからだ。屋根裏部屋のドアはやわだが、マットレスとドレッサーで補強すれば、簡単には破られないはずだ。うまくいくかもしれない。

「ひとつだけ気になることがあるんだ」とニックはいった。「背水の陣を敷いてしまうのはどうなんだろう？　やつらがはいりこんできたら、逃げ道は窓しかないんだからね。地面まで四、五メートルあるみたいだし、ぼくに通り抜けられるかどうかもわからない。下にいれば、少なくとも、出入り口がふたつに窓がいくつもある」

「そうね。だけど、それが問題なんじゃない？　あいつらがはいりこむつもりになったら、侵入してこれるところはたくさんあるっていうのに、守るのはわたしたちふたりだけなのよ。あいつら、きっとはいりこもうとしはじめるわ。助かる望みなんかないわよ」

「そうかもしれないな」

「ここにいれば、一カ所を固めるだけですむわ」

ニックは窓に歩いていって、外を見た。「くそっ、ここから飛びおりるのはぞっとしないな」

「ここにたてこもるしかないのよ。それとも、走って逃げてみる？」

ニックは顔をしかめて、「ローラは走れないよ」

「ローラなんかどうだっていいわよ」マージーはいった。

ニックはそれを聞いて、平手打ちをくらったような衝撃を覚えた。マージーの変貌ぶりに、一瞬、呆然とした。この女性は、スピードの出しすぎを怖がったり、映画館で通路側の席にしかすわろうとしなかった女性と同一人物なのだろうか？　気丈なのは、いつだってカーラのほうだった。マージーは守ってやらなければならないタイプだった。だが、ふたりとも気丈だったのかもしれない。なんといっても姉妹なのだ。ひょっとしたら、守ってもらわなきゃならないのはぼくのほうかもしれない。

「正直いって、ぼくも走れるかどうか自信がないんだ」

「走らなきゃならなくなったら走れるわよ、ニック」

ニックは思案してから、「いや」と答えた。「走って逃げる気にはなれないな。やつらのわきを走り抜けられたとして、どこへ逃げるっていうんだ？」

「森のなかよ」

「やつらは森をよく知ってる。ぼくらは知らない」

「それでも、どこかへ隠れられるわ。二手に分かれてもいいし」

「気が進まないな」とニック。「でも、ここにたてこもるのも気が進まないんだ。家に火をつけられたらおしまいじゃないか」

「下にいたって、家に火をつけられたらおしまいよ」

「そりゃそうだ。でも、ここには逃げ道がひとつしかないんだぞ！」

「またそれ？」

「ああ、そうさ！　やつらは家に火をつけて、窓からひとりずつ飛びおりてくるのを待ってればいいんだ。腰を抜かしてるぼくたちを苦もなくつかまえて、子どものおもちゃみたいに住み処へ運んでいけるんだぞ。下にいれば、最悪でも――」

一階で、ローラが悲鳴をあげた。ふたりは階段に駆けつけた。

あちこちをどんどんと叩く音が響きわたった。その音は、稲妻のあとのすさまじい雷鳴のごとく、ふたりを仰天させた。ニックには家全体が震動しているように感じられた。足元の階段が揺れているかのようだった。ニックは脚の怪我を忘れ、片手にピストルを握ったまま、いっきに階段を駆けおりた。マージーもすぐあとにつづいた。

やつらは、家をぐるりと囲んでいるようだった。

おそらく薪小屋にあった斧で、裏口を破ろうとしているやつがいた。寝室の窓からはいろうとしているやつらもいた。ニックの目のまえの玄関ドアは、大きくて強力なものがぶつかる衝撃で、いまにもばたんとあいてしまいそうだ。ニックには、だれが体当たりしているのか見当がついた。掛け金は持ちこたえていた。だが、このまましばらく開かないほうには、一セントだって賭ける気にならなかった。

バールのようなものをキッチンの窓ののぞき穴にこじいれようとしているやつもいた。火かき棒だ、とニックは思った。ダンの火かき棒だ。木が裂ける音に気づいて振りかえると、裏口が斧に屈しようとしているところだった。すぐに破られてしまいそうだ。

ニックはしばし、動転しながらあたりを見まわした。どうにかして食い止められないか、階段をあがって屋根裏へこもる以外に逃げ道はないかと考えながら。玄関のドアが、またしてもすさまじい一撃を受けてたわんださまから、つぎはもう耐えきれないのがわかった。裏口のドアの大きくなった裂け目で鋼鉄がぎらりと光るのを見たとたん、ためらいは消えてなくなった。「ローラを連れてきてくれ」ニックはそういいながら、階段のほうへ走りだした。「急げ！」

深く前傾しながら階段を駆けあがると、マットレスのところへ急いだ。そしてマットレスをさっとひきずって、ドアを閉められるスペースをあけておくように注意しながら戸口のわきに置いた。つづいてドレッサーにとりかかった。ふたりがかりでなければ動かないようなドレッサーだったが、ニックは痛みをまったく感じずに馬鹿力を発揮した。あんなやつらに殺されてたまるもんか、としか考えていなかった。ニックが両腕に力こぶをつくると、ドレッサーの鉤爪状の脚は、ざらざらした木製の床を、かん高い音を立てながら滑りはじめた。ニックはドレッサーで、ぎりぎりですり抜けられるだけの隙間をあけて戸口をふさいだ。もしもふたりがまにあわなかったら、このばかでかい家具をくそ野郎どもの上に落として、何人かの頭をつぶしてやるつもりだった。床からピストルを拾いあげたとき、はじめて壁に掛けてある鎌に気づいた。ニックはそれをつかみとって、階段の上へ飛びだした。

マージーがローラを立ちあがらせ、ひきずるようにして居間を横切っているとき、ふたりの背後で、はじけ飛んだキッチンのドアがテーブルにぶつかると同時に、禿頭の大男が倒れこんできた。大男をよけながら、子どもたちがなだれこんできた。大男が膝をついて起きあがろうとしたときには、子どもたちはもうマージーに気づいていた。子どもたちは叫びをあげながらマージーを追いかけはじめた。

マージーは、片手で腕を、片手でショートカットの髪をつかんで、ローラを階段のほうへひっぱっていたが、遅すぎた。まにあいそうもなかったので、マージーは金切り声でせきたてた。走ってくる子どもたちを見ながら、「早く！　早くしなさいよ！」と叫んだ。だが、ローラはちっとも急ごうとせず、恐怖に目を大きく開いてあたりを見まわすばかりだった。そしてふいに、子どもたちが目のまえに現われた。行く手をさえぎられた。そしてマージーは子どもたちがダンとニックになにをしたかを思いだした。子どもたちに引き倒される幻影が耐えがたいほど鮮明によみがえった。起きあがった大男も両手をひろげながら迫っていたし、破れたドアからほかのやつらが、ナイフを構えてにたにた笑い、獣のように吠えてにたにた笑いながら家にはいってきた。とうとうマージーは、大声をあげながらローラを離し、階段のほうへ突き進んだ。それなら死になさいよ、ばか女、とマージーは声に出さないでののしった。だけど、わたしを道連れにしないで。ああ、神さま。

脚がもつれて、マージーは階段に倒れこんだ。片方の足首を、爪の鋭い小さな手につかまれた。その手を振りほどいた瞬間、頭の上で銃声が轟いた。振りかえると、大男がふらつきながら睨んでいた。ニックがろくに狙わずに撃った弾が、まぐれで吹き飛ばした手をつかんでいる。そしてマージーはニックに屋根裏部屋へ押しこまれた。

大男はよろよろと戸口を抜けてキッチンへもどった。無惨なありさまの手首を頭の上にあげ、小さく円を描くように揺り動かして、壁や刳形《くりかた》に血をはねとばしながら。ついに大男は、うめきながら膝をつき、キッチンテーブルに片手をついて体を支えた。テーブルの上に血がたまり、ゆっくりと端のほうへ流れた。子どもたちがひしめきあいながら階段をのぼってきた。屋根裏の床に倒れこんだままのマージーは、弾の切れたピストルがごつんと壁にぶつかった音を聞いて、ニックがまだ戸口に立っているのをさとった。だめ！　とマージーは心のなかで叫んだ。だめよ！　なかにはいって！　だが、声にならなかった。振りむくと、鎌を持って戸口に立っていたニックが、腕を振るのが見えた。つづいて鮮血が高だかと吹きあがり、おぞましいことに子どもの生首がころころと階段を落ちてゆくのを見て、マージーは戦慄した。

子どもたちが怒りと驚きのわめき声をあげるのが聞こえ、転げ落ちてくる少年の死体につまずくのが見えた。ローラがほとばしらせた悲鳴が聞こえた。地獄の亡者の悲鳴だった。それからようやく、ニックが屋根裏にはいってきた。血まみれの鎌を床に放り投げるなり、ボルト錠をかけ、マットレスをドアに立てかけた。マージーもどうにか立ちあがって、ドレッサーでドアをふさぎ、安全を確保するのを手伝った。

マージーは、屋根裏がしっかりと封鎖されたように感じた。反対側で子どもたちがドアを叩きはじめた。

階段のまえに立っていたローラは、転がってきて足元で止まったものを見てとまどった。鏡に映った自分みたいに見えた——口をあけ、目を見開き、くちびるにちょっぴり血と泡をつけている。ローラはそれを見つめながら、これまで彼女を守ってくれていた夢にひたった。その夢はローラ自身の遠い悲鳴によって引き裂かれたが、その悲鳴はあいかわらず現実感に乏しく、彼女はほんとうにおびえているわけではなかった。居間がなじみのない場所に感じられた。こんな階段は見たことがなかった。やはり見覚えのない人たちがわめきながら階段を駆けあがって、ドアを押しはじめた。なんだかわからないものを、どういうわけか必死になって追いかけている見知らぬ他人の集団のなかで、ローラはひとりぼっちだった。ドアの向こうになにもないのは知っていた。どうしてそれを知っているのかはわからなかったが、間違いはなかった。あそこは、古雑誌と古新聞しかない、ほこりだらけの空っぽな屋根裏部屋なのだ。

だから、家のなかを駆け抜け、階段をあがり、屋根裏へはいろうとして、血のめぐりのような不思議な動きをしているあの人たちは、家でいちばん高いところ、つまりあの小さな窓からまた飛びだそうとしているだけなのかもしれない。消火ホースから噴きだした水が地面にこぼれるみたいに。

ローラは笑った。高校生のころに流行したゲーム、中国式消防訓練にそっくりだった。車が赤信号で止まったら、信号が青に変わるまでに、ドアをあけて車のまわりを一周、場合によっては二周し、もとのドアから車にもどって走り去る、というゲームだった。いま、おかしな人たちは、果てることのない流れとなって、玄関からキッチンへ、居間へ、そして階段をあがって屋根裏へはいろうとしていた。家のなかを色鮮やかな流水になってぐるぐると、バターになってしまった『ちびくろサンボ』の虎みたいにまわっている——あの人たちももうすぐ、人の姿をうしなって、家のなかをたいそうな速さで循環する、真っ赤な水になってしまうだろう。ローラはその輪のすぐ外で、目を丸くして安全に見物していた。たとえ夢だって、奇跡にかわりはなかったからだ。人がぐるぐるまわりはじめ、すっかり液体の流れになってしまうのは、たしかに愉快だけれど、それ以上に驚異だ。

ローラは床に転がっている鏡に映った自分のそばに腰をおろし、注意深くその目に手をのばした。そしてまぶたをそっとおろすのにあわせて、自分自身のまぶたも小刻みに震わせながら閉じた。すると、階段のまえで腰をおろしている自分を思い描けた。ほとんど真っ暗なのに、人影が滑るように走りすぎるのが見えた。

小川はさっきよりゆるやかになっていたので、なかにはいってもだいじょうぶかもしれない、とローラは思った。小川は、ちょっとまえまでの……嵐か鉄砲水の直後のような、そう、激流だったときほど刺激的ではなかった。それでも、なかにはいったら気持ちよさそうだった。ひんやりしていてすっきりするだろうし、流れがもっと急だったときみたいに――いまなら認められる――恐ろしくない。試してみることにした。

ローラは左手をおろして小川にひたした。生き物たちは――魚よね？――わたしにいやなことをするかしら？　きっとそんなことしないわ。ローラはそう思いながら、するりと小川にはいって、その温かさに驚いた。ちっともひんやりとしていない。だが、乾ききったくちびるに、水は心地よかった。ローラは深呼吸をしてまぶたを開いた。

子どもの生首が膝の上であおむけになっていた。

それが子どもであって、鏡ではないのがわかった。鏡だったら、ローラ自身のように目を開いていなければおかしいからだ。ローラは生首を凝視し、得心した。そして悲鳴をあげはじめた。小川は消えた。階段は地獄絵と化し、小川が口のなかに残したしょっぱい味を感じた。ローラは生首を胸元に抱きあげたが、だらだらと垂れる暗赤色の血が膿汁《のうじゅう》のごとくシャツに染み、腹を伝って落ちているのには気づいていなかった。

ローラとあけっぱなしの玄関とのあいだには、彼女を見おろしているぼろをまとったふたりの幼い少女しかいなかった。だが、走って家から逃げだす、という考えはローラの脳裏に浮かばなかった。実際、そんな必要はなかった。ふたりの女の子が近づいてくるのを見ながら、ローラはふたたびまぶたを閉じ、魚を数えようとした。

階段では、ふたりの男が屋根裏部屋のドアの薄い板を破った。階下からはうめき声が聞こえていた。女たちが、出血を止めるために大男の手首を縛っているのだ。一刻も早くはいりたがっている子どもたちは、狭い階段の、ふたりのすぐうしろに詰めかけていた。痩せた男はドアの穴に腕を入れ、ボルト錠をはずした。ノブをまわした。ドアはびくともしない。痩せた男は腹立たしげに兄弟を見た。ふたりは子どもたちを押しのけ、階段を何段かおりてから、ドアに体当たりした。体の大きな赤シャツの男がドアノブに近いほうにぶつかった。ドアが数センチ開いたのを見て、ふたりはほくそえんだ。そして、ふたたび体当たりをくわすために、また階段をおりた。

屋根裏部屋のなかで、ニックは悪態をつきながらドレッサーを押しかえした。ぐずぐずしていなければ、金槌と釘をとってきてドアを固定できたのにと思うと腹が立った。悪いのは自分だった。ドアの板が破られたのが音でわかった。ニックとマージーが全体重をドレッサーに預けているにもかかわらず、あと数分しか持ちこたえられそうにない。飛びおりるしかなかった。

全員が家のなかにはいっているのだろうか、とニックは考えた。もしも下で、窓の真下で待ちかまえていたら？　男たちがドアにぶつかった衝撃で、ドレッサーがうしろへずれたのがわかった。「もうだめだ」とニックはいった。

マージーはうなずいた。すぐそばにいるので、ニックはマージーの汗の臭いを嗅ぎ分けられ、頬にマージーの息を感じた。ニックは窓をちらりと見て、「先に行ってくれ」とうながした。

マージーはニックを見た。マージーの紅潮した顔にはおびえが浮かんでいた。

「どうすれば……？」

「頭の真上に屋根がある。屋根は三十センチかそこら突きだしてる。両手を上にのばして屋根をつかんだら、ゆっくりと慎重に脚を外に出して、まっすぐにぶらさがるんだ。少しでも傾いてると、首の骨を折るはめになる。揺れがおさまるまで、脚が動かなくなって、家から充分に離れて垂れさがっているようになるまで、手を離すんじゃないぞ。着地したら、膝をちょっと曲げて衝撃をやわらげるんだ」

マージーの顔を絶望がよぎるのがわかった。もうひとつ手段があるのだが、それを教えても無意味だった。マージーにはそれができるだけの力がない。だがニックなら、必要が生じたらそれを試せる。

はずだ。着地したら、森へ駆けこんで、ぼくのところへ来てほしい。可能じゃなかったら、ぼくになにかが起こったら、そのときは必死で走るんだ。着地のとき、膝を曲げるのを忘れるな。脚を折らないでくれよ」

「マージー」とニック。「やるんだ。怖がるな。きっとできる。たぶん、全員家のなかにいるはずだ。着地したら、森へ駆けこんで、ぼくがどうなるか見ててくれ。しゃがんだままでだぞ。で、もしも可能なら、ぼくのところへ来てほしい。可能じゃなかったら、ぼくになにかが起こったら、そのときは必死で走るんだ。着地のとき、膝を曲げるのを忘れるな。脚を折らないでくれよ」

マージーはかすかにほほえんだ。いい徴候だ。

「さあ、急げ」ニックはいった。マージーは立ちあがってドレッサーから離れ、ニックはドアの向こう側でやつらの体がドアに激突した強い衝撃を感じた。

「あとひとつ」とニックは声をかけた。振りかえったマージーは、いまにも泣きそうになっていた。自分がなにをいおうとしているかに気づくと、ニックの目にも涙がこみあげてきた。

「残ってるのはきみだけだ。ぼくはきみを心から愛してる。ずっとまえから。きみとカーラを。無事でいて、い、い、いてくれよ、マージー」

ニックは自分のくちびるにマージーのくちびるがそっと触れるのを感じた。そしてマージーは窓のまえに行った。

ニックが見守っていると、マージーは、まずそろそろと頭を、つぎに右腕を窓の外に出した。さらに左腕と肩を出し、両腕を上にのばして屋根をつかんだ。細い腕に力をこめて、じりじりと体を外へひっぱりだした。尻でひと休みした。それから腿、つぎに苦痛に耐えながらふくらはぎ——そして両膝が窓の上端を抜け、とうとう片足が、つづいてもう片足が窓枠にかかった。

マージーは一瞬、そのままの姿勢で止まった。それから、まず足裏のふくらみにかかっていた体重を縮めた足指へ移し、足指をゆっくりと慎重にのばして窓枠を移動し、ついに家の外壁で体を支えた。ニックはひきつった笑みを浮かべた。マージーは沈着冷静にふるまっている。つくづく賢い女性だ。もしも誰かに生きのびる価値があるとしたら、それはマージーだな。

マージーの足が窓から離れて弧を描くのが見え、マージーが必死にしがみついた拍子に漏らしたあえぎ声が聞こえた。マージーの体はすぐに安定した。そして、ふいにマージーが消えた。

マージーにとって、落下は永遠につづくように感じられた。息をしようとしたが、できなかった――息の仕方を忘れてしまったみたいだった。マージーは息を吸おうとしているのに、肺は息を吐こうとしているかのようだった。まっすぐに落ちていないのが、どういうわけかややバランスを崩してしまったのがわかった。さまざまなイメージが、実際に痛みを覚えるほどの鮮烈さで、つぎつぎと脳裏にひらめいた。（背中から落ちて、ぽきっというやな音が響く）（うつぶせに落ちながら、ばかげたことに、両腕をむなしくまえへ突きだしている）（あるはずがないとわかっているアスファルト舗装に真っ逆さまに落ち、血まみれの肉塊となり果てる）

家はどんどん近づいているように思えた。まるで、落ちているのは古い家で、マージーではないみたいだった。マージーが落下するのに合わせて家も傾いており、着地したとたんに頭の上から倒れてきてつぶされてしまいそうにも思えた。あの不潔な子どもたちが大怪我を負ったマージーを見おろしているさまが浮かんだ。

ニックにいわれたように、膝は曲がっているだろうか？　よくわからなかった。少しでも動いたら、危なっかしいバランスが崩れ、頭から地面に激突してしまうような気がした。屋根から手を離すときには膝を曲げておいた。それは確実だった。そのままになっていることを祈るしかなかった。あとにつづいたニックが、かつてはマージーの体だったぐちゃぐちゃで血みどろの塊りの上に飛びおりてしまう光景が思い浮かんだ。一秒にも満たない落下の最中に、これだけの想念がマージーの胸中をよぎったのだった。

そして足首に衝撃を感じたと思ったら、両足に激痛が走り、顎に膝が激突し、口のなかが切れて出血した。同時に、尻が恐ろしい勢いで地面にぶつかり、肺から空気が絞りだされるひゅっという音が聞こえた。マージーは息を吸おうとあえぎながら、目のまえに突然おりてきた幕のような、実体を備えた闇のなかで小さな光の群れが躍るのを見ていた。猛烈な頭痛がはじまろうとしているのがわかった。だが、おりられたのだ。ちゃんと生きているし、骨も折れていない。つかのま、天にも昇る心地になった。

だが、視界が晴れたとたん、子どもたちに囲まれているのがわかった。

数秒まえにそれに気づいたニックは、いま、あと少しで屋根に這いあがろうとしていた。屋根にのぼるというのがニックの選択だった。窓から出るのがいちばん難しかった。右肩が窓から抜けないのではないか、と一瞬ぞっとしたものだ。肘を腹の下に持っていってできるかぎり右肩を下げ、窓に対して斜めになるようにしておいて、すぽんと肩を抜いたのだ。刺された脚がうずいた。痛みを気にしないようにしながら、ニックは両腕をのばして板ぶき屋根をつかみ、体を持ちあげ、ひっぱりだして、窓枠に立つような姿勢になった。それから、屋根まで体をひきあげたのだった――〈ウェストサイドY〉で懸垂をやっておいてよかったと神に感謝しながら。正直いって、危ういところだった。半年まえだったら、感謝の祈りを捧げられなかっただろう。やつらがドアを突破し、ドレッサーを突き倒した音が下から聞こえてきた。ニックはぴたりとうつぶせになって、屋根の端から見おろした。マージーは怪我をしていないようだった。立ちあがっていた。きょろきょろ見まわして逃げ道を探していた。ニックには逃げ道がないのがわかった。マージーは、棒やナイフを振りかざしている子どもたちにすっかり囲まれていた。だしぬけに、胃がむかついた。男のひとりが窓から身を乗りだし、見おろしてから、またひっこんだ。ふたりの男が走って部屋を横切り、階段へ向かう音が聞こえた。

まもなく、ふたりはほかの子どもたち、それからニックが左手を吹き飛ばした大男と一緒に外へ出てきた。残ったふたりの女も、ローラをはさんでひきたてながら現われた。ローラがまだ生きているのを見て、ニックは意外に思った。これなら望みがあるかもしれない。やつらはローラとマージーを殺さないかもしれない。なんとか助けられるかもしれない。

マージーが視線を窓のほうへ向けたので、ニックは気づかれる危険を冒して手を振った。マージーに、自分はここに無事でいるから、チャンスがあれば助けにいくぞ、と伝えたかったからだ。マージーが一度うなずいてから、すぐに視線を下にもどしたのがわかった。マージーが冷静でいてくれれば、どうにかして救出できるかもしれない。ニックはわずかに闇のなかに下がって動きを止めた。

やつらがニックは逃走したと思いこんでいるのはあきらかだった。しばらくのあいだ、なんといっているのか聞きとれない叫び声をかわしていたが、やがてふたりの男——ふたりの五体満足な男だな、ニックはそう考えなおしてにんまりした——が雑木林のほうへゆっくりと歩きはじめた。ふたりが林のなかで二手に分かれ、走っては止まって耳をそばだて、また走っている音が聞こえた。あそこにいなくてよかった、とニックはつくづく思った。森にはいったふたりは水をえた魚のようだった。

ほかのやつらは待っていた。まもなく、片方の男——むさ苦しい顎髭を生やしている痩せた男——がひとりでもどってきた。もうひとりの男が残ってぼくを探すんだな、とニックは察しをつけた。朦朧《もうろう》として膝をついていたローラを、男が乱暴に立ちあがらせ、向きを変えさせた。そしてローラとマージーを丘の上の焚き火のほうへ押しやった。ひと晩分としては充分な肉を食ったってわけだな、とニックは思った。きっと家へ帰るんだろう。それなら時間の余裕がある。

いまやぼくしだいなんだ、とニックは思った。実際の重みがあるかのように責任を肩に感じた。にもかかわらず、どうすればいいのかわからなかった。車も電話も使えないのだから、完全に孤立していることに変わりはなかった。民家を探しあてるまでに、マージーとローラは殺されてしまうかもしれない。殺されるまでにどれくらい時間があるんだろう、とニックは考えた。あとどれだけ時間が残ってるんだろう?

見当もつかなかった。自己憐愍《れんびん》と絶望に身をゆだねてしまいそうになった。やつらに襲われて、ニックはもう少しで殺されそうになった。彼が愛したただふたりの女性も襲われた。だれよりも愛した女性は惨殺されて離れた場所に横たわっている。マージーを同じ目に遭わせたくなかった。屋根裏につづく階段での常軌を逸した自分の奮戦ぶりを思いだして、ニックはあっけにとられた。そしてその瞬間、なにをすればいいのかをさとった。ずり落ちた眼鏡を押しあげると、ニックはじっと動かないで待った。

ニックの五感はとぎすまされていた。一行が焚き火のわきを通るのを見張っているときも、ニックはほとんど頭を動かさなかった。丘を越えていく道筋を可能なかぎり目だけで追い、どの方角へ向かっているのかを確認した。マージーが、姉の黒焦げになった死体のそばを通ったときにあげた悲鳴が聞こえた。そのあと、もう声は聞こえなかった。

一行がほとんど見えなくなると、ニックは屋根の反対端からゆっくりと体を沈め、アルミの雨樋をつかんで家の側面にぶらさがってから、音をたてずに地面におりた。衝撃で脚の筋肉に激痛が走り、頬がぴくぴくと痙攣したが、ぐっとこらえた。赤シャツの男に気をつけながら、家の正面へ慎重にまわりこんだ。少なくともいまのところ、だれもいないようだった。ニックは家にはいった。

惨憺たるありさまの室内を、やつらが持ち去っていませんように、と祈りながらピストルを探した。いまや、すべてはピストルにかかっていた。ピストルは居間の、屋根裏への階段のそばに落ちていた。思いだした。ピストルが無用の長物になったことにかっとなって、トランクに弾丸をこぼしてしまった自分を呪いながら、女のひとりに投げつけたのだった。だが、これが機械のいいところだ――機械は、かならずまた動くようにできているのだ。

ニックは薬室を開き、引き金をひいてみた。放り投げた衝撃で壊れたりしていないようだ。ピストルをベルトにはさんで、足音を忍ばせながらキッチンへ行った。音をたてないように、できるかぎりそっと引き出しをあけて、懐中電灯を探した。見つけた懐中電灯をつけてみた。やや暗いが、ちゃんとつく。引き出しをあけはなしたまま、爪先立ちで玄関に向かった。あたりを見まわした。人気《ひとけ》はなかった。

車に向かいながら、ポケットからキーホルダーをとりだし、トランクの鍵を選びだした。すばやくトランクをあけて、懐中電灯で照らした。光が漏れないように、トランクの底のほうを照らすように気をつけながら。見つかった弾丸をすべて拾い集めると、懐中電灯を切って、家とは逆方向の闇のなかへもどった。ピストルに弾をこめ、余った分を一方のポケットに、キーホルダーをもう一方のポケットに入れた。

焚き火を大きくまわりこんで、闇のなかを進むつもりだった。きのうの午後、小川のほうへおりていく踏分け道があることに気づいていたので、少なくともしばらくのあいだ、やつらはその道をたどるだろう、とニックは推測した。それに、意識が朦朧としているローラが足手まといになって、そんなに速く進めないはずだ。感謝するよ、ローラ。

ニックの計算では、子どもが七人、女がふたり、男が三人残っているはずだった。男のうち、ひとりはうしろの森のなかにおり、ひとりは大怪我をして——力強い左手と、居間の様子からして数リットルの血をうしなっている。幸運に恵まれ、機敏に立ちまわって、一発も無駄にしなければ、男と女と子どもをふたりずつ片づけられる。三人めの男に背後をつかれなければ、どうにかなるだろう。

しばし、火かき棒か薪小屋の斧を持ってくればよかったと後悔した。でも、斧はもう薪小屋にはなかったんだっけ、とニックは思いだした。やつらが持っていったんだ。やつらはすべてを持っていった——こいつを別にして、とニックは手に持ったピストルを意識した。残った五人の子どもは問題になるだろう。間違いない。だけど、勇気をふるって機敏に戦えば、五人全員を叩きのめせるはずだ。ニックはなんとしてでもそうするつもりだった。

ひとりめは、カーラのために殺す。ニックはベルトからピストルを抜いて、森へはいった。ひんやりとした闇という屍衣《しい》に包まれて、ニックの姿がほとんど見えなくなった。

午前三時三十分

デイル・ウィリス州警察官は、車をおりると、大きな両足で体を支えながらドアにもたれた。たばこに火をつけた。車のなかにすわっている気にはなれなかった。耐えられなかった。ここでなにがあったにせよ、それは終わっていたし——少なくとも、終わっているように見えた——ピーターズがサム・シアリングを連れてまもなくやってくるはずだった。それにしたって！　現場はひどいありさまだし、終わってからさほど時間がたっていない。外で立っているほうが安心だ。なにがあるかわかったもんじゃない。

あの、焚き火のところにあったしろもの。あれが人間だということすら信じられなかった。人間なのはあきらかだった。だが、それを受け入れるのは容易ではなかった。受け入れられる限度を超えた事柄というのがあるものだ。たとえば死が、とくにああいうたぐいの死がそうだ。死と税金か、とウィリスは思いだした。小学校のときの教師が、「死と税金は避けられない」という決まり文句を口癖にしていた。小学生だったころのおれたちがどんなにものを知らなかったかを考えると、青色の糞を垂れそうになる。

ひとつ、たしかなことがある。小学生だったころのおれたちはあれを知らなかった。ウィリスは焚き火のほうをちらりと見た。

ハートに火をつけてってか?

へどが出そうだ。

最初にウィリスの気を惹いたのは、くすぶっている火だった。つぎに、車のヘッドライトがつけっぱなしだし、家の明かりはクリスマスツリーみたいに煌々《こうこう》と輝いていることに気づいた。そしてウィリスはそのほかの事柄を目撃した。犯行からせいぜい三十分ほどしかたっていないようだった。たいした犯行だ、とウィリスは思った。どんなやつらが犯人にしろ——のんきに車のなかですわっているあいだにそんなやつらと出くわしたくないのはいうまでもなかった。

死体を見たのははじめてではなかった——ハイウェイではしょっちゅう死亡事故が起こる。焼けこげた死体も、つぶれた死体も見たことがあった。フロントガラスを突き破った木の大枝が額のど真ん中に刺さっている男だって見たことがある。だが、この現場を見てまわるのは、ちょっとした地獄巡りだった。焚き火のそばのあの黒焦げの肉塊。敷地内の通路で腸をあふれださせている男。素っ裸で喉を切られて倒れている男。部屋の隅に落ちていた誰かさんの手。

それに子どもたち。ひとりの子どもの頭は胴体から四、五メートル離れたところに転がっていた。外に倒れていた子どものひとりは頭が消えうせていた。大口径の弾丸で撃たれたのだろう。女——一週間放っておいた空の牛乳パックみたいににおうそのしろものを女と呼べるならだが——も射殺されたようだった。ウィリスはかぶりを振った。まるで、戦場の掩蔽壕のまわりの光景だった。このあたりを、ヴァチカンの娼婦みたいにいかれたやつがうろついていたのだ。

ウィリスは、このパークスじいさんの家を幼いころから知っていた。自分の土地どころか、ニューヨークのような都会でこんな事件があったと聞いただけで、パークスじいさんはぎっくり腰になってしまったことだろう。さいわいなことに、パークスじいさんは何年もまえにきちんと墓に葬られている。パークスじいさんは謹厳実直な人で、自分が父親にしつけられたのと同じようにしてジョーとハンナをしつけた。罰当たりな言葉を使うな、酒を飲むな、女房を殴るな。

もちろん、ハンナは夫のベイリーとかいうやつにしょっちゅう殴られているが、知られているかぎり、殴りかえしたことは一度もない。そんなことをしたら、じいさんに殺されていただろう。そしてハンナとフィル・ベイリーはふたりの子どもをもうけたが、夫婦はポートランドに住まいを移しており、いまではこの家に住んでいない。借り手があるときに賃貸ししているだけだ。ウィリスは、それがこれの、私道なんかで人が虐殺された原因だと思わずにいられなかった。時代が変わったってわけか。たった三世代で、ペプシを飲みほすように苦もなく、過去をつなぎとめていた綱をほどいてしまえるようになった。少なくとも、ほどいてしまえる連中が現われた。それは金持ち連中だ。ウィリスは吸い殻を捨て、新しいたばこに火をつけた。

ヘッドライトが林をなぎ、砂利を敷いた旧道を近づいてくるピーターズの大きなクライスラーのエンジン音が聞こえた。署長はしゃかりきになってこの事件を解決しようとするだろう。

働いてるふりをしたほうがよさそうだ。ウィリスはダッジの開いたままのトランクへ歩いていって、懐中電灯でなかを照らした。見るだけだぞ、触るなよ、と自分に言い聞かせた。ひとつでも指紋をつけたら、署長に丸坊主にされちまう。

ピーターズのクライスラーが私道にはいってきて停まると、ウィリスは懐中電灯を消して車に歩みよった。運転席のサム・シアリングは疲れ切っているようだった。奇妙なことに、ピーターズはいつだって元気いっぱいに見える。まぎれもない心臓病患者で、太りすぎで――だれもが知っていることに――軽い心筋梗塞を起こしたことがあるというのに、このおっさんは疲れを知らないのだ。けっこうなことだ。ウィリスはにやっと笑った。

「ひどい夜になりますよ、署長」とウィリスはいった。「ほんとにひどい夜に。この現場を見、、てくださいよ！」

ピーターズは車をおりて、「どんな様子なんだ、デイル？」とたずねた。

ウィリスはしげしげとピーターズを見た。すっきりした顔をしていた。すっきり、さわやかだ。間違いなく、寝ているところをこの事件で起こされたはずなのに。

「死体がごろごろしてるんですよ」

「どんな死体だ？」

「よりどりみどりですね。あっちにはバーベキューだってありますよ。パーティーのときに食べるのとはちょっと違いますけど」

「子どものは？」

「あります。探してた子どもたちの何人かは見つかったみたいですね。間違いありません」

三人は家のほうへ向かった。ウィリスが早足で先導した。ピーターズは黒のダッジのまえで足をとめ、周囲を見まわした。たしかに子どもの死体があった。ひとりは頭がぱっくり割れ、もうひとりの男の子――それとも女の子か？――は頭がほとんどなくなっていた。「ひどいな」とピーターズはいった。

「家のなかにもっとたくさんあるんです」とウィリス。

ピーターズはシアリングに向きなおった。シアリングはすっかり目を覚ましたようだったが、疲れはてて見えることに変わりはなかった。

「サム、あと二台、車を寄越すようにいってくれ。それから、検屍官も連れてくるようにな。生存者はいるのか、ウィリス？」

形式的な質問だった。ピーターズはもう答えを知っていた。

「いません。でも、救急車を呼んでおいたほうがいいかもしれませんね」

「なぜだ？」

「片手を落っことしたまま歩きまわってるやつがいるらしいからですよ。そいつがいまどこにいるのかはわかりませんが、床に手が落ちてるんです。でっかくて汚らしい手が」

「わかった。救急車も呼んでくれ、サム。それから、この家を貸してるのは誰で、いま誰が借りてるのかを調べさせろ。宿泊している人数、名前、特徴も。それから、車の登録番号の調査だな。こっちの車はレンタカーだ。誰が、いつ借りたかを突きとめさせろ。いまいったことは、きのうまでに突きとめさせるんだぞ。いいな？」

「わかりました」シアリングは答えた。

「さて、拝見しようじゃないか」とピーターズがいった。ピーターズとウィリスは家のなかにはいった。

二十分で終わった。家のなかをひととおり見せると、ウィリスはピーターズを丘の上でくすぶっている焚き火へ案内した。

ピーターズにとって、ほかの死体をぜんぶあわせたよりも、串刺しにされた死体を見るほうがひどかった。どんなやけどを見ても吐き気を催したことなどなかったが、これはやけどなどというなまやさしいものではなかった。こんなひどい死体を見るのははじめてだった。これは――ウィリスがいったように――バーベキューだった。家の正面のあちこちに、骨と食べかけの肉片が散らばっていた。ピーターズはいま、それらがなんだったのかをさとった。丸焼きの肉の食べかすだったのだ。男なのか女なのか、さっぱりわからなかった。人間だとわかるだけだった。ドナーの証言とミセス・ワインスタインの証言についての突拍子もない予感は裏づけられた。それ以上だった。推理をしたときは、少々空想をたくましくしすぎたのではないか、と心配だったものだ。愚か者と頭のいかれた連中とありきたりな悪徳しかないところに幽霊と怪物を見てしまったのではないかと。だが、このむごたらしさは想像を絶していた。そしていま、ピーターズは自分が過小評価をしていたのではないかと疑いはじめていた。

ピーターズは、二十四時間まえには知らなかった事柄をふたつ知っていた。ひとつのせいで胸が悪くなり、もうひとつのせいで怖くなった。ひとつめは、犠牲者を殺し、食らう集団がいることで、もうひとつは、その集団に成人男性が含まれていることだった。

床に落ちていた手は、ばかでかい白人男性のものだった。肉体労働に従事している者の汚れた手で、甲に傷痕があり、てのひらにたこがある。発見されたどの死者の手でもなかった。ベッドで喉を切り裂かれていた男性も、玄関の外で死んでいた男性も、なめらかでやわらかい手をしていた。都会人の手だ。落ちていたのは木と土と石を扱っている手だった。女の死体の手にそっくりだった。そして、なんと、子どもたちの死体の手にそっくりだった。

ピーターズは、まだ燃えている何本かの燃えさしに水道水をかけているウィリスをながめていた。串刺しにされた遺体は、写真撮影のため、発見したときのまま、手を触れなかった。今晩は写真係も大忙しだな、とピーターズは思った。

「ここから海まではどれくらい距離があるんだ?」とピーターズはたずねた。

「三キロくらいですね。海まで通じてる小道が一本か二本あるはずです。小川のほとりまで出て、何メートルか下流へ向かえば、海岸へ出られるんですよ。ガキのころは、まずこのあたりで餌を集めて、それから海へ行って磯釣りをしたもんです。たいして釣れませんでしたがね」

「そのあたりに洞窟かなにかはあるのか?」

「はっきり覚えてないけど、あってもおかしくありませんね」

丘のてっぺんに立っていたので、遠くのヘッドライトが見えた。ここまでたどり着くにはかなりの時間がかかりそうだった。シアリングが走ってきた。あいつはいつだって走ってるな、とピーターズは思った。おれがせきたてるからでもあるんだが。だが、しょっちゅう走ってるおかげで、あんなにスマートでいられるんだ。ピーターズはシアリングの若さと体力をうらやんだ。

「わかりました」とシアリング。

「なにがだ？」

「この家は〈キング不動産〉を通じて賃貸しされていました。ミセス・キングを起こしてたずねたところ、借り主はニューヨーク市のミス・カーラ・スペンサー。契約者はひとりだけで、男性の名前はありません。ただし、ミセス・キングによれば、ミス・スペンサーには妹がいて、そのうち遊びにくることになっているといっていたそうです。いつになるかはまだわからない、と話していたようですが」

「くそっ」とピーターズ。「心配してたとおりか」

「なにを心配してたんです？」シアリングはたずねた。

「一台の車にはニューヨークのナンバープレートがついてた。もう一台は地元のレンタカーだ。ここには被害者の遺体が三体ある。二体は男性で、この遺体は男性か女性かわからない。とりあえず、女性だとしよう。だとすると、どうなる？」

「もうひとり、女性がいるはずですね」シアリングはそう答えて、メモに目を落とした。「ピントはニューヨーク市のミス・カーラ・スペンサーに貸しだされてます。ということは、黒のダッジが訪問者の車ですね。妹が、姉妹のボーイフレンドと一緒に遊びにきたんでしょう。つまり、少なくとも女性がひとり、このあたりのどこかにいるんですね。カーラ・スペンサーか、その妹が」

「じゃあ、もうひとり、被害者がいるってわけか」とウィリス。「きっと連れ去ったんだな。とんでもないやつらだ」

「そのとおり」とピーターズ。「少なくともひとりだな。五、六人かもしれん。検屍官と応援が丘をのぼってきたら、家のなかで身元を確認できるものを探すぞ。手がかりがつかめるはずだ」

一群のヘッドライトがカーブを曲がったのがわかった。きっとあれだろう。ピーターズは顔をしかめてため息を漏らした。息を切らしているような、肥満体のため息だった。「問題は、いったい何人、くそ野郎どもが残ってるのかさだかじゃないことだ。追いかけなきゃならないのははっきりしてるが、あひる《ダック》とダイナマイトのどっちを追いかけてるのかわからないようなもんだからな」そしてつかのま、近づいてくるヘッドライトを見ながら思案した。「だから、これから話すおれの考えについて、異論がないかどうか教えてほしいんだ。まず、軍の出動を要請しようと思う。それから、呼べるかぎりの車をここへ呼ぶつもりだ」

「いいんじゃないですか」とウィリスはにやっと笑った。「それでばっちりですよ」

シアリングもうなずいて、「わたしも賛成です」

ふたりが胸をなでおろしているのは明白だった。ふたりともおびえていた。ピーターズは死体を見慣れていた。そのピーターズもおびえていた。だがいま、ピーターズはふたりをもっとおびえさせなければならなかった。

「ただし、このあとの部分は、おまえたちの気にいらないかもしれないな」

「なんです？」とウィリス。

「無理は承知だ。だが、もたもたしてたら手遅れになっちまう。だから、おまえたちふたりには、応援の車が到着するまできっちり十分の余裕を与える。そして、十分たっても到着しなかったら——たとえ十一分後でも——おまえたちふたりがここで応援を出迎えることはない。なぜなら、車のそばで腰をおろして応援を待つおれを残して、おまえたちふたりは、おまえたちだけで連中を追いかけなければならないからだ。とにかく時間がないんだ」

「署長」とシアリング。

「四の五のいうな」とピーターズはいった。泣き言をいわないようにこいつを鍛えなきゃならんな。警察官にとって肝心なことだ。「場合によっては荒っぽいことになってもかまわん。とにかく、救出するんだ。一刻も早く」一瞬、酒を、それもビール以外の酒を飲みたくてたまらなくなった。ピーターズは串刺し死体を一瞥した。

「連中が朝めしの準備をはじめないうちにな」

午前四時八分

最後の男も見つかるに決まっていた。長男——赤シャツの男——は狩りの名人だ。それでもやはり、洞窟は、彼らにとってすらいつにない混乱状態におちいっていた。一族のだれも、このまえいつ狩りが失敗したのか思いだせなかった。それなのに、三夜で二度、つづけざまに失敗してしまった。いちばん幼い子どもを別にして、全員の心に、見つかってしまうのではないか、災いが降りかかるのではないか、という漠然とした不安が生じていた。だが、その不安とないまぜになっている、殺したことと反撃されたことによるぞくぞくするような興奮のほうが圧倒的だった。いつもはどんよりと濁っている目が、焚き火の光を受けてきらきら輝いていた。めったにほほえみを浮かべない口がほころんでいた。身内をうしなったことをほんとうに悔やんでいる者はひとりもいなかった。

焚き火のそばで、妊娠している女と少女が大男の腕の手当てをしていた。肘から七、八センチのところで手首をきつく縛って、皮で覆っていたのだ。大男は失血のために衰弱しており、熱に浮かされて半睡状態のまま輾転反側《てんてんはんそく》していた。一メートルほど離れたところから、しばらくそれをながめていた小さな男の子が、くるりと向きを変え、洞窟の壁に放尿した。

子どもたちはひとり残らず打ち身と切り傷をつくっていた。何人かは、煮えたぎる油と湯を浴びてひどいやけどを負っていた。ところが、だれも気にしていなかった。子どもたちは苦痛に慣れていた。

子どもたちの手足は、最初から古いかさぶたや生傷で覆われていた。それがいくつか増えたところで大差はなかった。髪や服に巣くっている虱《しらみ》などの昆虫のほうがずっと不快だったが、それですらいまは忘れていた。奥の檻のそばで、少年と少女が樺の長い枝をふりまわして、真っ暗な第二の岩室へ鼠を追いこんだ。妊娠している少女が、水のはいったバケツを持ってその横を通った。少女はバケツを焚き火のまえに置いた。そこにうずくまっていた、飾りけのないコットンのシフトドレスを着た太った女が、とぐろを巻いた蛇のような舌なめずりをした。女はまたぞろ腹を空かせていた。これからスープをつくるつもりだった。少女がもう一度水を汲んでもどってくるのを待つあいだ、急いでつくろうと心に決めた。

少女がもどってくると、女はのっそりと立ちあがり、伸びをしてから、洞窟の奥の涼しい壁際に皮でくるんで積んでおいた、きのうの午後に殺した獲物——檻のなかの少年と一緒につかまえた少女——の手と脚をとりにいった。女は手と脚と小麦のはいった壺をいそいそと拾いあげてから、ふと思いついて、髪を剃り、頭蓋骨を割り、眼球をえぐりだした頭と、長いあばら骨も使うことにした。女は焚き火の上に鍋をかけると、そこにバケツの水をまず一杯、つづいてもう一杯空けた。それから壺の小麦を半分と肉を加えた。

女は湯が沸きはじめたのを見てほくほく顔になった。どんな動物だって獲物になるけど、人の肉とは比べものにならないね、と女は思った。動物の肉よりも甘みがあってこくがある。赤身にまで細かい脂《あぶら》の筋がはいっているからだ。鹿や熊の肉は、鍋で煮ても、石のように底に沈んだままだ。だが、人肉には命がある。鍋のなかで跳びはね、渦を巻く。ほかの肉はただの肉、ただの食事だ。女は期待で歯のない歯ぐきをすばやくこすりあわせ、でっぷりと太った腹を鳴らした。

妊娠している少女は檻のほうへぶらぶらと歩いていった。三人の子どもが、檻の底の隙間から棒を入れ、新しくつかまえたふたりの女の素足をつついて遊んでいた。最年長の――少女よりひとつ年上の――少年が、檻のすぐそばに立って、子どもたちをじっと見つめていた。少女は少年にほほえみかけたが、少年はほほえみかえさなかった。

子どもたちはブロンドの女の右足に傷をつくっていた。檻の底に血がついている。だが、たいしておもしろい見世物ではなかった。少女は子どもたちを睨みつけ、追いはらった。かたわらで、年かさの少年が笑い声をあげた。

少女は突然、少年に気を惹かれて、両腕をすばやく上へのばし、檻のなかに差し入れた。ローラがぎくりとしてあとずさろうとしたが、少女はすばやかった。片手でローラの足首をつかむと、もう一方の手で出血している足の裏を手荒にこすった。そして同じように唐突に手を離した。ふたたび少年を見て、にっこりほほえむと、べっとりとついた血が見えるようにてのひらを上に向けた。少年が近づいてきた。

少女は身に着けていた皮を地面に脱ぎ捨てた。そしてその血を、あらわにした乳房と腹に塗りつけた。少年は目を見開いた。少年は手をのばしたが、少女は笑い声をあげながらうしろへ下がった。少年は追いかけた。少年は少女を壁に突き飛ばし、腹のなかの胎児におかまいなしに、ぐいぐいと体を押しつけた。少年は手を下にのばし、汚れた白いズボンを脱いでペニスを剝きだしにしようとした。そのあいだに、少女は掏摸《すり》顔負けの鮮やかな手並みで、少年がいつもナイフを入れているのがわかっているうしろのポケットの膨らみへ左手をのばした。

ズボンが足首まで落ちたのを見届けると、少女は笑いながら少年にしがみつき、少年の背後でナイフを開いて、ちくりと尻を刺した。少年は飛びすさってどなった。少女はふたたび笑って、ナイフを落とし、少年に身を寄せた。少年の体に両腕をまわし、じわじわと出血している傷に、血でぬめるようになるまで両手をこすりつけた。そして一歩下がると、両手をあげて、少年に自分がなにをしたのかを見せた。少年の顔から怒りが消え、当惑の表情になり、笑みが浮かんだ。少女が手を下におろして血を塗りたくると、ペニスはふたたび怒張した。そして少女は洞窟の床に横たわった。両脚を開いて、少年を待った。

ふたりは、無表情のまま、性急に、だがほとんど音をたてずに息をあわせて動いた。ふたりの子どもが、うしろからそれを見ていた。そして、まだ幼すぎるにもかかわらず、服を脱ぐなり、床に寝たときの姿勢と声と、奇妙にぎくしゃくした腰の動かし方をまねた。洞窟の別の一角では、幼い子どもがしゃがんで排便していた。鼠を追いかけていた男の子と女の子が、服の山の下にもぐりこんだ鼠を踏みつけて、あっさりと息の根をとめた。

マージーはすべてを見ていた。なにひとつ見逃すまいとしていた。目のまえの光景に恐怖し、吐き気を催していたが、少しでも逃げだせる望みがあるとしたら、彼らを理解する必要があるとさとっていたからだ。まったく別の種を、野生動物の群れを観察しているようだった。

背後の第二の洞窟に、道具類と骨、それに黄ばんだ白っぽい皮が山のように積んであるのが見えた。骨と皮は人間のものだとわかった。その岩室の入り口では、薄明かりのなか、首から頭蓋骨へ通した棒に載せた髑髏《どくろ》がずらりと並んでぼんやり光っていた。髑髏のひとつは、新しいらしく、まだ湿っている。そのあたりの地面には、もっとずっとたくさんの髑髏が転がっている。それらは、眼窩《がんか》のすぐ下で切断し、生皮を張って、碗として使えるようになっていた。

いったい何人殺したのかしら、とマージーは考えた。

マージーは装身具に注目した――女たちが着けているビーズやきれいな石、それに革の房飾り。房飾りには、人間の髪らしきものが結びつけてある。女の子のひとりはネックレスをしている。指の骨だわ、とマージーは思った。

痩せた男が洞窟の床で交わっている少年と少女をながめていた。男は首に銀の十字架をかけている。見たところ、装身具はそれしか身に着けていないようだ。女たちは髪に鷗《カモメ》の羽とヤマアラシの針を飾っている。男たちと少年たちは、煤《すす》や辰砂《しんしゃ》や黄土《おうど》や灰、それに脂を混ぜてねっとりさせたベリー類の果汁などで体を彩色している。

だれもが脂と腐敗の臭いを、第二の皮膚のようにまとっていた。臭気はあらゆるところに染みついていた。若葉のベッドにも、盗んだ服にも、洞窟の壁自体にも。

マージーは、以前に似た臭いを嗅いだことがあった。カーラとマージーがまだティーンエイジャーだったころ、両親に連れられて車でフロリダまで行ったときのことだ。その日は、友人宅を訪問してモーテルへもどる途中だった。車は、エヴァグレーズ湿地にそってのびる、二車線の狭いアスファルト舗装の道を走っていた。前方の道路のわきにハゲタカが数羽いるのに気づいたのも、車を停めてと頼んだのも、カーラだった。両親は、最初、ぶつぶついって停まろうとしなかった。けれど、当時から、カーラは望むものを手に入れるすべを知っていた。ハゲタカたちは犬の死骸をあさっていた。マージーは、姉と一緒に車の外へ出るといって、家族全員を驚かせた。両親は姉妹に、近づきすぎないと約束させた――だが、たとえ近くまで行くつもりだったとしても、車からいくらも進めなかった。

何メートルも離れていてさえ、悪臭はすさまじかった。あたりには、筆舌につくしがたい、つんとくるしょっぱいような臭いがたちこめていて、長年にわたる、乾いてこびりついた血の、腐った古い肉の、濁った腐敗の息を物語っていた。そのおぞましい異臭は獲物ではなく鳥たちが発しているのであり、鳥たちは死ぬまでその臭いを放ちつづけるのだと、なぜかマージーは直観的にさとった。エアコンのきいた車のなかへ姉妹を追いもどしたのは、ハゲタカの感情を読めないちんまりした目ではなく――それだって充分に恐ろしかったが――その悪臭だった。間違えようのない、腐肉食らいの、死そのものの臭気だった。

そしていま、洞窟の床の上に吊るされた檻のなかで、マージーは同じ臭いを嗅いでいた。マージーがすわっている場所からシチュー鍋が見えた。そのなかでは切断された指が何本か、ゆるやかに回転していた。この連中を人間と呼ぶつもりはなかった。人間と認めたくなかった。こいつらは、臭いが示しているとおりのもの、つまりハゲタカだった。こいつらは、マージーを身の毛のよだつ食事の材料にするつもりでいる。カーラにしたのと同じことをするつもりでいる。檻の底でぐったりとのびているこの哀れな見知らぬ少年と同じように。
マージーは少年に触れ、揺すってみたが、まったく反応がなかった。ローラ以上にひどい状態のようだった。子どもたちも、その少年を棒でいじめようとすらしなかった。この子はどれくらいここに閉じこめられてるのかしら、とマージーは考えた。このうつろに宙を見つめる青緑色の瞳のまえで、どんな無惨な光景がくりひろげられたのだろう。だれかが虐殺されるところを見たのかしら？　そうに違いないわね、とマージーは確信した。少年からも、ローラからも、助けは期待できなかった。頼みの綱はニックだった。だってニックは屋根の上で手を振ってくれたんだもの。無事だったんだもの。ニックは追いかけてきてくれるはず。それが可能なら。

森にはあいつがいるんだわ、とマージーは思いついた。あの赤いシャツを着た男が。ニックはあいつに捕まってしまうかもしれない。殺されてしまって、助けにこられないかもしれない。そうなるかもしれないと覚悟しておかなきゃ。そうしたらどうなるの？　どうか、とマージーは祈った。ニックが助けにきてくれますように。マージーは檻の棒をつかんだ。指の関節が白くなった。壁にもたれてすわっている痩せた男が、マージーを凝視していた。床の少年と少女は、もうことを終えていた。この連中がわたしたちにとりかかるまでに、あとどれくらい時間があるのかしら？　わたしには、あとどれくらい時間が残されているのかしら？

答えはすぐにあきらかになった。

午前四時十二分

ニックは砂丘の陰で腹這いになって待っていた。潮が海峡を奔流のように流れる轟音が聞こえる。ニックは丈高い草を四十四口径の銃身で分けた。雑木と草と野ばらのなかにいれば、ただの影にしか見えないはずだ。砂のせいで胸と脚の傷がむずむずしたが、ニックは傷にではなく、自分自身に腹を立てていた。ニックはやつらを見失ってしまったのだ。

砂と岩しかないこんなところじゃなく、ぼくはきっと家みたいなものを予想してたんだろうな、とニックは思った。こうなったら、方法はひとつだけだった。森を抜け浜辺にいたる小道でこうして待ちながら、後方にいるはずの男が、手遅れにならないうちにニックを探すのをあきらめてくれるように祈るしかなかったのだ。男がこの道を通ったら、跡をつけるつもりだった。今度は、もっとずっと近くから。ニックがたどってきた道しかないことを祈るほかなかった。簡単に見つかるだろうと考えて、屋根の上でぐずぐずしていた自分が呪わしかった。ちょっぴり用心深すぎたせいで、マージーとローラの命がすでに失われてしまっているかもしれないのだ。

ニックは、気分を滅入らせる後悔や挫折感や不安を振り払おうとした。いまのニックに必要なのは冷静さだった。冷静さと注意深さだった。不安に駆られたところで、動きがぎこちなくなり、感覚がにぶるだけだ。冷静沈着でいれば、明かりを見つけられる可能性だってあった。そうすれば、男を待たなくてよくなる。待つのはいやだった。ニックはもう一度戦いたくてうずうずしていた。いいか、とニックは自分自身に命じた。やつらからぜったいに目を離すなよ。ぜったいにだ。そのとき突然、やつらに対する恐怖がわきあがってきた。

とにかく、いまは待つしかなかった。だがそのとき、もっといい待ち方を思いついた。ニックはゆっくりと体をまわし、音をたてないようにあおむけになった。そして、星をたたえた巨大な椀を目《ま》のあたりにして圧倒された。美しい夜だったことに、そのときはじめて気がついた。こういう、深く澄んだ夜空を見ると、ニックはかならず感動した。そしていま、この人生最悪の夜ですら、こうした空を見あげるたびに生じる、頭が空っぽになって心が安らかになる感覚が、ニックのなかでつかのま淡くひろがって、たちまち消えた。

恐怖体験にはうってつけの夜だな。ニックはそう思いながら、また小道を監視できるように、いくらか頭をそらした。だいぶ楽になった。鼓動と呼吸も平常にもどったようだ。いまでは小道がさかさに見えていたが、さっきまでよりずっと視界が広くなっていた——これ以上は望めないほど遠くまで見わたせた。あとは眼鏡の位置を調節するだけだ。じつにいい具合だった。ちょっぴり頭を動かすだけで、小道とその周辺も、その左右も見える。そしてまた少し頭を起こせば、自分の体ごしに波打ち際まで見通せるから、うしろから忍び寄られる心配もない。このほうがずっといい、とニックは満足した。ほんとにうまい思いつきだったな。陸軍でもこの姿勢を教えてるんだろうか。ダンなら知ってただろう。でも、ダンは殺されてしまった。

ニックはふたたび銃で草を掻き分けて、小道のながめがさえぎられないようにすると、体が楽な姿勢を探し、できるだけリラックスしようとつとめた。どれだけ長引くかわからないんだからな、とニックは思った。潮の香りのきついしぶきがたちこめていて、空気はじっとりと冷たかった。いつまでも男が来なかったら、首が痛くてたまらなくなってしまうだろう。とはいえ、うしろから喉を掻き切られるよりずっとましだ。やつらは闇に慣れてる。家に突入するまえに、やつらはどれくらいの時間、家のまわりをうろついて様子をうかがってたんだろう？かなりのあいだに違いない。それなのに、いうまでもなく、ぼくらはなにも聞かなかったし、なにも見なかった。あの男は暗闇を幼なじみのように味方につけていた。たいていの猛獣と同じく。ニックの脳裏に、カウチに倒れていたジムの裸の死体がよみがえった。胸に散ったガラスのかけらがきらきら光っていた。

ふたたび足の向こうを見やったとたん、ニックはかっと目を見開いた。牛追い棒で電気ショックを与えられたような衝撃だった。体がびくっと後ずさりして、草の上を十五センチ下がった。男がいた。月明かりのなか、海岸線と海を背景にした大きな黒いシルエットが、二、三メートルしか離れていないあたりをゆっくりと移動していた。ニックはほっとした。

またしくじるところだった。森を抜ける小道がもう一本あったのだ――あたりまえだ。やつらの住み処はこのあたりにあるんだろう？やつらは人食いだ。別の道がなければ、自分たちでつくるに決まってる。一本しかない逃げ道で待ち伏せされないようにするために。ニックはほんとうについていた。見逃してたかもしれないんだからな、とニックは思った。腹這いのままだったら、間違いなく見逃していただろう。あおむけになるというのはすばらしい思いつきだった。あいつに見つからなかったのはそれ以上の幸運だったんだけど。

ニックはそろそろと体のわきに銃をおろした。もう運任せにするつもりはなかった。いまにも男が、ナイフをふりかざしながら突進してくるのではないか、となかば覚悟していた。だしぬけに、ぞくぞくと寒気《さむけ》がした。湿った潮風が背筋をとおって腿へ抜けたみたいな感じだった。ペニスが縮こまり、肌がぴんと張ったような感覚を覚えた。だが一瞬後、男は浜辺を進む丈の高い影に過ぎなくなって、波打ち際の濡れて締まった砂をたどっていた。緊張がいっきにとけた。そしてニックは、体を起こすと、姿勢を低くしたまま草地と雑木林をすばやく通り抜けて崖の下の小高くなっているところまで行き、闇にまぎれて男を追った。

午前四時十五分

ズボンのなかに入れてたんだわ、とマージーは思った。ペニスのすぐわきに。胸くそが悪くなるわね。ナイフの刃が固定されるカチッという音がかすかに聞こえ、鋼鉄の長く幅広い輝きが見えた。男は檻に近づいてきて、うつけた薄ら笑いを浮かべながらマージーたちを見あげた。わかってるわ。床の上でセックスをしてた少年と少女を見物してたときのあいつの様子を見るだけで充分だもの。少年と少女はセックスをすませていた。檻のそばに並んで腰をおろして、虱《しらみ》をとりあっては、指でつぶしている。

囚《とら》われの少年はマージーの左で両脚を胸にぎゅっとひきつけて横たわっていた。長くのびた黒い髪が顔を隠している。目覚めているのかどうかもわからなかった。男が近づいてくるのに気づいたローラが身を寄せてきた。マージーはローラの腰に腕をまわした。そしてまたしても、ローラの体のしっかりとした力強さに、胸郭を覆う肌の張りにちょっぴり驚いた。北方系なんだわ、とマージーは思った。骨太だもの。ヴァイキングの子孫ってわけね。まったく悪い冗談だわ。

痩せた男は金属製の大きな綱留めからロープをはずすと、海賊スタイルでナイフをくわえ、両手を交互に動かしてロープを繰りだしはじめた。マージーは武器の場違いさに意表をつかれ、ほとんどヒステリーだと自覚しつつ、笑いを噛み殺さなければならなかった。ボーイスカウト用ナイフだわ。火打ち石じゃないかしら。ただの石かも——磨きあげられた鋼鉄なんかじゃない。男は長くて細い指をしていた。バワリー街の飲んだくれみたいに臭かった。マージーは嫌悪で胃がむかむかした。

男が檻をおろしはじめると、痩せて筋ばった体がどれほど力強いかがわかった。腕と首の腱が浮きあがっているのが見えた。ローラはがたがた震えていた。檻が洞窟の床に着くと、少年がわずかに身じろぎした。マージーは緊張病患者を見たことがなかったが、少年は、たとえ厳密にはそうといえなくても、ごく近い状態におちいっているに違いなかった。なにも気にならなくなっているらしい。ある意味で幸運だった。希望がもうまったくないとあきらめたとたん、この男の子がうらやましくなるでしょうね、とマージーは思った。そうなったらの話だけど。わたしはまだあきらめてない。まだ完全には。

男は少しのあいだ檻から離れて、焚き火のほうへ歩いていった。そしてマージーは気がついた。ほかの連中は、ほとんどが腰をおろしていて、上からだと眠っているように見えたが、実際にはしっかり目を覚まして男を見つめていたのだ。こいつらは眠らないの？　もうすぐ朝だっていうのに、なんて連中かしら。大男だけが、焚き火のそばで目をつぶっていた。みんなが目を覚ましていては、どうにかして痩せた男のわきをすり抜けても、洞窟の外へ脱出できる望みはなかった。痩せた男はすぐにでも檻の扉をあけるだろうとわかっていた。そのあとで男がなにをするかも。

痩せた男はたいまつを持って焚き火からもどってきた。しばし動きを止めて、ぽかんと口をあけたまま、うつろな目でマージーとローラを見つめていたが、たいまつをいきなり檻のなかに突き入れた。そしてマージーとローラが飛びすさったのを見て、少女のようにくすくす笑った。男はナイフを持っている手の甲でくちびるをぬぐった。マージーからローラへ、ローラからマージーへと視線を移した。少年には目もくれなかった。案のじょうだわ。今晩はどっちを犯そうか考えてるのね。それとも、どっちを食べようかって。両方かもしれないけど。

気力を振りしぼりながら視線を男にひたと据え、睨みつけて威圧しようとした。迫力満点のはずだわ、とマージーは思った。嫌悪の念はありあまるほどだった。三十年以上生きてきて、これほどおぞましい人間に出会ったのははじめてだった。豚のような小さな目、開きっぱなしの締まりのない濡れたくちびる、弱よわしい顎、全身を覆う真っ黒なぶ厚い垢、そして悪臭。クラゲ並みね。ゴキブリ並みだわ。

興奮のあまり、自分が険悪きわまりない顔になっているのがわかった。ずっと以前、自分がいま浮かべているはずの表情を鏡で見て、ぎょっとしたことがあった。あれはゴードンを叩きだした夜だった。これがわたし？　マージーはいぶかったものだった。まるで鬼婆だった。世界じゅうを憎悪しているみたいだった。実際、そのとおりだった。いま、あのときと同じ顔になっているに違いなかったが、理由はずっとましだった。マージーはカーラのことを思いだし、怒りがこみあげるのを感じた。マージーは怒りを利用した。きちんとコントロールしながら、満面に、そして全身に怒りを注ぎこんだ。もしも男の目に浮かんでいるのが殺したいという欲望でしかないなら、こんなふうに睨みつけるのは逆効果もいいところだ。だがマージーは、そうではないだろうと踏んでいた。犯したがっているのだろうと察しをつけていたのだ。まっぴらごめんだわ、とマージーは思った。ごめんなさい、ローラ。またこんなことになっちゃったわね。あなたかわたしかだったら、自分のほうが大切なの。

痩せた男はたいまつを下に置いて、ポケットを探った。じゃらじゃらという金属音が聞こえた。そして男は鍵をいくつもとりだした。どぎまぎしている若者のように、ぎこちない手つきで鍵を選んだ。そしてふたたびローラとマージーを見た。その瞬間、マージーは突然の悪寒とともに、男がどちらを選んだのかをさとった。男の目を見れば一目瞭然だった。男の選択はマージーの狙いどおりだったのに、ちっともほっとしなかった。それどころか、自責と恐怖の念が心に沸きおこった。ああ、ローラ、あなた、たいへんな目に遭うのよ。ほんとにたいへんな目に。鍵が錠のなかでまわった。そしてマージーは、けっしてえられないとわかっている許しを請うている自分に気づいた。生きるか死ぬかの場面になると、人間って卑劣になれるのね、とマージーは恥じた。

男は扉をさっとあけて、檻のなかに手を突っこんだ。そして、ローラの手首を握りしめながら含み笑いを漏らした。ローラをぐいとひきよせた。ローラは檻から出て、男に抱きしめられた。そしてその刹那《せつな》、だしぬけに正気づいたようだった。そして惑乱した目を、つかのま、男がくわえているナイフに凝らした。頭をぐっとうしろへそらして、ローラは絶叫しはじめた。

「黙れ！」と男は、ナイフをくわえているせいではっきりしない口調で命じ、ローラを平手打ちした。平手打ちは功を奏した。悲鳴が止まった。そして数秒間、ふたりは黙って見つめあった。男はローラににやりと笑いかけ、ローラの腰にまわした両腕に力をこめた。ローラのほうは、目をどんどん大きく見開きながら、ナイフを、薄笑いを浮かべている邪悪な口をひたすら注視していた。

見なきゃだめよ、とマージーは自分に命じた。今夜か明日はわたしの番かもしれないんだから。あいつがローラになにをするのかを見ておかなきゃ。そうすれば、あいつに同じことをされるのを、殺されるのを防げるかもしれない。息もできなかった数秒間で、マージーはそう心に決めた。いま、男と女は、時間が止まったかのように立ちつくしていた。そしてマージーも、ふたりに奇妙な深い感情移入を覚えていた。こんなに深い感情移入を体験するのははじめてだった。ローラと同様に、マージーもほとんど動かなかった。腰にまわされた腕を、男の胸にあてた両手を感じ、男の臭い息が嗅げるような気がした。そして、とらわれたときと同じく、唐突に感情移入から解放された。なにかが、離れるように警告したのだ。なにかが、ローラは死んだも同然だと告げたのだ。

いっぽうローラは、その短い時間で、屋根裏につづく階段での凄惨な戦いを目《ま》のあたりにして以来はじめて、いくらかなりとも正気をとりもどした。男に手荒く触られたショックがきっかけになったのだ。いまでは、男を敵と認識していた――火を使って怖がらせる、ただのいじわるな幽霊ではなく、ジムとダンとカーラを殺した生身の男だと。この夜のあいだずっと目にはいっていたのだが、受け入れるのを拒絶していたすべての事柄が、いまだかつて覚えたことのない恐怖とともに、数秒間でどっと押しよせてきた。

黒焦げになるまで焼かれたカーラの死体が、子どもたちに襲われているニック（ニックは生きてるのかしら？）が、女がダンの首に嚙みつき、玄関で銃声が轟き、ダンがあおむけに倒れるところが見えた。ふたたび銃声が聞こえ、手が床に落ちるのが見え、別の物体が、首が、子どもの生首が膝にのっていて……。

ローラをとらえていた名がなく、目にも見えない恐怖は、ふいに、臭いを嗅ぎ、味わうことができるほど迫った自分自身の死に対する恐怖に変じた。いま、ローラが凍りついているのは、その恐怖がいきなり明白になったからだった。ローラはナイフを見つめ、男の黄ばんだ歯に目をやって、それらが彼女を死出の旅へと送りだすのだとさとった。尻にあたっているペニスが勃起しかけているのを、男に強く抱きしめられているのを、男の体が汗でぬるぬるしているのを感じた。

現実から逃避したままだったら、ローラは殺されずにすんだかもしれない。なにも感じず、なにもわからず、無抵抗で男に屈服し、悪魔に襲われても静かにすすり泣くだけだったかもしれない。けれど、ローラは意識に裏切られ、まったく正常な、正気の状態で痩せた男に直面するはめになった。ローラは耐えられなかった。悲鳴をあげた。

「黙れっていっただろ」と男はうなって、ふたたび平手打ちした。だが今回、悲鳴は止まらなかった。あまりにもたくさんの事柄が、あまりにもたくさんの過去と現在の恐怖がローラの脳裏を去来していた。声を出しているのはもうローラではないみたいだった。ローラの体の奥深くに隠れている誰かが悲鳴をあげているのだが、その誰かが恐怖で錯乱してしまったみたいだった。ローラはあえぐように息を吸った。男のうしろで、何人かが怒った顔で立ちあがったのが見えた。

「黙らせな」と歯抜けの女がいった。

片手をうしなった男が目を覚まし、急に体を起こして、「殺、し、ち、ま、え！」とどなった。

一瞬、痩せた男はとまどった。びんたをくわせつづけたが無駄だった。この女、どうしちまったんだ？　兄貴がうるさがってるじゃないか。女は叫びつづけた。悲鳴はどんどん大きくなった。無意識のうちにナイフに手がのびた。

「あれを……」男のかたわらで、妊娠している少女が言葉を探した。「テ、ー、プを使いなよ」テープか。男の心にテープが浮かんだ。男がローラを押しのけると、ローラはがっくりと膝をついた。男は第二の岩室へ走っていったが、真っ暗なのに明かりを持っていかなかったので、駆けもどってこなければならなかった。男はたいまつを拾いあげた。ローラはまだ絶叫しつづけていた。「う、る、せ、え――」といいながら、男はげんこつでローラの脳天を殴った。ローラは舌を噛み、出血したが、哀れな騒音を、叫び声と泣き声をほとばしらせつづけた。男はテープをとりにいった。

「お願い、ローラ」男が行ってしまうと、マージーはささやいた。「お願い、静かにして！悲鳴を抑えなきゃだめよ」しかし、ローラは聞いていないようだった。男は、丈夫そうな銀色の電気工事用テープをひと巻き持ってきた。ローラは膝立ちのままむせび泣いていた。男は嫌悪をあらわにしながら、ちぎったテープをてのひらに載せると、ローラの口に叩きつけ、乾いていないセメントをこてでならすように、手のわきを使ってのばした。ペニスは萎えていた。男は鼻水と涙でぐしゃぐしゃになったローラの顔を見た。男はもう、この女を欲していなかった。女のやかましさ——めそめそとすすり泣く声——に嫌気がさしていた。それに、いまでは鼻で息をしなければならなくなっているので、ずるずると鼻水をすすっている。この女にはうんざりだ、と男は思った。殺してしまおう。

その思いつきに、痩せた男は興奮した。体がぴくぴく震えはじめた。男は口からナイフをはずして自分のまえの地面に置くと、とりあえずテープをくわえた。膝でローラの背中を押さえつけると、彼女の両腕をつかんでうしろへひっぱり、片手でひとまとめに握りながら、もう片手を使って両手首にテープを巻いた。ローラは抵抗しなかった。あいかわらず弱よわしくすすり泣いていた。男はローラの両手首をぐるぐる巻きにした。

男はローラの短い髪をわしづかみにするや、体が弓なりにそって、額がペニスにあたるほど頭をうしろへひいた。男はまた勃起しはじめるのを感じた。男はローラの鼻をつまんで、息ができないようにした。そして、ローラが目に恐怖を浮かべ、もがきはじめてから手を離した。ローラはあえぐように息をした。男は、くすくす笑いながらふたたび鼻をつまんだ。今度は手を離さなかった。

十五秒が過ぎた。今度も離してくれるだろうと期待して取り乱すまいとしていたローラの心に、疑いがきざし、恐怖に変わったのが男にはわかった。ローラの顔が真っ赤になった。男の手から逃れようと、ローラは左右に激しく首を振り、髪をつかんでいる手に頭をぶつけた。男は鼻をつまみつづけた。ローラはうつぶせに倒れこもうとしたが、男は許さなかった。男にはテープでくぐもった悲鳴とうめきが聞こえた。ローラが弱ったのがわかった。ややあって、ローラはもがくのをやめ、男の腕にぐったりともたれた。男はローラのまぶたを持ちあげ、瞳孔を調べた。まだ生きていた。

男はいったんローラを離し、ふたたび長く幅広くテープをちぎった。男はじめじめした床にうずくまっているローラを振りかえって、胸が動いているのを確認した。短くむせぶような声を出し、咳きこんでから、ローラはまた規則正しく息をしはじめた。男はにやっと笑って、てのひらにテープを載せた。男はまたしてもローラの髪をつかんで、彼女が悲鳴をあげようとしているのに気づいた。悲鳴がローラの鼻孔で反響し、一瞬後にかん高い叫びとなって外へ漏れかけたが、男がテープを顔に叩きつけて鼻の穴をふさいだ。そして親指と人差し指で鼻と頬の上を押さえて密封した。

今回、ローラは完全なパニックにおちいって、激しくもがいた。ローラは立ちあがろうとしたが、男は空いている手を肩ごしにのばして髪をつかみ、ひきもどした。ローラは前方へ逃れようとしながら、背後を蹴った。背中のほうへ脚をはねあげ、足指で床を掻いた。マージーはローラの爪が剝がれるのを見た。ローラは男を蹴ってあおむけになろうとしたが、男は彼女の両脇に膝をついて、がっちりと押さえこんでいた。ローラはまだ自由な両脚をじたばた動かして男を蹴りつづけた。マージーは、男が顔をしかめ、ローラの髪をぐいとひき寄せるのを見た。やがてローラは、男のバランスをわずかに崩し、どうにか横向きになって、檻のほうに顔を向けた。マージーが、ローラの目にすさまじい恐怖と哀願を認めると同時に、男は彼女の髪を離し、ナイフに手をのばした。

男は頭の上にナイフを振りあげ、ローラの背中の真ん中に勢いよく振りおろした。マージーはローラがくぐもった悲鳴をあげるのを聞き、痛みで目をぎゅっとつぶるのを見た。だが、なにかが起きていた。なにか、男にとって不都合なことが。そしてマージーは、男がなにやらいまいましげにつぶやくのを聞き、ナイフを引き抜いてふたたび振りあげるのを見た。ローラはいっそう激しくあがいた。またしてもナイフがひらめき、刃が骨を引っ掻く胸の悪くなるような音が聞こえた。とどめを刺せないんだわ、とマージーは思った。背骨にあたってしまって、ナイフを突きとおせないんだわ。

男がまたしてもローラを刺すと、さっきと同じおぞましい音が聞こえた。男はなかなかナイフを引き抜けなかった。いまや、男はかん高い声でひとりごちていた。欲求不満のあまり、興奮して、意味不明な罵言《ばげん》を吐き散らした。そしてローラを刺した。四度めだった。今度は、いくらか深く脇腹に刺さった。マージーは、ローラのシャツの黒っぽい布地がてかてか光りはじめたのに気づいた。ローラはぐらりとあおむけになると、あいかわらずテープでくぐもった悲鳴をあげながら、膝で男を蹴ろうとした。膝はわずかの差で男の頭をかすめた。男はローラの腹を刺した。

ローラはごろんとうつぶせになり、這いずってナイフから逃れようとしたが、男は背中を刺した。今度の傷はきれいに突きとおった。それでもローラは死ななかった。這って前進しようとしたが、滑ってしまい、横向きに倒れた。脚をじたばたさせて男を寄せつけまいとしたが、ローラを衝《つ》き動かしていた死にもの狂いのエネルギーの蓄えは、急速に尽きようとしていた。男にふくらはぎを切りつけられると、ローラは脚をひっこめた。

それで終わりだった。男はローラに飛び乗ると、片手で顎をつかんで持ちあげ、もう一方の手で鎖骨のすぐ上にナイフを滑りこませた。鮮血が噴きだし、マージーはまぶたを閉じた。ところが、驚いたことに、マージーが目をあけると、ローラはまだ生きていた。ローラは目を動かしていた。浅い呼吸をしているのも見てとれた。男はいなくなっていた。ローラの鼻と口をふさいでいたテープは剝がされていた。男は、また、奥の岩室へ行ったのだった。男が斧を持ってもどってきた。

午前四時十七分

注意深く距離を置いて男を尾行しながら、ニックは大きな平たい花崗岩の上をつぎつぎに横切っていた。ニックは武器を見つけていた――長さ九十センチ、太さ五センチほどの、小振りだが頑丈そうなすべすべした流木は、手頃な棍棒になった。何年もまえ、ボストンで開かれた反戦集会で、あやうく頭をかち割られそうになった機動隊の警棒と同じくらいの大きさだ。あれ以来、警官が大嫌いになった。だがいまは、警官が恋しかった。どう考えても、棍棒が必要になりそうだった。やつらと戦うことになった場合、ピストルには六発しか弾がこめられていない。すべて命中させたとしても、まだ敵は残っている。それを考えると怖くなった。足りない、足りない、という声が頭のなかで際限なくくりかえされていた。全員は倒せないんだ。頭のいかれた連中と格闘するほかなかった。

やるしかないんだぞ、とニックは自分に言い聞かせた。いまさらひきかえせない。やつらが女性になにをするかを知りながらマージーを助けようとしなかったら、一生涯、自己嫌悪に苦しむはめになる。とにかく、マージーを見捨てるわけにはいかない。もしもローラだけだったら？　ニックはそう自問した。それでもここにいるだろうか？　わからなかった。いないかもしれなかった。こうしているのはマージーのためだった。ニックはマージーに対して責任を覚えていた。ニックはいつも責任感のせいで損をしてきたが、これほど損な役まわりははじめてだった。怖くなったり、妙に意気軒昂になったりした。もうすぐまた戦うのだ。最初の戦いには勝った――少なくとも負けなかった――のだから、今度もきっと勝てるだろう。

数年まえに起こした大きな自動車事故を思いだした。快晴の暑い日だったのだが、にわか雨があがったばかりで、道路が滑りやすかった。フォルクスワーゲンが、ニックの車を追い越そうとしてスリップした。その後部が、ニックの車のフロントバンパーの左に横からぶちあたった。ニックの車は、弾き飛ばされて土手を越えた。そのあとの一瞬の出来事は、いまもニックの脳裏にくっきりと焼きついている。車は落下しながら回転し、屋根から地面に叩きつけられた。当時は、ドアが鋼鉄で補強されているかどうかなんて気にしていなかったが、車のなかでぺしゃんこに押しつぶされず、命拾いしたのはドアのおかげだった。その間ずっと、どういうわけか、無事に切りぬけられるはずだ、と確信しつづけていた。心配することはないとわかっていたのだ。

実際、そのとおりになった。ニックはかすり傷ひとつ負わなかった。その話をすると、誰もが奇跡だといったが、ニックはそう思わなかった。予知そのものが自分の命を救ったのだ、とニックは信じていた。そのおかげでリラックスでき、事故のリズムにあわせて落ちられたからこそ、パニックが原因で命を落とすはめにならなかったのだと。いまも同じように感じていた。

おおもとにある楽観に、不安と興奮がいりまじっている感覚だ。確率がどうあれ、なにもかもうまくいくような気がするのだ。なにかが、おまえは今夜、死んだりしないと告げているのだ。惨事に直面した人が全員そんなふうに感じるわけではなく、掛け値なしの予知であることを望むしかなかった。つまりニックは、脳みその半分を吹き飛ばされて病院へ運ばれる途中のケネディ大統領は同じように感じてたりはしなかった、と祈っていたのだ。

　ニックは前方の波打ち際を進む男のうしろ姿を見つめた。そして何度か流木を振ってみて、その重さをたしかめた。こいつでぶちのめしてやるぞ、よだれ垂らしの八本指のでかぶつめ。できることなら、おまえを血祭りにあげてやる。これはぼくを追いまわした報いだ、くそ野郎め。これはカーラの仕返しだ。

　断固として、けれども慎重に、ニックは姿勢を低くしたまま岩のあいだを進んだ。

午前四時二十分

警察の評判が悪いのも無理ないな、とピーターズは思った。どうしてこんなに時間がかかったんだ？　現場に集合するまでに三十分か。今晩の事件の展開の速さを考えると、長くかかりすぎだ。応援が到着したころには、いらいらが高じて、さっき脅したように、ウィリスとシアリングを先に送りだそうかとなかば決心しかけていた。しかし、ピーターズはそんなことをするほど愚かな警官ではなかった。悪いのはウィリスとシアリングではない。ふたりともいい青年だ。そして今夜、ピーターズが必要としているのは警官であって、英雄でも死人でもなかった。

救急車も到着し、写真係も作業をはじめていた。ピーターズとシアリングは焚き火の燃えさしのかたわらに立って、かつては人間だった黒焦げの燃えかすを撮影している、ずいぶん背の低い――なんと、この時間だというのに清潔なシャツを着、ネクタイを締めている――男を見ていた。ふたりのうしろでは、ショットガンで武装した十二名の男たちが待機していた。ピーターズは銃身を切りつめたポンプガンを持っていた。特別な場合のために、車に常備してある銃だ。これこそまさに特別な場合ってやつだな、とピーターズは思った。ピーターズは、家の近くで固まっている第二のグループのなかにウィリスを見つけた。

「ウィリス！」とピーターズはどなった。「ちょっと来い、ぐずぐずするなよ！」ピーターズの声はいくらかしゃがれていた。ウィリスは他の男たちに手で挨拶してから、駆け足でやってきた。あっちも十二人くらいか。ピーターズは人数を勘定した。うん、ぴったり十二人だ。

「すみません、署長」とウィリス。「モットが車についての情報を知りたいっていうんで」

「知りたきゃ無線で問いあわせろといってやれ」とピーターズ。「やらなきゃならないことが山のようにあるんだぞ。海岸へ行く道は二本あるといってたな？」

「ええ。おれが知るかぎりで二本ですね。二百メートルくらい行ったところで、道がふたつに分かれるんですよ。一方はほとんど使われてないはずですけど」

「険しいのか？」

「むちゃくちゃ険しいですね」

「道を覚えてるか？」

「ええ、たぶん」

「よし」とピーターズ。「おれたちは、おれとシアリングは、きれいないい道を行く。そっちの道で迷いたくないからな。おまえはあっちのグループを連れて険しいほうを行け。ちょっとの運があれば、海岸で合流できるんだな？」

「おれの記憶が正しければ、険しいほうが時間がかかりますね」とウィリスは答えた。「五分かそこら余計にかかると思いますよ」

「それなら、おまえたちは早足で歩かなきゃならんってことだ。いいな?」

「了解」ウィリスはにこりと笑った。

ピーターズはウィリスに張り切りすぎてほしくなかった。「慎重に行動しろよ。なにかを見つけたら、跡をつけろ。撃ちまくるんじゃないぞ。撃つしかなくなるまで撃つな。あとふたり、女性がいることがわかってるんだ。犯人どもが興奮して、そのふたりに危害をおよぼすとまずいからな。それに、できたら、家で静かにくつろいでるときに踏みこみたいんだ。いいか、住み処にはやつらがうじゃうじゃいるかもしれないことを忘れるなよ。とにかく、用心しろ」

「わかりました」

ピーターズはシアリングに向きなおった。「準備はいいか、サム?」

「署長は準備ができたことなんてあるんですか?」

ピーターズはにやりとして、「いや。そういえばないな。いうは易《やす》くってやつだな。救急車までひとっ走りして、おれたちがもどるまでここで待ってろと伝えてくれ。おれたちは先に出発するから、できるだけ早く追いついてこい。それから、文句には耳を貸すなよ。もどってきたときにやつらがここでおれたちを出迎えなかったら、定規でケツをぶっ叩いて、四センチちょっとしかないモノに蹴りをいれてやるといってやれ。いいな?」

「はい、署長」

「さあ、出発するぞ」とピーターズは号令をかけた。

ピーターズは向きを変え、一行は細い道を進みはじめた。みな、懐中電灯はベルトに差していた。月が充分に明るかったからだ。家が見えなくなったころに、早くもシアリングが一行に合流した。

「くそくらえ」とシアリングはいった。「これが救急車のやつらからのメッセージです。くそくらえと署長にいってくれ、というのが。でも、待っていてくれるそうです」

「そのほうがいい」とピーターズはいって、かぶりを振った。「くそくらえだと？　ふん、いってくれるじゃないか。老いぼれたでぶの警官が、夜中に森のなかでわが身を危険にさらしてるってのに、それが同僚の言いぐさか？　文明は人をだめにするってのはほんとだなあ、サム」

「さあ、どうなんでしょうか」とシアリングは応じた。「なんともいえませんね」

ふたりは黙りこんだ。ふたりの目は前方の人気《ひとけ》のない小道を探っていた。

午前四時二十二分

赤いハンターシャツの男はぼんやりと海岸を歩いていた。尾行には気づいていなかった。獲物を逃がしてしまったばかりか、森じゅうを探したのに、痕跡すら見つからなかった。理由はひとつしか思いつかなかった。獲物はまだ家のどこかに隠れているのだ。どうしたらそんなことが可能なのか、見当もつかなかった。だが、そうとしか考えられない。

そこで、急いで家へとってかえしたのだが、その様子は一変しており、男たちでごったがえしていた。狩っていた男は見あたらなかったが、きっとあのなかにいるんだろう、と赤シャツの男は見当をつけた。男たちは銃を持っていた。

あの洞窟をひきはらって、もっと北へ、森の奥へ移動しなければならなくなったのはあきらかだった。みんなには赤シャツの男が話さなければならなかった。それを思うと憂鬱だった。みんなは、赤シャツの男が悪いというに違いなかった。狩りに失敗したことで、男を逃したことで、最年長の赤シャツの男を責めるに違いなかった。自分のせいにされることを思うと、腹が立ってしかたなかった。毛布のようにすっぽりと怒りに包まれていたせいで、それ以外にはなにも考えられなかった。そのせいで感覚が鈍っていた。そのせいで、岩場のすぐうしろを、狩っていた男がぎこちない足どりでついてくる音を聞き逃していた。

狩られているのは赤シャツの男のほうだった。

午前四時二十五分

ローラがまだ生きているのかどうかわからなかった。生きているはずがないのはわかっていた。マージーは、我慢できるかぎり見つづけていた。マージーが耐えられなくなったときも、胃のなかに吐くものがなくなってしまったときも、ローラはまだ生きていた。

男が臭い水をバケツ一杯、ローラの顔に浴びせると、彼女の目がぴくぴく震えはじめた。最初のたいまつが燃えつきると、男は焚き火から代わりのたいまつを持ってきて、壁に立てかけた。男がローラにかがみこみ、ジーンズと血まみれのシャツをナイフで切ってとりさるさまを、マージーは血も凍るような思いで見つめていた。ローラではなく、男だけを見るようにした。男は、ローラの腕を、一本の薪のように床の上にきちんとのばした。マージーは、男がなにをするつもりかを、一瞬まえにさとった。もう手遅れだった。つぎの瞬間には、斧がローラの腕を肘で切断していた。

そのとたん、マージーは嘔吐した。胃の中身がまだ残っていたらしかった。

じゅっという大きな音が聞こえ、いやな臭いが洞窟にひろがった。マージーが震えながら振りかえって視線をもどすと、男はたいまつで焼いてローラの傷をふさいでいた。男は床にあぐらをかいて、碗に満たしたローラの血を飲んでいた。血でぬるぬるする床からも、黒光りしている傷からも、湯気が立ちのぼっていた。マージーはまた嘔吐したのかもしれないが、思いだせなかった。恐ろしいことに、ローラは目を開き、視線を揺らめかせながら、最後の気力をふりしぼって男を見ていた。きっとなにも感じてないんだわ、とマージーは思った。なにもわかってないのよ――ショック症状になってるに決まってる。そして男は空になった碗を放り投げ、ローラの残っている腕を床にのばした。そのとき、ローラの目が理解と恐怖でひらめいた。そしてマージーは、ローラがショック症状に救われているわけではないとさとったのだった。

斧が振りおろされた瞬間、マージーは思わず顔をそむけた。少年が横たわっている檻の奥のほうへ下がり、手で耳をふさいで男がたてる音を聞くまいとした。ばしゃっという音、肉が焼ける異臭をともなう火と血のじゅっという音、低いうめき、金属が骨にあたるぞっとするようなごつんという音、骨が折れる音、そして液体をすする、おそらくもっともおぞましい音を。

男はできるだけ長くローラを生かしておくつもりだった。そしてローラは、やみくもに生きつづけようとするみずからの肉体を通じて、自分自身の拷問に手を貸しているのだった。もう死んでしまったほうがましなのが、ローラにはわからないのかしら？　どんな恐ろしいかさまがローラを生かしてるの？　ローラの生きようとする本能は、男に負けず劣らず残酷だった。マージーには願うことしかできなかった。どうかわたしのときは……なにを願えばいいのだろう？

マージーはそんな思いを払いのけた。そんなふうに考えるなんてよこしまだし、愚かしかった。ローラに選択の余地はなかったのよ、とマージーは気づいた。わたしのときだって、きっと同じだわ。わたしのときがくるとしての話だけど、とマージーは付け加えた。くると予想できるだけの根拠はあった。だが、自分が殺されるなんて信じられなかった。黒焦げになっても、生きたいと願うに違いなかった。そしてマージーは姉を思いだした。

永遠につづくかに思えたが、とうとう静かになったので、マージーは振りかえった。自分自身のために、さらにはなぜかローラのためにも、男がなにを、どんな非道をおこなったのかを見ておかなければならないとわかっていたからだ。それでも、勇気を振り絞らなければならなかった。ようやくなしとげたときには、ふたたび目を開いたときには、勇気という勇気を使い果たしてしまったように、闘争心があったところにぽっかりと穴があいているように感じられた。

身震いが止まらなかった。いつ震えはじめたのかわからなかった。震えは、あがりかけたバッテリーにつないだブースターケーブルのようにマージーを消耗させた。目を開くと、ローラの両腕は肘で、両脚は膝で切断されていた。男は腕と脚を、ローラのわきに、薪のように積み重ねていた。それでもローラは生きていた。いまもなお、どんよりした目をしばたたき、視線を凝らしていたし、不規則で断続的な震えのごとく、胸を上下に動かしていた。

ローラは口を大きくあけていた。男はローラの舌——やかましく騒ぎたてた不愉快な部位——を釣り針で刺し貫いていた。そして針をゆっくりとひっぱっていた。血が顎を伝わり落ち、乳房のあいだにしたたるのを見ながらにんまりと笑って、愚劣で下卑た歓喜をあらわにしながら。

男はポケットに手を突っこんだ。マージーはまたしてもナイフを目にした。男はナイフを開き、さらに舌をひきだした。そして慎重な手つきで、舌を付け根から切断した。まるで見ほれているように、少しのあいだ釣り針から舌をぶらさげていたが、口をあけ、歯で舌をくわえて針からはずした。ローラの目のまえで膝をつくと、見せつけるように、両手を使って舌を口のなかに押しこみ、くちゃくちゃ嚙みはじめた。

チャンスがあったらあの男を殺してやる、とマージーが心に誓ったのはそのときだった。

しばらくして、マージーは男が鍵を錠に差しこむ音を聞いた。

怒る余裕はなかった。恐怖が心を占めていた。根深く、貪欲な恐怖だった。ふと気づくと、マージーは少年の腕にしがみついていた。少年が悲鳴をあげるほどの力で。

少年はもぎ離そうとした。「いや」とマージーはいった。「逃げないで。助けてくれるはずじゃない!」心のどこかで、自分が少年をニックと混同しているのを意識していた。助けにこないニック、マージーを見捨てたニック、いまも屋根の上に隠れているニックと。お願い、助けて、とマージーは心のうちで叫んだ。だれでもいいから助けてほしかった――だが、そばにいるのは、おだやかで生気のない目をした少年だけだった。

檻の扉が開いた。マージーはきょろきょろと洞窟の内部を見わたした。だが、助けになるようなものは見あたらず、マージーの目はなにも認めなかった。焚き火のまわりに集まっている子どもたちも、立ちあがってマージーを見ているふたりの女も目にはいらなかった。とうとうローラが息絶えたことにも、ローラの脇腹の深い傷から腸があふれ出していることにも気づいていなかった。男が、血まみれになっているのもわからなかった。男は、なにもない広い空間——なぜなにもない空間かといえば、そこにはマージーにとって助けになるものがなにひとつなく、マージーが見つけたいと思っているのは救いだけだからだ——から手をのばしてきた影に過ぎなかった。

マージーは少年にひしとしがみついて、男がいなくなってくれますようにと祈った。男はいなくならなかった。

男の長く細い指がマージーの腕を握りしめ、ゆっくりと、ほとんどやさしく檻からひきだそうとした。たこのできたごつい手は、暗赤色の血でぬるぬるしていた。マージーは少年から手を離すまいとしたが、少年は奇妙にいらだたしげに、なにかのじゃまをされたかのごとくマージーを振り払って、すぐに檻の奥の、いつもの場所へもどった。マージーは両手で檻の棒をつかんだが、対抗できるはずもなく、ベビーベッドにつかまっていた赤ん坊のようにあっさり引き離されてしまった。涙が目を曇らせ、頰を伝って落ちたが、マージーは声をあげなかった。つかのま、洞窟は不自然なほど静まりかえっているように思えた。ローラがどれほど泣き叫んだかを思いだして、騒ぐまいとした。

逆らっちゃだめ。慎重に、慎重にふるまうのよ。

男はマージーを、ローラの損壊された死体があるのとは反対側の壁際に立たせた。マージーはなおも友人の死体を見ないようにしていた。男はマージーを見つめた。静寂がいっそう深まった。男はマージーの股間に手をのばした。マージーは視線を暗い天井に向けて、感情を押し殺すように、なにも感じないようにしようとしたが、それでも虫酸《むしず》が走り、乳首が堅くなった。気をつけなきゃだめよ、とマージーは自分をいましめた。

嫌悪の痕跡を残しながら、男はマージーの全身をなでまわした。男の手を避けようとして危害を加える理由を与えまいと、マージーは身じろぎひとつしないように努めた。やがて、男がマージーの後頭部を平手で軽く叩いた。

ふいの衝撃に、マージーは飛びあがった。男はそれが気に入った。笑いながら、ふたたび叩いた。いけないと思いつつ、マージーは怒りがこみあげるのを感じた。だめよ。落ちついて。逆らっちゃだめ。

男は三度めにマージーを叩き、マージーがよろけて男にぶつかるのを見た女たちが笑う声が響いた。男はマージーを壁に押しもどすと、両の乳房に手をあてた。そして脇腹や腹を突きはじめた。マージーは両手をあげて身を守ろうとしたが、男はそれを払いのけて、今度はもっと強く、胸郭のすぐ下を突いた。マージーは苦痛の叫びを抑えこんだ。マージーをあざける、ブラックバードの鳴き声のような笑い声がいっせいにあがった。

マージーのまえでは、男が飛びすさって、手を叩きながら大喜びしていた。男に耳を平手打ちされ、マージーは顔をゆがめてよろめいた。男は乳房を、下腹を突いた。片手をマージーの股間にのばし、肉をつかんで、痛いほどの力でひきよせると、手を離して頬を張りとばした。壁に倒れかかり、息を切らしてあえいでいるマージーを見て、男はけたたましく哄笑しはじめた。ストレスと嘲笑のせいで、マージーのなかのなにかがはじけた。怒りがどっとこみあげて、抑えきれなくなった。

マージーはこぶしを固めて男を殴った。

すばらしい感触だった。

マージーは大柄ではないが、その一撃には渾身の力がこめられていた。耳のすぐうしろを殴られて、男はよろめいた。呆然とマージーを見つめた。背後で、女たちと子どもたちがげらげら笑う声が聞こえた。今度は、マージーをあざけっているのではなかった。マージーは一歩まえへ出て、ふたたび殴った。こぶしは耳をまともにとらえ、男はわめきはじめた。

そしてだしぬけに、マージーは怒りにわれを忘れた。マージーは男をめった打ちにした。表情のない酷薄な顔で、目を冷えびえと輝かせながら、あっけにとられて後退する男を追いつめ、手の痛みに気をとられることなく、顔を、頭を殴った。たいしたダメージを受けているわけではなかったが、その攻撃に意表をつかれ、混乱してしまった男は、無意識のうちに両腕をあげて顔を守っていた。それを見て、女たちはますます大声で笑った。マージーは、一瞬、勝利の喜びがこみあげるのを感じた。殺してやる、とマージーは思った。こんなやつ、殴り殺してやる。疲労の極に達しかけながらも、昂揚し、嬉々として、マージーは攻撃しつづけた。殴りつづけた。だが、疲れを覚えはじめると同時に、いらだちはじめた。男はほんとうに傷ついているわけではなかった。もしもこの男が……。

男は身をかわして一撃を避けると、うしろに下がって、薄笑いを浮かべながらポケットに手を入れた。そしてナイフをとりだした。

まだ開いてもいなかったが、マージーにとって、ナイフを持つ男を見るのは、とぐろを巻いて襲いかかってこようとしている蛇を見るようなものだった。マージーは凍りついた。一瞬のうちに、疲労が波のごとく全身にひろがり、足がもつれて男に倒れかかりそうになった。眩暈《めまい》がし、気分が悪くなった。情けないほど気が弱くなった。

マージーはゆっくりとあとずさりながら、「いや」といった。「なんでもするから、許して。ごめんなさい。誓うわ。お願い、なんだってする、なんだってするから」

男はマージーに詰め寄った。なにを考えているのか、なにをするつもりなのか読めなかった。マージーはナイフから目を離せなかった。またしても、背中に洞窟の壁を感じた。男は近づいてくる。まだナイフを開かない……。

男は本気で腹を立てているわけではなかった。マージーが戦おうとしたことをおもしろがっていた。とはいえ、マージーに、そしてみんなに見せておかなければならなかった。笑われて黙っているわけにはいかなかった。男はさらに近よって、ナイフのがっちりした柄でマージーの頭を殴った。軽く殴っただけだったが、痛いはずだった。男は笑った。しばらくマージーをもてあそぶつもりだった。ふたたび、脳天を殴った。

男はナイフを右手から左手へ、左手から右手へと投げ渡してマージーを混乱させ、どちらの手で殴られるのかわからないようにした。そして男は耳を強く殴って——いうまでもなく、マージーが男を殴った場所と同じ所だ——悲鳴をあげさせた。血がひと筋、マージーの首のわきを伝い落ちた。

男はマージーを壁に押しつけると、マージーの顔のまえでナイフを開いてみせた。おびえる時間を与えるために、ゆっくりと開いた。恐怖が、マージーの表情を変え、従順にさせるさまを満足げにながめた。男は血のついたナイフをゆっくりと動かして、マージーの白くやわらかい頰まで数センチのところで止めた。

そして、いま切り裂こうかどうしようかと迷った……。

マージーは男に話しかけてなだめようとしたが、声が出なかった。強い風のような、息を吸おうとあがいているような、ひゅうひゅうという音しか出せなかった。震えが止まらなかった。男は二本の指でナイフをつまんで、マージーに向けた。マージーの目と目のちょうどあいだまで持ちあげ、ゆっくりとまえへ進めた。マージーは頭を壁に押しつけて、魅入られたように近づいてくる刃を見つめた。お願い、ねえ、お願い、と懇願したかったが、刃先が鼻筋にあたったとき、目をつぶることしかできなかった。そして突然、刃先は、マージーの額に焼けつくような激痛の細い線を描いてから退いた。

そして男はマージーの体をながめおろした。笑みは消え、陰気で真剣な表情になった。男はマージーのシャツに両手をかけるなり、いっきに引き裂いたので、マージーはぎくりと壁に体を押しつけた。シャツの下からむきだしの乳房が現われた。マージーが目にはいった血をぬぐって見おろすと、下腹から数センチしか離れていないところにあるナイフの刃先が、さっきと同じように、ゆっくりと近づいていた。

マージーは視線をあげて、闇を見つめた。こんなふうに死ななければならないのだとしたら、それを目《ま》のあたりにしたくなかった。ローラのように、自分の命が流れだすさまを見たくなかった。マージーは壁にもたれた。へそのすぐ上に、ナイフの冷たい刃先が軽く押しつけられるのを感じた。

マージーは体をひいた。背中を壁にぴたりと押しつけたが、それでもまだ刃先を感じたので、腹をへこまさなければならなかった。それでもナイフはじわじわと前進した。マージーはゆっくりとした一定の圧力に押されて皮膚が後退するのを感じた。痛みが高まった。そして突然の激痛とともに、ナイフの刃先がやわらかい皮膚のなかに侵入した。洞窟のひんやりとした空気のなか、肌に濡れた感触があったので、出血しているのがわかった。ナイフは止まったが、かといって退きもしなかった。刃先はマージーの体にはいりこんだままだった。

両脚の感覚がほとんどなくなった。口のなかに苦い味がひろがった。頭がぐらつき、まぶたが痙攣しはじめた。ナイフに体を預ける自分の姿がふっと脳裏に浮かんだ。動かないで！　心のなかでなにかがそう叫んだ。お願いだから、ちゃんと立って！　しかし、マージーの両脚は意のままにならなかった。両脚から力が抜け、まっすぐ立とうとしているのに体が揺れはじめた。

ナイフが後退した。だがまたしてもマージーは、びくりと震えてうめきをあげた。男がナイフを、左右の乳房を薙《な》ぎはらうように振り動かしたのだ。両の乳房も血で濡れた。

そして男はマージーの体に口をつけた。腹の傷を吸いながら、両手でマージーのジーンズを脱がせ、地面に落とした。マージーは全裸になった。全裸になって、男に舐めまわされていた。男のまえで全裸になっているのは邪悪な感じがした。邪悪で、病的で、忌まわしいことのようだ。やがて男は口を離し、両手をマージーの肩にかけてひざまずかせようとした。弱っていたマージーは、喜んで従った。

マージーがくちびるに血の味を覚え、鼻血が出ているのだとさとったとたん、男はまたしても、マージーの頬と耳に往復びんたをくわせはじめた。マージーはだしぬけに疲れはてた。男に対する憎悪は心のなかの大きな瘤《こぶ》となって残っていたが、力が抜け、闘争心が消えていた。想像のなかでは男の手足をひきちぎっていたが、たとえいま銃を持っていたとしても、引き金をひききれないだろう。怒りはぶすぶすとくすぶっており、役立たずになっていた。死は避けられそうにない。だが、男を殺せる力が一瞬だけえられれば満足だった。ローラも同じことを願ったのかしら？　一瞬でいいからって。マージーは力をふるいおこそうとした。

男はマージーの顎をあげ、頭をそらして、男を見ざるをえないようにした。マージーは男の目に浮かぶ愉悦を、欲情をあらわにした薄笑いを見た。ナイフの刃先をくちびるに押しつけられたので、切られないように、マージーは口をあけた。鋼鉄で歯を引っ掻かれたので、歯もあけた。これほどの無力感を覚えたのははじめてだった。喉の裏側からナイフが突きでるさまが容易に想像できた。血がどっと噴きだし、体が急にぐったりし、目が曇り、息絶えるのだ。ほんのひと突きで……。

ナイフは口のなかを探った。舌のわきを進み、そのまわりに冷えびえとした円を描いた。即座にマージーはさとった。ナイフは何度も舌のまわりをめぐり、マージーは鋼鉄のえぐい味と血のしょっぱさを感じた。男が笑いながらうなずいたので、男の意図に疑問の余地がなくなった。男はナイフをひっこめ、マージーを離した。

これで終わりなんだわ、とマージーは覚悟した。マージーの目のまえで、男は汚いジーンズを脱ぎ、ペニスを飛びださせた。じゃあ、わたしは合格したってわけなのね。それなら、望みがないわけではなかった。

男はマージーに近づくと、髪をつかんで、ことさらゆっくりと頭をうしろへそらした。マージーの無力さを楽しんでいるのだ。マージーは口を開き、男を受け入れた。

男は情欲を抑えられなくなっていた。マージーは期待されているとおりにふるまった——知るかぎりのテクニックを駆使し、情熱ではなく不安と大胆さで自分を駆りたてて、恋人のように男を喜ばせた。長くはかからなかった。まもなく、男の全身から汗が噴きだすのを感じ、男が愚かしいうめき声を漏らすのを聞き、ペニスがくちびるのあいだでびくんと動くのを感じた。

マージーの心のなかで、ふたつの感情が混じりあい、やがてひとつの思いつきにまとまりはじめた。ひとつは、男に対する、根深く、血がたぎるような憎悪。もうひとつは、自分自身の邪悪さという、新たに発見した強烈な感覚。マージーはその恐ろしい場所へ、この連中に連れてこられたのだった。そこには愛もやさしさもない。あるのはただ、陰惨な死と、けっして満足することのない欲望だけ。その欲望は、みずからを食らい、出くわした者を、同じ暗い自滅の領域へひきずりこむ。マージーは思い描いた。死体だらけの夜を。見知らぬ死んだ子どもたちと、友人たちと、大好きだった姉の墓地となった家を。人生の旅路の果てとなるこの不潔な巣穴を。これからどうするか、これからどうなるかなんて、もうどうでもよかった。ニックは助けにきてくれないだろう。だれも助けにきてくれない。いま、なにをやらなければならないのかは、はじめから、姉の死体を見たときからはっきりしていた。実際、単純きわまりないことだった。

男は達しようとしていた。最初の温かい噴出を喉の奥に感じるまで、マージーは待った。もしも信心深かったら、マージーは神に感謝していたことだろう——一瞬でもいいから男を圧倒する力がほしいと願い、それがかなえられたのだから。マージーは目をつぶって、握りしめたこぶしのごとく、顎に憎悪をこめた。殺せはしないでしょうね、とマージーは、歯を食いしばりながら考えた。だけど、これで充分だわ。

そして温かい血が脚と裸の腿にはねかかるのを感じながら、マージーは弾かれたように立ちあがった。いっぽう、男は絶叫しながらマージーの髪を放し、噴きだす血を止めようとした。マージーは横を向くと、悪臭を放つ肉片をぺっと吐きだした。男は脚を切断された獣のようにわめいていた。マージーには妙《たえ》なる調べのように聞こえた。腿にかかった血が冷える感覚も心地よかった。そしてつぎの瞬間、マージーは洞窟の入り口をめざして、荒あらしい怒りに歯を剝《む》きだしながら走りはじめた。どこからともなく現われたかのような女たちがつかみかかってきても気にとめなかった。失血のために弱っている禿頭の大男がマージーを止めようとして失敗したことにすら気づかなかった。

マージーはじゃまだてする連中を尋常ならざる力で払いのけた。すさまじい勢いで洞窟の壁に投げつけた子どもの頭が、メロンのように砕ける音が聞こえた。マージーは自分が、敵を倒した戦士の、狂おしいまでの歓喜の叫びをほとばしらせていることに気づいた。たしかに、マージーは歓喜していた。なんといっても、とうとう男を傷つけ、自由になったのだ。両手を大きくひろげながら、マージーは入り口をめざして走った。炎に向こうずねを舐められながら焚き火をまたぎ越し、ばったり倒れて呆然としている、ゴミや毒物に等しい半人間をあとにした。マージーは入り口から漏れ入る月明かりに気づき、煙と血糊のひどい異臭のなか、そのあとすぐにぷんと匂った清潔な潮の香りに向かって走った。やったわ、とマージーは狂喜した。やっつけたんだわ！　マージーは洞窟の入り口に垂らしてあった皮をひきはがし、夜のなかへ飛びだしていった。

赤シャツの男が洞窟へつづく道をゆっくりとたどっていると、なかから悲鳴が聞こえてきた。捕虜たちの、つまり少年または女たちの悲鳴ではなく、一族の悲鳴だった。もっとも大きく、もっとも苦しげなのは――男をその場に凍りつかせたのは――弟の悲鳴だった。あんな悲鳴を聞いたのははじめてだったが、弟の声だとわかった。今夜は怒り狂った悪霊たちが暴れているようだ。狩りは失敗だった。だから一族は、その報いを受けなければならないのだろう。

洞窟のなかから聞こえてきた音におびえて、男はためらった。しかし、悲鳴はつづいた。悲鳴が恐怖に打ちかって、男を行動に駆りたてた——そのせっぱつまった調子が、思いやりとは無縁な魂の深奥へのかすかな呼びかけとなり、血と暴力の共同遺産に届いた。つまるところ、刺激に対する反応が生じたのだ。男は暗く険しい表情になると、黙ったまま歩きはじめた。


自由になった喜びで、マージーは男に気づかなかった。一瞬、さわやかですがすがしい空気が、やさしい恋人のようにマージーを抱きしめた。そのとき、男の両手がマージーをつかみ、マージーはがっしりした体から逃れようと、出血している爪で男が着ている赤いシャツを掻きむしって抵抗した。だが、新たに得た力を振り絞っても、男を振り払えなかった。

男をつけていたニックが下の岩場からそれを見ていたことも、いまニックは岸壁を駆けあがっていることも、マージーは知らなかった。マージーにしてみれば、一瞬のうちになにもかもが崩壊していた。つかのまの力は永遠に消え去ってしまった。男はぐったりしたマージーを洞窟のなかへ運びこみ、焚き火のそばに投げだした。マージーは呆然とし、消耗し、自失していた。さっき呼び起こした力は、もう二度と呼び起こせなかった。戦いは終わっていた。戦いは終わっていたが、悪夢は……。

たちまち、子どもたちがマージーに、傷口の開いた死体にたかる蝿のごとく飛びかかった。マージーは悲鳴をあげはじめた。だが、そのかん高くか細い叫びは、子どもたちの重みと顎の力で引き裂かれ、マージーの苦痛と絶望、壊されている無数の末梢神経の責め苦の片鱗も表わしていなかった。子どもたちは狼のようにマージーに躍りかかり、頰や腕や肩から肉を食いちぎり、乳房や腿にかぶりついた。あまりのことにあっけにとられながら、マージーは自分が生きながら食われていることをさとった。片方の乳首を嚙み切られたのがわかった。そして子どもたちに食われている最中に、銃声が轟いた。

洞窟に通じる狭い小道を駆けあがったニックの目に映ったのは、想像を絶する光景だった。しかし、ニックは一瞬ですべてを理解した。焚き火のまえにいた赤シャツの男がくるりと振りむいた。男の両脇にはふたりの女が立っていた——そして妊娠している女のかたわらには、血まみれになり、頭が不自然な角度に傾いたままの子どもが倒れている。奥の檻のなかの少年は、驚きに目を見開いて彼らを見あげ、膝をついている痩せた男は股間を押さえて叫んでいた。三人めの男性、大柄な男は、青ざめた顔をしているが、床のなにか——武器のたぐいだろう、とニックは確信した——に手をのばしている。そしてとうとう、すぐまえで、獣のようによだれを垂らしながらわめき散らしている邪悪な子どもたちの群れにのしかかられて、死にもの狂いになってのたうちまわっているなにかが目にはいった。マージーだ。ニックはすべてを一瞬で見てとり、殺しはじめた。

最初の一発ははずれた。弾丸は、だれも傷つけることなく、赤シャツの男のうしろの壁に当たった。閉ざされた空間では、銃声はすさまじい大きさで響いたので、男はぎょっとし、反応が遅れた。ニックが洞窟のなかに現われて銃を撃ったことに泡をくっていたのだ。ニックはあらためて狙いをさだめ、引き金をひいた。二発めを胸の真ん中にくらって、男はあおむけに吹っ飛んだ。焚き火の上に落ちるまえに、男は息絶えていた。濃い煙がもくもくとあがって火花が散り、赤いハンターシャツが黒く焦げはじめた。男の四肢が痙攣しはじめた。シチュー鍋がひっくりかえり、中身が地面にこぼれた。

大柄な少年がしゅっと声を出しながら洞窟の奥へ駆け去った。他の子どもたちもつづいた。たちこめる煙のせいで子どもたちの姿はほとんど見分けられなかった。足元でマージーが身じろぎするのが見え、うめき声をあげているのが聞こえた。じゃあ、マージーは生きてるんだ。よかった。

ニックは流木で殴りかかって両脇の女たちを下がらせた。禿頭の大男が煙のなかをのしのしと近づいてくるのが見えた。片手の手首が皮で覆われており、棍棒のようなものを頭上高く振りあげている。ニックが銃を撃つと、男はよろめいた。手首がなくなっているほうの腕を、無意識のうちに腹にあてた。そしてもう一度まえへよろめいた。ニックがもう一発撃つと、男の首の半分が消えうせ、鯨の潮吹きさながらに血が岩室に高く噴きあがって、木が倒れるように頭が肩のほうへ横ざまに傾いた。男はいったん膝をついてから、うつぶせに倒れた。棍棒が焚き火の燃えさしの上を転がって、ニックの足元で止まった。ニックは武器の正体をさとった。人間の腕だった。

そのとき、もうもうたる煙のなかから、子どもたちが忽然《こつぜん》と襲いかかってきた。視野の端で、女たちも動いているのがわかった。ニックは低くかがむなり、いちばん近くの太った女に体当たりをくわせ、柔らかい枕のような腹に肘を思いきり叩きつけた。ニックは女のうめきと金属——ナイフだ——が床に落ちるがちゃんという音を聞いた。同時に、子どもたちを狙って撃ったが、煙が目に染みたし、動きが激しすぎたので、弾ははずれてしまった。もう一度引き金をひくより早く、子どもたちが飛びかかってきた。子どもたちの口は、飢えた昆虫の大顎のようだった。

あっというまに子どもたちに囲まれていた。それぞれの脚に、ひと組の小さな鋭い歯が食いこむのを感じた。腰も嚙みつかれていた。四人めの子どもが、背中に肩から体当たりしてきて、首を引っ搔きはじめた。ニックは一瞬、完全に恐慌をきたした。だが、いちばん大柄な少年が煙のなかから飛びかかってくるのを見て、マグナムを振り向け、発砲した。弾丸はナイフを振りおろそうとしていた少年を空中でとらえた。衝撃で、少年は後方へ吹き飛ばされた。ロープでうしろからひっぱられたかのようだった。ナイフがくるくると回転しながらニックの胸にあたった。ニックはまえかがみになると、肩にとりついて搔きむしっている子ども——少女——を払いのけた。

ニックは苦悶の叫びをあげながら、脚の傷に歯を食いこませている別の少女に銃を突きつけた。そして引き金をひいたが、薬室は空だった。もう一度引き金をひいた。またもニックは悲鳴をあげた。妊娠している女が、背後から、流木を持っている腕の、肘のすぐ上に深ぶかと嚙みついたのだ。ニックは腕を振りあげて殴りつけたが、女は離れなかった。ニックは女の顔を銃身で横殴りにした。女は口と鼻から血を流しながらあおむけに倒れた。脚に嚙みついている少女はいっそう力をこめ、歯は骨に達する勢いで、容赦なく食いこんだ。

ニックはふたたび銃を振るって、少女の頭を二回、渾身の力をこめて殴った。二度めの打撃で、少女の首がつけねから折れた。泡になった暗赤色の血を口から垂らしながら、少女は床にくずおれた。だが、嚙まれた脚はすでに用をなさなくなっていた。ニックはがくんと片膝をついた。

腰に嚙みついていた少年が、口を離してうなるや（このいかれたガキは、ベルトに嚙みついてやがったんだ！　ニックは興奮状態でそう考えた）、片手でニックの首を絞め、もう片方の手の長く不潔な爪でニックの顔を引っ搔き、目をえぐろうとした。ニックはピストルで少年を殴ったが、濃密な血の臭いに狂乱している少年はひるまなかった。またもやニックを引っ搔いて、頰を引き裂いた。ニックはもう一度殴って、啞然とした。少年は、側頭部から噴きだした血を水に濡れた犬のように首を振ってあっさりとはねとばすと、うなりをあげながら、ふたたび引っ搔こうとしたからだ。

この少年は不死身なのではないか、この少年を止めるのは不可能なのではないか、という疑いがきざして、ニックは一瞬ぞっとした。ニックは体をずらして、何度も何度も流木で殴った。肩を、頭を殴った。それでも少年は、ニックにしがみついて引っ搔こうとしつづけた。首のうしろから鎖骨が飛びだしても。ニックがやみくもに流木を振るいつづけると、とうとう少年は動かなくなった。少年の頭は、血まみれでどろどろした粘液性の塊りになり果てていた。

洞窟は静まりかえっていた。ニックは困惑した。まだいるはずじゃないのか？　何人殺した？　五人か？　子どもが残ってるはずだ。男があとひとり。女があとふたり。女はふたりとも殺したんだっけ？　そうは思えなかった。静寂はニックを網のように包みこんだ。煙が染みている目をこすると、もくもくと煙をあげている焚き火のむこうで、マージーが片肘をついて体を起こそうとしているのがわかった。煙幕を透かして、檻の扉のまえにひとりで立っている全裸の少年が見えた。黒い瞳をニックのほうに凝らしているようだった。だれだ、あれは？　連中のひとりのはずはなかった。

そのとき、がりがりに痩せた男が、檻をつかんで立ちあがろうとしているのに気づいた。だれかが怪我をさせたのだ。だれが？　いつ？　みずからも激痛に苦しみながら、ニックは男がひどく傷ついており、いますぐ襲ってくる気づかいはなさそうだと見てとった。でも、ほかのやつらは？

眼鏡の右のレンズが割れていた。眼鏡自体を飛ばされなかったのが不思議なくらいだった。ニックはずり落ちていた眼鏡をあげて、うしろを振りかえった。異状はなかった。だれもいなかった。ニックは、焚き火の向こうで、手足をよじって倒れている、射殺した少年の死体を見た。そのわきに半裸で転がっている禿頭の男を、撲殺したふたりの子どもを、焚き火の上でぱちぱちいっている焦げた死体を見た。死んでる。みんな死んでる。そしてほかのやつらは、奇跡のように消えうせた。安堵のため息が、ひどく喉にからんだ。ニックはマージーを介抱しにいった。

どこに触れればいいのかわからなかった。マージーの体は血まみれだった。ほとんどはマージー自身の血のようだった。マージーはまだ体を起こそうとしていた。

「だめだよ」とニックは声をかけた。「じっとしてたほうがいい。もう終わったんだ。動かないでくれ。いま、体を覆うものを見つけてくる。そうしたら、どうにかしてここから連れだしてあげるから」自分の声が奇妙にかん高く聞こえた。歯がかちかち鳴っていたし、身震いを止められなかった。

ニックはそろそろと立ちあがった。充分に気をつけて歩く分には、傷ついた脚は体重を支えてくれそうだった。万が一のために、流木と空のピストルを拾った。檻のほうへ歩いていき、壁際に積みあげてあるローラの死骸に気づいた。死んだ魚のような目の凝視と黒ぐろとあいた口に吐き気を催すまえに、あわてて目をそらした。

怪我をしている男は、あいかわらず、檻の棒につかまって立ちあがろうとしていた。ニックは凄味のある笑みを浮かべると、流木で男の手をごつんと叩いた。男は苦痛のうめき声をあげて、どさりと地面に落ちた。

裸の少年は、近づいてくるニックを恐ろしげに見つめながら、じりじりとあとずさって檻のなかへもどってしまった。いまはそのほうがあの子にとって安全だろう、とニックは考えた。あの子はいつからここにいて、なにを見たんだろう？　なんといえばもう終わったのだと納得させられるかわからなかったので、なにもいわずに通り過ぎた。

マージーの引き裂かれたシャツとジーンズが見つかった。ここにあるなによりも清潔そうだった。ショック症状を防ぐために、なにかで体を覆って温めてやらなければならないとわかっていた。そのとき、第二の洞窟の入り口に気がついた。ニックは不安になった。だれかがまだあそこに隠れてないだろうな？　さっき、子どもたちはあそこへ駆けこんだに違いなかった。また同じことをしたのか？

なかをのぞいたとたん、闇のなかでなにかがあわてて逃げていった。背筋を寒気《さむけ》が走った。しばらく耳を澄ましたが、もうなにも聞こえなかった。鼠を別にすれば、洞窟は空っぽだった。

ニックはマージーの服を拾い集めると、脚をひきずりながら入り口のほうへ向かった。つかのまマージーを見おろしてから、慎重に服を着せはじめた。恐ろしい傷だった。マージーを生きてここから連れだすのは、これからがたいへんだった。ニックはマージーにそっと触れた。

「だいじょうぶだよ、マージー」とニックは声をかけた。「もうだいじょうぶだ」

マージーは目をつぶった。ぼくが誰だかわかってるんだろうか、とニックはいぶかった。

そしてそのとき、ニックは銃声を聞いたのだった。

午前四時五十分

ニックのピストルの銃声がはじめて轟いたのは、ピーターズたちがおりしも小道を抜けて海岸へ出たときだった。ピーターズは部下たちに止まれと手振りで命じたが、その必要はなかった。銃声は警官たちの脚をぴたりと止めていた。この事件はいったいどうなってるんだ、とピーターズはいぶかしんだ。マグナムを所有したことのある者なら、その銃声を聞き違えることはない。銃か、とピーターズは思った。ウィリスがそばまで来てればいいんだが。

夜の静寂《しじま》に、さらに二発の銃声が轟いた。遠くないな、とピーターズは内心でひとりごちて、「行くぞ」とシアリングに声をかけた。「全力疾走はできないが、おれだってのろくさ走ってるやつをぶん殴るくらいはできるんだからな」

「マグナムじゃありませんか？」とシアリング。

「ああ、間違いない」とピーターズ。「またひとつ、おれが引退するまでおまえが我慢しなきゃならん理由が増えたな。おまえにはまだ教えなきゃならないことがたくさんある」

一行は浜辺の固く締まった砂の上を走りはじめた。

三度めに、今度は二発連続して銃声が轟いたときには、ピーターズはすでに息を切らしていた。部下たちは、気を使って、ピーターズを追い抜かないようにしていた。小心者の若造どもめ、とピーターズは思った。まあ、若造はいつだって小心なものだが。それにもちろん、こいつらはあたりに漂う血の臭いを嗅ぎつけてる。おれだってそうじゃないとはいえない。銃か。まったく気にくわないなりゆきだ。

「いいか、銃で狙われてるのに気がついたら、もたもたしてないで引き金をひくんだぞ」いまやピーターズはあえいでいた。「なぜだのどうしてだのは、時間ができたときにゆっくり考えりゃいいんだ」

ピーターズはもう少しスピードをあげようとした。そして、ウィリスはなにをしてるんだ、といらだった。こんなふうに走ったら、心臓によくないに決まってる。ウィリスはおれより十五も若いってのに。まあ、ウィリスだって走ってるに違いない。もう一本の道はウィリスの予想以上に険しかったんだろう。

「サム」とピーターズはいった。「おれはペースを落とす。おまえが先頭に立って、老いぼれにはしんがりを務めさせてくれ。だが、気をつけるんだぞ、いいな?」

「わかりました」とシアリングは答えた。しかしそれから、ピーターズが遅れをとるほどの時間はかからなかった。部下たちがたいして先へ行かないうちに、切りたった岩場のほんの数メートル上から煙が立ちのぼっているのが見えたのだ。シアリングが最初に煙に気づき、他の警官を止めた。「あれだ」とシアリングはいった。

「ああ、あれだな」ピーターズは応じた。臭いにも気づいていた。木が燃えてるだけの臭いじゃないな、とピーターズは瞬時にさとった。ひと晩で二度、この異臭を鼻の穴に吸いこむなんてとうてい信じられなかったが、厳然たる事実を否定することはできなかった。仕事にかかろう、とピーターズは考えて、嫌悪を無視しようとした。「あせるなよ」とピーターズはおだやかにいった。

警官たちは波打ち際を離れ、白い砂を蹴立てて崖へ向かった。煙は、いまや警官たちの真上から、渦を巻きながら立ちのぼっていた。ほとんど即座に、シアリングは男の声を聞いた。遠くから響いてくる苦悶の叫びだ。シアリングはピーターズに向きなおった。「おれにも聞こえたよ」とピーターズはいった。「さあ、あそこへのぼろう」

「道を探すんだ」とシアリングは命じた。「散開しろ」

警官たちは懐中電灯をつけた。シアリングがすぐに道を見つけた。

「行くぞ」シアリングが号令をかけた。警官たちがシアリングのまわりに集まった。サムが先導するのがいちばんだな、とピーターズは思った。見あげる崖は険しい絶壁だったから、若い者を先に立たせたほうがよさそうだった。若い者か、とピーターズは感慨にふけった。お決まりのたわごとだが、無視するわけにもいかない。おれはもう、昔ほど機敏に動けないんだからな。それにサムはいい若者だ。たとえ、がりがりの痩せっぽちで、自分の力を証明するチャンスを探して、ハゲタカみたいにおれの上を飛びまわることがあるとしても。いまがそのチャンスってわけだ。だが、たしかにサムは機敏だし、用心深い。

少なくとも、崖の上で誰かが生きているのはわかった。正確にいえば、あの悲鳴を聞くまでは。だが、ピーターズは、あの悲鳴の意味を考える気になれなかった。

「頼んだぞ」とピーターズはシアリングにいった。シアリングはほほえんだ。ピーターズはあとで、そのほほえみを思いだすことになる。それは興奮したほほえみ、有能な人間が、自分がなにゆえ有能かを示そうとしているときに浮かべるほほえみだった。警官たちは崖をのぼりはじめた。

小道を下っているグループを率いているのは妊娠している女だった。ニックにピストルで殴られた鼻からは、まだ血が出ていた。女たちは銃から逃げだしたのだ。役立たずになってしまった男を別にすれば、男はみんな死んでしまったし、押し入ってきた男は悪霊みたいに強かった。だから女たちは逃げだしたのだ。そして洞窟を飛びだしたとき、妊娠している女は先をゆくふたりの子どもに気づいた。女は子どもたちに止まれと命じた。いまでは女がリーダーだった。そして、思いつきが女の頭のなかでゆっくりと形をなした。あいつらはそのうち洞窟から出てくる、とひらめいたのがきっかけだった。

妊娠している女は、もうひとりの女と子どもたちと、下で待つつもりだった。男が怪我をしているのはわかっていた。女のほうは——死にかけているに違いなかった。つまりあのふたりは、いつかは洞窟から出てきて、浜辺で一緒に死ぬのだ。きっとうまくいく。あいつらは用心してないはずだ。細い道をおりてくるところを子どもたちに襲わせれば、男には銃を使う暇がないだろう。岩を拾って、細かく砕いておこう。今夜は外でひと眠りして、夜明けまえに男と女の肉を食べる。そのあとで洞窟にもどればいい。あの男と女は、月明かりのもと、銃を轟かせて影を引き裂くことなく死ぬんだ。

妊娠している女は、海岸に向かって崖をおりる途中、太った女と子どもたちに、この思いつきを小声でおおざっぱに説明した。あと少しで崖をおりきるころ、気のきいた殺しができそうだと考えているうちにうれしくなって、妊娠している若い女は笑いはじめた。若い女は笑いを抑え、前方で騒ぎながら走っている子どもたちを黙らせなければならなかった。なにしろ、いまでは女がリーダーなのだ。黙らないと、皮を剝ぎ、切り身にして、兄弟姉妹たちがいるところへ送っちまうよ、と女は子どもたちを叱った。女の思いつきは名案だった。男は、すぐには殺さないほうがいいかもしれない。あの男は強いし、一族の男たちと、大勢の子どもたちが死んでしまった。女は、たとえ憎まれていても男とファックする方法を知っていた。そのときがきたら決めるつもりだった。

のちにピーターズは、あの女もおれたちと同じくらい驚いたんだろうな、と推測した。もしも女ではなかったら、そしてあんな格好でなかったら、あと一秒の何分の一か、早く反応できていただろう。女と鉢合わせしたとき、シアリングはほとんど動けなかった。あの女のようなしろものは、だれも見たことがなかった。半裸で、たぶん妊娠八カ月で、垢だらけ、汚れだらけで、鼻血を出し、牛の群れみたいに臭い女なんて。姿が見えるまえから臭いはしてたっけ、とピーターズは思いかえした。だが、結局、あの女の声は一度も聞かなかったんだな。

女がどこからナイフをとりだしたのかは誰にもわからなかった。

ひどいトラブルが発生したのはあきらかだった。警官たちは、崖をのぼりはじめようと寄り集まっていたから、行動の自由がきかなかったし、女は敏捷だった。シアリングは女の目に逆上の色を認め、ナイフを目にすると同時に、あとずさって、体のまえにスペースをつくって銃を構えようとしたが、すぐうしろにいたダニエルにつまずいてしまい、安全装置をはずすこともできなかった。女は、ひと言も発することなく、シアリングの喉を耳から耳まで切り裂いた。

シアリングは、うしろにいたピーターズにではなく、まえのめりになって女に倒れかかった。そしてそのまま絶命したのだろう。サムがそうやって死んでくれたおかげで自分は命拾いしたのだ、とピーターズは信じている。というのも、そのあと女はすぐに体勢をたてなおしたが、ふたたび襲いかかってくるまえに、ピーターズが頭のてっぺんを吹き飛ばしたからだ。女は、射的場のボール紙のアヒルのように倒れた。ほかの連中は女のすぐうしろにつづいていた。

ピーターズはそいつらが、小道をはずれ、両脇の斜面から浜辺へ飛びおりるのを見た。そして一瞬、ピーターズは、自分が突拍子もない西部劇にまぎれこんでしまったような気分になった。警官たちは、襲撃された幌馬車隊の最後の生き残りよろしく、一カ所に寄り集まってショットガンを四方八方に向け、妙ちきりんな連中がそのまわりをぐるぐる駆けまわっていたからだ。十二人の武装した男を襲っているのは、わずか三人の子どもとひとりの女ではなく、大軍の敵のように感じられた。

あんなに敏捷かつ大胆な攻撃は見たことがなかった。連中に望みはなかったが、それを理解していないようだったし、気にもかけていないとしか思えなかった。まるで鼠だ、とピーターズは思った。連中にそのつもりはなかったが、広い海岸には逃げる場所がいくらでもあった(逃げだそうとしたところで、おれがすかさず撃っていただろう。だが、連中がそれを知ってたはずはない。それに、どうしてあきらめなかったんだ？　どうして投降しなかったんだ？)。それらの思いが瞬時にピーターズの胸中をよぎった。そして太った女が若きパーソンズの肩にナイフを突きたてる寸前にピーターズの脳裏に浮かんでいたのは、人間という動物がこんなふうに動けるなんてはじめて知ったし、これほどの恐怖を覚えるのもはじめてだな、という感想だった。

終わるまでに三分もかからなかった。だしぬけに、女がナイフを振りあげ、振りおろし、パーソンズが悲鳴をあげ、クンストラーがまえへ踏みだし、二連発の散弾の両方を至近距離から浴びせて、女の体をほとんどまっぷたつにした。警官たちが幼い少女を手ごわい相手とみなすようになったとき、その少女はカジャーノに飛びかかり、喉をざっくりと嚙み裂いた。最初に反応したのはピーターズだった。ピーターズはポンプガンを少女の左目に押しあて、ぜったいにはずす気づかいがない状態で引き金をひいた。警官たちが少女をひきはがしたあとも、顎がカジャーノの首に食いついたままになっていた。顎を残して頭部は吹き飛んでいた。

あの瞬間、おれたちは血迷ってしまったんだ、とのちにピーターズは考えた。だから、必要もないのに皆殺しにしてしまったんだ。少女がカジャーノにしたことを見たせいかもしれないし、一切合切《いっさいがっさい》の、あの襲撃それ自身の狂気のせいかもしれなかったが（なにしろ子どもたちが襲ってきたのだ）、狂おしく、剣呑《けんのん》なにかが警官たちのあいだにひろがった。そして突然、様相が一変した。正気を保っている警官がひとりもいなくなった。ピーターズを含めて。

少女——十一歳かそこらで、最初の女と同じで妊娠している——がチャーリー・ダニエルズの脚にしがみつくなり、しゃにむに嚙みつこうとしたので、ダニエルズは女のような悲鳴をあげながら、少女を振り払おうと踊りはじめた。蛇に嚙まれたかのようだった。少女を引き剝がすことだってできただろう。だがソーレンソンはショットガンの台尻で少女の背骨を叩き折り、少女が砂にがっくりとうなだれてから、念のためにもう一度殴った。

ビアードの胴に脚を巻きつけた少年がシャツを嚙み裂き、胸にも歯を突きたてると、ビアードはわめきはじめた。この少年も引き剝がせただろう。だが、あれは……ピーターズはぴったりの表現を思いつかなかったが……おぞましかった。少年が、巨大な蛭《ヒル》かなにかのように感じられた。少年は血をすすっていた。そして、歯を食いこませたまま、あの汚らしい小さな指をビアードの目のほうへのばし、眼球をえぐって目をつぶそうとした。あの手が顔を搔きむしろうと襲いかかるさまには身の毛がよだった。そしてそのとき、ビアードとは長年の相棒のパーソンズが——おそらく惑乱しかけていたのだろう——少年の腕をつかんでぐいとうしろへひねると、全員に聞こえるほどの大きさでぽきんという音が響き、少年は苦痛の叫び声をあげながらビアードから離れて落ちた。パーソンズは地面でのたうちまわっている少年の口にショットガンの銃口をこじいれ、引き金をひいた。

警官たちは、途中で、自分たちの身になにが起こったのか、自分たちがなにをしたのかを考えたりしなかった——それは警察活動というよりも処刑だった。だれも警官として行動していなかった。ピーターズですら。心中で逆巻く恐怖におののきながら、警官たちは急斜面を駆けあがり、まだ煙が流れでている洞窟の入り口へ飛びこみ、そしてそこでほかの人びとと出くわし、女性を発見したのだった。

男がいるのはわかってたんだ！　とピーターズは思ったものだ。そのうちひとりがまだ眼鏡をかけていることには気がつかなかった。下で聞いた悲鳴が男性の声だったことも思いださなかった。ピーターズは余裕をなくしていた。おびえていた。殺すことしか考えていなかった。

ニックはマージーの体にかがみこんだ。銃声が聞こえはじめてから、ずっとマージーを立たせようとしていたが、マージーの痛みが激しすぎた。どうやって立たせようとしても、マージーの痛みはひどくなるだけのようだった。片脚が折れているようだった。なにしろ、その脚に体重をかけたとたん、マージーは気をうしなってしまったのだ。ニック自身の片脚もひどいありさまだったから、抱えて運ぶのも無理だった。マージーはふたたび意識をとりもどしていたが、助けにきてくれた人たちが外にいるのだから、ここに残していったほうがいいのかもしれない、とニックは思いはじめていた。檻のそばの地面に倒れている男は、さっきほど無害には思えなかったが、どうにかできるだろう。そしてニックがマージーを地面にそっと寝かせたとき、警察が洞窟に飛びこんできた。

人気《ひとけ》を察して、ニックはくるりと振りかえった。てっきり、やつらがもどってきたと思ったからだが、すぐに勘違いだとわかった。だが警官たちは、おびえきった表情で、いまにもニックを撃とうとしていた。そこでニックは、両手をまえへ突きだし、武器を持っていないことを示そうとして振りながら、口を開いて、違う、ぼくは連中の仲間じゃない、と叫ぼうとしたが、太った男の目を見たとたん、その言葉を喉で詰まらせて横へ身を躍らせ、結局、銃声すら聞かなかった。

眼鏡が飛ぶのを目にしたとき、ピーターズは〝眼鏡〟という言葉をおぼろげに記憶していた頭の中のどこかが、なにか変だぞ、と警告を発っしていることに気づいた。だが、男は急に振りかえったし、両手を、上ではなくまえへ突きだしたのだ。それに、もうひとりの男については疑いの余地がなかった。その男は重傷を負っているようだったが、突然、低くかがむと、黒い柄のナイフを構えながら突っこんできたのだ。

ナイフが目にはいると同時に、ピーターズは発砲した。変だった。引き金をひくまえから、男は出血しているようだったのだ。ひょっとしたら、ピーターズはそこを狙ったのかもしれなかった。すでにそこにあった、股間の血の染みを。あっというまの出来事だったので、さだかではなかった。しかし、いずれにしろ、ピーターズが撃った弾丸は命中した。踏んでいた絨毯をひっぱられたように両脚をうしろへはねあげながら、男はうつぶせに倒れた。警官たちが男をあおむけにすると、両脚は無傷だったが、腹部はほとんど吹き飛んでいた。それでもまだ息があった。

のちにピーターズは、少年に対してもっとも深い——あの女性がニックと呼んだ男性よりも深い——罪悪感を覚えた。しかし、前述したとおり、そのころには全員、頭に血がのぼっており、ああなってもしかたない状況だったのだ。それでもその瞬間、ピーターズは、あの少年はなんとなく変だと感じた。下で遭遇した連中と違って、目が血に飢えてぎらぎらしていなかったからだ。

だが、神かけて、あの少年は尋常ではなかった。全裸で、両腕をまえへのばして歩いてきたあの少年は。夢のなかの滑るような動きにも似た、緩慢な歩き方で近づいてきたあの少年は。おまけに、ピーターズが止まれと命じても、少年は止まらなかった。ためらいもしなかった。そのころには、警官たちはすっかり余裕をうしなっていた。誰が少年を殺したのかわからなかった。六丁のショットガンがいっせいに火を吹いた。少年の遺体は、大きめのショッピングバッグで足りるほどしか残っていなかった。

しかしピーターズは、少年に対して罪悪感を覚えた。深い罪悪感を覚えた。これから長いあいだ、苦しむはめになるだろう。

すべてが終わってから、ウィリス率いる警官隊が駆けつけてきた。ウィリスはぐるりと見わたして、低く口笛を吹いた。「なにがどうなったんですか？」

「どうなったかって？」とピーターズは応じた。「おれが辞めることになったのさ」

ウィリスはピーターズの言葉の意味をさとったようだった。

午前五時三十五分

一味の最後のひとりは、丘をのぼって、パトカーを停めておいたハラン家の地所へ着くまでに息絶えた。ふつうの人間だったら、もっとずっと早く死んでいただろう、とピーターズは思った。男は最後に、海のほうへ顔を向けて、少し血を吐いた。幽鬼のごとく土気色になった男を、警官たちは開けた場所へ運んだ。ピーターズがそれを残念に思ったとはいえなかった。救急車も待っていた。だが、カジャーノにとってはなんにもならなかった。カジャーノは海岸を出発するまえに事切れていた。

女性についていえば──見守るしかない。ピーターズが見たところ、状態はかなり悪かった。右手の小指は失うはめになるだろう。すっぱり嚙み切られているからだ。右脚は複雑骨折。それに片方の乳房は無惨なありさまだ。それに熱が高い。それでも、なんとか助かるかもしれない。ひとえに、女性の体力にかかっている。だが女性は体力があるように見えなかった。痩せっぽちな娘っ子だ。

そんな物思いがきっかけになって、シアリングを思いだした。奥さんと子どもたちには、ウィリスから伝えさせることになるだろう。おれが伝えるべきかもしれんが、やりとげられるかどうか、自信がない。あの娘は、ニックとかいう男が命を救ってくれたといってたな、とピーターズは思いだした。赤ん坊みたいに泣いてたっけ。おれがそのニックを殺したんだ。そして娘は、少年も勘違いだったといった。くそ。二十三年間、なにごともなかったのに。経歴を傷つけるようなことは、なにひとつしでかさなかったのに。そりゃあ、何度か、あとで後悔するような出来事もあった。だが、こんなのははじめてだ。罪のない少年が死に、地獄へ乗りこんで生きのびたはずの男が死んだ。おれたちがどじを踏んだからだ、とピーターズは悔やんだ。サム・シアリングはすばらしい若者だった。カジャーノのことはよく知らなかったが、シアリングはほんとうに好青年だった。こんな田舎でも、ときおり、とびぬけた子どもが生まれるのだ。少し眠ったほうがいいな、とピーターズは思った。報告書を書かなきゃならんのだから。子どもの鼻先にショットガンを突きつけて頭を吹き飛ばしたことなんて、いったいぜんたい、どんなふうに報告書にまとめりゃいいんだ？　この事件を、どうすりゃ理性的に扱えるんだ？メイン州の海岸に野蛮人どもが出現しましたので、ひとり残らずぶち殺しました、州知事閣下。残念ながら、何人か余計に殺してしまいましたが。くそっ。

ピーターズは救急車の後部に収容された女性を最後に一瞥してから、ウィリスがかたわらに立っているパトカーに乗りこんだ。いつ、どうやって、だれをシアリングの代わりにすればいいのか、さっぱりわからなかった。それをいうなら、自分自身の後任についても見当がつかなかった。だが、たぶんウィリスならだいじょうぶだろう。こいつは目端《めはし》のきくやつだ。少なくとも、並み以下ということはあるまい。
「ここから連れだしてくれ」ピーターズはいった。

午前五時四十分

まもなく夜が明ける。

マージーは鳴り響くサイレンに耳を澄ました。はるか遠くで鳴っているように聞こえたが、そうではなく、救急車のすぐ外で、マージーのため、マージーを助けるために鳴っているのだとわかっていた。銃声のせいだわ、とマージーは思った。銃声のせいで耳がおかしくなってるのね。またちゃんと聞こえるようになるのか心配だった。聴力を失いたくなかった。

いまでは、痛みはちょっぴりしか感じなかった。医師たちが処置してくれたおかげだ。あの人たちは、お医者さんだったのかしら、それとも救急隊員だったのかしら？　いずれにしろ、彼らはマージーにやさしく、親切にしてくれた。マージーは、激痛を鎮めてくれた彼らに感謝していた。さっきまで、やさしさは地上から消えうせてしまったと思っていたが（ニックが撃たれるまえ、それともあとに、いつ、やさしさを実感したかしら、とマージーは考えた）、そうでなかったのはあきらかだ。マージーは彼らの顔にやさしさを認めた。ここまで運んでくれた警官たちの顔にすら。それまで、警官がやさしく見えたことなど一度もなかった。不思議な感じだった。彼らはニックを、問答無用で、ゆえなくして殺した。それなのに憎めなかった。少なくとも、いまのところは。走り去る救急車から、あの家は見えなかったので、マージーはほっとした。

唐突に、ふたたび不安がこみあげた。マージーはどうにか咳払いをすると、医師だか救急隊員だかのうちでいちばん親切そうな若者に声をかけた。サイレンと同じで、自分自身の声も遠くかすかに聞こえた。「眠ってしまうの?」とマージーはたずねた。

「まだです」若者は答えた。「でも、もうすぐですよ。さっきの注射は局所麻酔だったんです。病院に着いてひととおり診察したら、もっと強い麻酔を打ちますからね」

「まだ眠りたくないの」とマージー。「眠らないように気をつけてくれる?」

若者はほほえんだ。「約束しますよ」

マージーは医師の手に触れた。やさしい手だった。

わずかに頭をめぐらして、マージーは窓の外に目をやった。横たわっているマージーから見えるのは、ゆっくりと明けそめている空と、救急車がなめらかなアスファルト舗装の新道を走るにつれて、頭の上でゆるやかに滑っているような錯覚を覚える電話線だけだった。電話線は木製の電柱で支えられていた。電柱は、朝の肉体にぐさりと突き刺さって傷を負わしているように思えた。

《作者あとがき》

ジャック・ケッチャム

　メイン州の海岸ぞいを走る夜のドライブを楽しんでいただけたのならうれしいのだが。

　この小説を書きあげるまでの希望に満ちた時期と、そのあとの気の滅入る出来事については、すでに何度か書いたことがあるし、インタビューでくわしく説明したこともある。そこで、前者については省略し、後者については簡潔に述べ、この新版の読者のほとんどは本書の歴史をよくご存じだと考えて、さっそく問題の核心《ハート》にとりかかることにしよう(心臓《ハート》を思いだしてしまうのはなぜだろう？　部屋のどこかにボブ・ブロックがいるのだろうか？)。核心とは、要するにこういうことだろう。おれは金を払った。それも、少なからぬ額を。で、どこが違うんだ？　売りものはなんなんだ？　ごたいそうな無削除版ってのは、いったいなんなんだ？

　無削除版は、ペーパーバック版とまったく違うわけではない。

　だが、違いはある。わたしにとっては大違いなのだ。

作家として、後悔していることは多くない。『She Wakes』の最後の段落には不満があって、機会があったら修正したいと願っている。あちらこちらに生硬な文章がある。編集が杜撰《ずさん》だったことも何度かあった。『オフシーズン』に起こったことを別にすれば、そんなところだろう。『オフシーズン』になにが起こったかといえば、交渉だ。

バランタイン社のマーク・ジャッフェは、書きなおしに応じるという条件で『オフシーズン』を買ってくれた。異存はなかった。あるはずがなかった。わたしは最初の長編が売れて狂喜した。頭がおかしくなったと思われたかもしれない。超特急で書きなおすつもりだった。『オフシーズン』の暴力描写が過激で、一般向けの小説としては他に類をみない棘《とげ》を含んでいるのは明白だった。だからこそバランタインが買ってくれたわけだが、多少の削除には同意せざるをえない、と覚悟はしていたのだ。

しかし、あれほどの削除を求められるとは、思ってもいなかった。

校閲を担当した、名前を忘れてしまった若くてきれいな女性編集者と、テーブルをはさんですわって過ごした午後を思いだす。『オフシーズン』を嫌っているのはあきらかだったが、彼女は礼儀正しかったし、仕事熱心だった。会社がこの吐き気を催すクズを買って、どういうわけか期待をかけている以上、いかんともしがたい、というわけだ。彼女の仕事は、その吐き気を催すしろものを、読むに耐えるように仕立てなおすことだった。彼女は、提案がぎっしり書きこまれた黄色いメモ用紙をまえにしてすわっていた。提案は、日ごとに増えていった。

わかった、そうしよう、と答えた提
とんでもない、そんなことはできない、それじゃだいなしだ、ときっぱりかぶりを振った提
案もあった。

彼女は、『オフシーズン』を骨抜きにしようとしたわけではなかったが、爪を切ろうとしただけでもなかった。

最後には、首をちょん切るのを許してくれたら、棍棒で殴るのはあきらめよう、という次第になった。

冗談ではない。

一行ごと、単語ごとに激論を交わしたこともあった。

基本的には友好的な議論だった。わたしたちの目標は同じだった——ふたりとも、飛ぶように売れる本をつくろうと努力していたのだ。そうなれば、彼女の勤務成績はあがるし、わたしは儲かる。ところが、どうすればそれが実現できるかについての見解は、まったく異なっていた。わたしたちは、同じタイトルマッチのためにトレーニングにはげんでいるのだが、スタイルのまったく異なるスパーリング・パートナーのようだった。彼女は『オフシーズン』の方向をちょっぴり変えて本流《メインストリーム》に合流させようとしていた。わたしが望んでいたのは激しい洪水だった。

それが数週間つづいた。

最後のころには、原稿が赤インクで真っ赤になっていた。彼女のメモ用紙も走り書きでいっぱいになっていた。

打ちあわせを終え、家へ帰ったわたしは、数週間で、あなたがいま読み終えたヴァージョンの『オフシーズン』を完成させた。オリジナル原稿はごみ箱へ放りこんだ。

ああ、わかってる。教えてもらう必要はない。馬鹿なことをしたものだ。言い訳のしようもない。

ところが、またしても交渉がはじまってしまった。彼女はマークに相談し、結局、これでも残酷すぎるということになったのだ。たしかにバランタイン社は思わず顔をそむけてしまうような小説を欲していたが、吐き気を催す小説を出すつもりはなかったのである。

たとえば、レシピのいくつかを削除しなければならなかった。

さらなる交渉がはじまった。

そういうわけで、バランタイン版では、妊娠している女が、最初の、名もない獲物でソーセージをつくり終えたら、明日は残りの肉をこう料理しようと思いめぐらす内心の声を聞くことができない。

人肉ジャーキーのつくり方を覚えることはできないのだ。

それがずっと心残りだった。あれは『荒野で生きのびるための方法』という本で知ったレシピの応用で、万が一のときは参考にしてもらえればと考えていたのだが。

恐怖が肉をやわらかくするというくだりもカットの憂き目にあった。これは、たしかヴァーディス・フィッシャーの傑作『Mountain Man』から引いたのだと思う。『オフシーズン』を執筆するにあたって、映画『大いなる勇者』の原作になったこの小説からはたくさんのヒントをもらった。恐怖が肉をやわらかくするというのは、たぶんほんとうなのだろう。死ぬほどおびえると、あなたはやわらかくなるのだ。

髪を剃り、頭蓋骨を割り、眼球をえぐりだした頭を煮るという描写にもチェックがはいり、「そのほかの肉塊」にしてはどうかと提案された。やれやれ。

檻に閉じこめられた少年がみずからの吐瀉物にまみれて横たわっている場面も彼らのお気に召さなかった。

吐瀉物、削除。

ローラの舌を釣り針で貫き、切りとり、食べてしまう場面はなにがなんでも削除するといわれた。またしても、わたしは反論した。こいつらにとって、これは事実上の隠喩なんだ、と。特に、「不愉快な部位」という表現は気に入っていた。ローラはやかましくわめきたてていたのだ。

マージーがペニスの切れ端を吐きだすのもだめだといわれた。どうしてなのか、見当もつかなかった。

オリジナル版では、結局、飲みこんだとしか思えなくなってしまった。

わたしは、それらの削除にすべて同意した。しかし、わたしたちが、わたしとくだんの編集者の意見が、決定的に、そしてあやうく収拾がつかなくなるほど対立したのは、原稿の最後の五枚かそこらに含まれる、数行の単純な文章だった。そしていま、これだけの歳月が過ぎたあとで、やっと、胸を張って、削除したのはわたしだといえる機会を得たのだ。『オフシーズン』を読むのがはじめてでない読者は、たぶんもうお気づきだろう。

オリジナル版から削除したのは以下の部分だ。(ニックという男はたぶん助かるだろう。ふさぐのが大変そうな穴が胸にあいているが、幸運にも、生命にかかわる臓器は傷ついていない)。それからこの部分。(ニックはマージーのかたわらで、意識をなくして横たわっていた。

「ニックは助かるかしら?」とマージーはたずねた。

「大量の血液を失ってますが、ええ、助かると思いますよ」

「よかった」)

また、オリジナル版では、(おれはそのニックをあやうく殺すところだったんだ)になっていたピーターズの独白を、すっきりと(おれがそのニックを殺したんだ)に変えた。

そのとおり。彼らはニックを助けさせた。わたしはニックを殺したかったのに。

前述したように、同意するのはつらかった。

最初ははねつけた。その提案を聞いて逆上した。わたしはニックを、終始、自分がそうなるなんて思ってもいなかった、不屈のヒーローのレベルに達した男として描いた。そして、最後の最後、あらゆる苦痛と奮闘が報われるべき瞬間に、彼が救出されるべき瞬間に、ありがたい、あの土煙を見ろ、騎兵隊だ!　という瞬間に、その騎兵隊が彼を撃ち殺すのだ。

『ナイト・オブ・ザ・リビング・デッド』じゃないかって?　そのとおり。あの衝撃のラストシーンには打ちのめされたものだ。まさにその効果を、印刷されたページで再現するつもりだったのである。バランタインとの交渉でも、『リビング・デッド』を引きあいに出した。担当編集者もマークも見たことがなかった。ふたりとも、わたしが古代ケルト語で話しているような顔をした。『リビング・デッド』なんて低予算のB級映画じゃないか。この本はベストセラーになるんだ。いいから、任せておけ。

彼らはわたしの論法を逆用した。この男はひと晩じゅう、地獄のような苦しみを味わった。彼は生き残るべきだ、というのだ。

べき？

読者は彼が生きのびてほしがるから、なのだそうだ。

生きのびてほしがる？ そりゃあ、生きのびてほしがるだろう。わたしだって同じだ。この作品を書きあげるころには、この男がすっかり気に入っていたのだから。だが、読者にへつらってどうする？ 作品を成立させるためには、ニックは死ぬしかないのだ。

譲れなかった。

テーマを考えても、劇的効果を考えても、ニックの死は不可欠だった。なにしろ、この小説はそれを表現しているのだ。人生とはそういうものだ、世界とはそういうものだということを。ウォール街で大儲けをした男が、翌日には市バスにはねられるかもしれない。熱烈な恋に落ちたあとでアルツハイマー病にかかるかもしれない。どうしてカーラ――強い姉――が第三部で惨死し、弱いほうの妹、マージョリーが生き残ったのか？ 誰にわかる？ 皮肉、偶然、世界の果てからの突然の落下、のたうち、はねまわる状況——つまるところ、そういうことなのだ！

わたしは抗弁した。

そして敗北した。

まあ、いいじゃないか、はじめて本を出せるんだぞ、とわたしは自分を慰めた。風は受け流せばいいんだ、と。

この本できっと金持ちになれる、と彼らが請けあったことを思いだしてほしい。

だが、そうならなかったことも思いだしてほしい。

取り次ぎ業者が書店のポスターや店頭ディスプレーを撤去したころには、カバーが切断された女性の腕の絵柄からたらりと垂れる血の絵柄に替わったころには、バランタインがあらゆる宣伝をやめ、まずイギリスの出版社に版権を売らず、筋書きどおりにアメリカ版をイギリスへ配本したころには、彼らが『オフシーズン』をアメリカ国内の書店の棚にも置きつづけてもらう努力を払うつもりがないのはあきらかになっていた。近所のバーンズ&ノーブル書店では、数日で十数冊が売り切れた。それ以来、二度と入荷しなかった。バランタインは、見苦しいごみをカーペットの下に掃きこんでしまおうとしていた。苦情の電話がかかっていた。〈ヴィレッジヴォイス〉紙には、バランタインの親会社であるランダムハウス社の最高経営責任者《CEO》を、暴力的なポルノを出版したとして非難する記事が掲載された。『オフシーズン』は頭痛の種になっていた。

若くてきれいな、名前を思いだせない編集者は電話をかけてこなくなった。

マーク・ジャッフェは退職した。

それから何年も、もしもこのヴァージョンが出ていたら、出版業界にどんな騒動が巻き起こっていたのだろう、と考えたものだ。


わたしの考えでは、ニックが死ねば小説全体がかぎりなく陰鬱になる。

この残酷な夜が明けたとき、だれが生き残っているかを考えてほしい。ひとりの女性——体をずたずたにされ、心を傷つけられた彼女は、自分のなかに冷えびえとしたたくましさを見いだしたが、だれもけっして見たりやったりするべきでないことを見たりやったりした。そしてピーターズ——誠実な警察官の彼は、この夜、罪のない市民を、ひとりのみならず、ふたりも殺してしまった。そしてそのうちのひとりは、強固な意志と責任感から驚嘆すべき行為をなしとげた男だったから、ピーターズは心と魂に永遠の重荷を負うはめになる。

わたしが追求したのは、この、暗澹《あんたん》たる、〝この世に勝者はいない〟という世界観なのだ。

ニックが生きていれば希望が残る。あるいは、ニックとマージーは結ばれるかもしれない。

ニックが死んでしまえば、マージーはひとりぼっちだ。

それでは商品にならない、とバランタインは判断したのだろう。たぶん、彼らにとっては限度を超えていたのだ。

そのほか、もう一カ所に手を加えた。この版ではなく、イギリス版ペーパーバックで。オリジナル版のいちばん最後で、救急車に収容され、麻酔剤を注射されたマージーは、朦朧《もうろう》としながら、介抱をしてくれているのは救急隊員だろうか、それとも医師だろうかと考える。オリジナル版には、（お医者さんならいいのに、とマージーは願った）という文章があった。

オリジナル版が出版されてから数カ月後、読者から、おおいに楽しんだという趣旨の手紙が届いた。ただし、その文章にはひっかかったという。

「じつのところ、わたしは救急隊員です」というその手紙の主によれば、「マージーのような状況なら、医師の一団に囲まれているより、訓練された救急隊の手にゆだねられているほうが望ましい」のだそうだ。調べてみると、もちろん、そのとおりだった。なんてこった。わたしは宿題をさぼっていたのだ。わたしはその読者に手紙を書いて、謝罪し、誤りを指摘してくれたことに感謝し、『オフシーズン』が再刊される機会があったらかならず訂正すると約束した。

一九九五年、ヘッドライン社からイギリス版が出ることになったので、約束を果たした。訂正の理由を話すと、ヘッドラインの担当編集者、マイク・ベイリーは笑いだした。

そして、「わかりました。それなら救急隊員に助けさせましょう」といってくれた。

交渉はなかった。

——ジャック・ケッチャム

一九九九年一月

〈解説〉カンニバル・ホラーの幻の傑作、遂に登場！

風間賢二（評論家）

本書『オフシーズン』は、アメリカのコアなモダンホラー・ファンのあいだで幻の傑作と称され、今やカルト・クラシックとなっている作品である。

〝幻の傑作〟というのは、一九八一年に発表されながら、そのあまりの過激な内容に対する良心的な批評家や読者からの非難の声に出版元がビビリ、比較的好調な売れ行きだったにもかかわらず、即品切れにしてしまい、長らく入手困難な状態にあったからだ。

もちろん、出版社側も本書が衝撃的な問題作となる（その結果、売れる）ことは承知のうえで、だからこそ刊行したわけだが、その際、作者にかなりの内容の訂正・削除を強いて、オリジナル原稿の持っていたハードなスピリットをソフトなものに変えさせた。にもかかわらず、苦情の電話がかかったり、〝暴力的なポルノを出版したと非難する記事が掲載〟されたわけだ。おかげで、一九九五年に英国版が刊行されるまで、本書は長らく陽の目を見ることがなく、〝幻の傑作〟の称号を戴いていたのである。

そしてついに日本語版が刊行されたわけだが、うれしいことに本書の翻訳は、内容を訂正・

削除される以前のオリジナル原稿に近い形で、一九九九年にオーヴァールック・コネクション・プレス社から限定本として再刊されたハードカヴァー版にもとずいている。

といったことは〈作者あとがき〉で、また、本書の評価はダグラス・ウィンターによる〈序文〉に詳しく記されている。だがしかし、そのふたつの文章を先に読んではいけない。物語のネタばらしをかなりしており、読後の衝撃度が半減するからだ。

ところで、本書の作者ジャック・ケッチャムのダークでグルーミイ、かつオフビートな狂気の世界については、すでに邦訳のある四点の作品を読んだことのある人なら先刻承知だろう。だが、彼自身の経歴はあまり知られていないようなので、この機会に簡単に紹介しておく。

ジャック・ケッチャム（本名ダグラス・ウイリアム・メイヤー）は一九四六年にニュージャージー州リヴィングストーンで生まれた。ペンネームは、一九世紀にメキシコに実在した無法者トマス・〝ブラック・ジャック〟・ケッチャムに由来する。ちなみに、そのならず者一味の首領ケッチャムは、列車強盗に失敗して逮捕され、絞首刑場の露と消えた。

スティーヴン・キングより一歳年上、ディーン・クーンツより一歳年下のケッチャムは、彼らと同じように五〇年代のアメリカン・ポップ・カルチャーにどっぷりつかった少年時代を送り、六〇年代にはフラワー・チルドレンのひとりとしてカウンター・カルチャー旋風の真っ只中で青年時代を過ごしている。六四年にボストン大学に入り、文学を専攻。卒業後は英語の教師、セールスマン、パートタイマーの俳優、そして出版エージェントなどを経て、八一年に本書『オフシーズン』でデビューした。以降の著作（長編のみ）は次のとおり。

Off Season(81)　本書
Hide and Seek(84)
Cover(87)
The Girl Next Door(89)『隣の家の少女』(扶桑社ミステリー文庫)
She Wakes(89)
Offspring(91)
Joyride(94)『ロードキル』(扶桑社ミステリー文庫)
Stranglehold(95)『オンリー・チャイルド』(扶桑社ミステリー文庫)
Red(95)『老人と犬』(扶桑社ミステリー文庫)
Ladies'Night(97)

　ごらんのように、他のペイパーバック・ライターと異なり多作家ではない。しかも、正直なところ、マニアックなファンこそ多いものの、決して売れてる作家でもない。実際、ケッチャムの作品は本国アメリカでは、中短編はセミプロ級のホラー雑誌に掲載されるだけだし、長編はホラー・ファンしか知らない通販専門のスモール・プレスから刊行される豪華限定本でしか読むことができない。入手しやすいペイパーバックは、英国で発売されている。

　ところが不思議なことに、現在、ケッチャムはマンハッタンの高級コンドミニアムに住んでいる。いったい彼の収入源はなんなのか？

そんなつまらぬことを、ぼくはケッチャムにインタビューをするために彼の住居を訪れたとき、まず初めに思った。そう、ぼくは自慢じゃないけど、二年前の五月にケッチャムと会ったことがある。マルチ・メディア・ミックス雑誌『STUDIO VOICE』の「恐怖・絶対主義」特集号（九八年八月号）のためだった。

ケッチャムを前にして、まず驚いたのは、その若い容貌だった。当時五二歳の彼は、少なくとも十歳は若く見えた。俳優をしていただけあって、なかなかのハンサムガイだが、テレビ映画のB級サスペンスに登場するちょいとニヤけた悪徳警官みたいな顔つきだ。残念なことにアメリカ人としては背が小さく、一七〇センチもない。そのぶん度量が大きく、陽気で気さくですこぶる親切だった。

以下に、そのとき行われたインタビューで本書に関係する部分のみを紹介しよう。

風間　あなたのデビュー作『オフシーズン』は、初期のスプラッタ・ムービーの影響が濃厚のように思えます。たとえば、トビー・フーパー監督の『悪魔のいけにえ』（七四年）とかジョージ・A・ロメロ監督の『ナイト・オブ・ザ・リビング・デッド』（六八年）とか……。

ケッチャム　そのとおり。最初に『悪魔のいけにえ』を観たときは、腰をぬかしたよ。恐怖のあまり椅子からころげ落ちそうになったし、吐き気をもよおすほど怖かった。けれど、何年もたってから見直してみると、『悪魔のいけにえ』は、一般に思われているほど、残虐な血まみれシーンはない。実際には暴力がふるわれる前兆かその後のシーンだけなんだな。けれど、観客には凄惨な殺戮シーンを目にしたと思わせてしまう。まさに映像の魔術だよ。その場に居合わせたような気分というか体験を味あわせてしまうんだ。俺は、それまでそれと同じ効果をあげている小説にお目にかかったことがなかった。いわば、リアルタイムな感覚。一度見はじめたら目をそらすことができず、その映画の物語の内部から逃げだすこともできない。読みだしたらやめられない、目覚めることのできない悪夢、眼前に突きつけられたリアルタイムな恐怖、そういったことを『オフシーズン』でやってやろうと思ったんだ。

風間　その際、ウェス・クレイヴン監督の『鮮血の美学』（七二年）と『サランドラ』（七七年）も参考にされましたか？

ケッチャム　『鮮血の美学』も強烈な映画だったな。まあ、そうした七〇年代初頭から半ばぐらいまでのゴア・フィルム（もちろん良質な作品にかぎられるが）の影響は受けている。その手のホラー映画以前にも、サム・ペキンパー監督の暴力の美学にも感銘を受けていたけどね。『ワイルド・バンチ』（六九年）や『わらの犬』（七一年）なんかだよ。スローモーション撮映による画期的な暴力描写、あれを小説でやってみたいと思ったわけだ。クレイヴン監督の『サランドラ』については、まさに驚きだった。というのも、まるで透明なカメラが俺の執筆中の原稿を激写したのち、そいつを脚色して映画にしたのかと思ったからだ。『オフシーズン』の刊行年は八一年だけど、アイデアやプロットをメモって、断片的に書いていたのは、『サランドラ』が公開されていた頃だったからね。映画だけじゃない。リチャード・レイモンの『殺戮

の〈野獣館〉』（扶桑社ミステリー文庫）の出版も81年だが、まったく、俺の作品と同じアイデ

ア、映画的な描写、きわめてダークかつ皮肉な雰囲気に満ちていた。実際、レイモンの『殺戮

の〈野獣館〉』は俺が寝ているあいだに自分で書いたのかと思ったぐらいだ。ジェームズ・ハ

ーバートの初期の作品、七四年の『鼠』や七五年の『霧』（いずれもサンケイ出版）を読んだ

ときも同じように感じた。ようするに、その時代の精神が要請したシンクロニシティというや

つさ。

風間　七〇年代末から八〇年代初頭にかけて、カンニバル・フィルムというのが流行りましたよね。先ほどの『悪魔のいけにえ』や『サランドラ』も、いわば、〈食人族一家〉を題材にした映画ですが、きわめつけは、イタリア産のモンド・フィルムの精神にのっとったルッジェロ・デオダートの『食人族』（七九年）……。

ケッチャム　そうした疑似ドキュメンタリー映画は、マイケル&ロバータ・フィンドレイ監督の悪名高き『スナッフ』（七四年）をも想起させるけど、まあ、その類のエロ・グロ・ヴァイオレンス描写の影響も、たしかに『オフシーズン』にはあるし、そのおかげで、〝スプラッタパンクの先駆け〟なんて呼ばれたりもするわけだ。

風間　レイモンの『殺戮の〈野獣館〉』やハーバートの『霧』にも感じられることですが、とりわけ、『オフシーズン』に顕著なのは、文明人と野蛮人との境界の壁は非常に薄くて脆いので、容易に壊れやすいということですね。

ケッチャム　基本的に善も悪もないんだよ。そんなもんは、時代や国や文化で異なる。知的

で教養のある紳士・淑女だって、ひとたび、自分の生命が脅かされる状況に陥ったら、みな獣になる。邪悪な奴も善人も、結局はただの人間であり、その人間っていう輩は、究極的には野獣となんら変わりはないってことさ。ある意味では、『オフシーズン』には邪悪な奴がひとりも出てこない。野蛮な食人族だって、つまるところは、自分たちの風習や伝統にしたがって、サバイバルしているだけなんだ。

風間　ウイリアム・ゴールディングの『蝿の王』（五四年　集英社文庫）ですね。つまり、人間は野放しにしておけば、あるいは究極の状況に追いやられると、欲望のままに突き進む残虐な生き物と化す。

ケッチャム　まあね。普段の人間は白（善）でもないし黒（悪）でもない。状況いかんによってどっちにでもなる灰色の生き物なのさ。『オフシーズン』の六人のキャラクターたちがそれだよ。日本のカツヤ・マツムラ監督のスプラッタ・ムービー『オールナイトロング』（九二年）もそういったことを語っている作品だな。実にいい。俺は、ああいう作品に感動するね。

とまあ、こんな感じでインタビューは進められたのだが、ようするに、『オフシーズン』を一言で述べれば、前半は『悪魔のいけにえ』と『サランドラ』、後半は『わらの犬』と『ナイト・オブ・ザ・リビング・デッド』であり、エロ・グロ満載の暴力シーンは『食人族』、そしてテーマは『蝿の王』と同じといったところか。そしてレイモンの『殺戮の〈野獣館〉』のような、あっと驚きの鬼畜系ホラーに狂気乱舞する読者なら、本書にもきっと満足することと思う。また、本書に代表されるケッチャムの世界に興味のある人は、『オールナイトロング』は必見の一本である。

願わくば、本書が一冊でも多く売れますように。というのも、今回のセールスいかんによって、続編の「オフスプリング」も日本語で読めることになるのだから。

（本解説は初版のものです。なお、「オフスプリング」はその後、当文庫から『襲撃者の夜』の邦題で、著作リスト上の「Cover」も『森の惨劇』の邦題で出版されました。弊社より発売されているケッチャム作品の最新の状況については、次頁からの再刊版訳者あとがきをご参照ください——編集部）

再刊版訳者あとがき

本書は、しばらく品切れ状態が続いていたジャック・ケッチャムのデビュー作、『オフシーズン』（原著は一九八一年刊）の再刊である。

ジャック・ケッチャムは、二〇一八年一月二十四日、在住していたニューヨークで死去した（享年七十一歳）。癌との長い戦いの末に亡くなったのだそうだ。かねがねケッチャムを絶賛してきたスティーヴン・キングは、ツイッターで、長いつきあいの友人ダラス・メイヤー（ケッチャムの本名）の死を追悼した。日本における最新刊である、映画監督ラッキー・マッキーとの共作『わたしはサムじゃない』（二〇一二年）のあとも、二〇一六年に長篇『The Secret Life of Souls』（マッキーとの共作）、二〇一七年に短篇集『Gorilla In My Room』を刊行するなど、まだまだ現役として活躍していただけに、ほんとうに残念だ。

本書と続篇の『襲撃者の夜』（一九九一年）、さらにその続篇でマッキーとの共作『ザ・ウーマン』（二〇一〇年）の三作は、メイン州の架空の町、デッドリヴァーが舞台になっていることからデッドリヴァー・シリーズとも呼ばれ、最凶のホラー『隣の家の少女』と並ぶケッチャムの代表作として高く評価されている。

『オフシーズン』は、『ヒッチャー』、『ニア・ダーク／月夜の出来事』のエリック・レッド監督での映画化が二〇〇八年に発表されたのだが、どうやら頓挫してしまったようだ。だが、『襲撃者の夜』は二〇〇九年に、『ザ・ウーマン』はラッキー・マッキー監督で二〇一一年に、ともにケッチャムの脚本で映画化された。『襲撃者の夜』は、日本では『襲撃者の夜　食人族』としてDVDが発売されただけだったが、『ザ・ウーマン』は『ザ・ウーマン　飼育された女』として劇場公開もされた。そしてなんと、さらにその続篇『Darlin'』が二〇一九年にアメリカで公開された。ただし、この映画にケッチャムは原案としてしかかかわっておらず、『襲撃者の夜　食人族』と『ザ・ウーマン　飼育された女』で食人族の女、ウーマンを演じ、テレビドラマ『ウォーキング・デッド』に清掃人のリーダー、ジェイディス役で出演して広く知られるようになった女優ポリアンナ・マッキントッシュが脚本・監督に初挑戦し、引き続きウーマン役で出演もしている。舞台は『ザ・ウーマン』から十年後、主人公は『ザ・ウーマン』に登場した一家の末娘、ダーリンとなっている。マッキントッシュによれば、ケッチャムは彼女の脚本を気にいっていたし、亡くなる一カ月前にはニューヨークからはるばる、ルイジアナ州バトンルージュの『Darlin'』の撮影現場まで来てくれたのだそうだ。そのときのケッチャムは、かつてよりいくらか痩せてはいたものの、終始明るい笑顔だったという。

デッドリヴァー・シリーズには、三作の長篇のほかに短篇が三篇ある。そのうち一篇の「カウ」は、アメリカでは『ザ・ウーマン』の限定版にしか収録されていなかったが（のちに短篇集『Gorilla In My Room』に収録）、本文庫の『ザ・ウーマン』には併録されている。短篇集

『The Exit at Toledo Blade Boulevard』（一九九八年）所収の「Winter Child」は『オフシーズン』と『襲撃者の夜』のあいだの時期の物語だ。「End Game」は、二〇一七年に愛蔵版として刊行された『オフシーズン』三十五周年記念版に、「Winter Child」とともに書きおろしとして収録された。

ケッチャムの作品は、本稿執筆時点で、『ロード・キル』、『オンリー・チャイルド』、『老人と犬』、『地下室の箱』、『黒い夏』、『閉店時間』、『森の惨劇』が品切れとなっている。未訳の作品も、長篇が五冊、短篇集が五冊、ホラー作家エドワード・リーとの共作短篇集が一冊残っている。

本作の再刊が、品切れ状態の既刊が再刊され、未訳の作品が翻訳されるきっかけになれば幸いである。

◉訳者紹介　**金子 浩（かねこ　ひろし）**
1958年生まれ。翻訳家。訳書にケッチャム『隣の家の少女』、ケッチャム＆マッキー『わたしはサムじゃない』（以上、扶桑社ミステリー）、テイラー『われらはレギオン 1～3』『シンギュラリティ・トラップ』（以上、ハヤカワ文庫）など。

＊本書は2000年9月に刊行された
　同一タイトルの作品の再刊になります。

オフシーズン

発行日　2020年2月10日　初版第1刷発行
　　　　2024年12月31日　　　第2刷発行

著　者　ジャック・ケッチャム
訳　者　金子 浩

発行者　秋尾弘史
発行所　株式会社 扶桑社
〒105-8070
東京都港区海岸1-2-20 汐留ビルディング
電話　03-5843-8843(編集)
　　　03-5843-8143(メールセンター)
www.fusosha.co.jp

印刷・製本　サンケイ総合印刷株式会社

ISBN 978-4-594-08432-5　C0197